呐喊与回响

二十世纪中国小说的思想与艺术

陈岸峰　著

清华大学出版社

北京

图书在版编目(CIP)数据

呐喊与回响：二十世纪中国小说的思想与艺术/陈岸峰著. —北京: 清华大学
出版社, 2021. 6

ISBN 978-7-302-58323-3

Ⅰ.①呐… Ⅱ.①陈… Ⅲ.①小说研究–中国–现代 ②小说研究–中国–当代
Ⅳ.①I207. 42

中国版本图书馆 CIP 数据核字(2021)第 105001 号

责任编辑：马庆洲
封面设计：曲晓华
责任校对：王淑云
责任印制：宋 林

出版发行：清华大学出版社
  网 址: http://www. tup. com. cn, http://www. wqbook. com
  地 址: 北京清华大学学研大厦 A 座 邮 编: 100084
  社 总 机: 010-62770175 邮 购: 010-62786544
  投稿与读者服务: 010-62776969, c-service@ tup. tsinghua. edu. cn
  质量反馈: 010-62772015, zhiliang@ tup. tsinghua. edu. cn
印 装 者: 三河市吉祥印务有限公司
经 销: 全国新华书店
开 本: 165mm×240mm 印 张: 11. 25 字 数: 159 千字
版 次: 2021 年 8 月第 1 版 印 次: 2021 年 8 月第 1 次印刷
定 价: 58. 00 元

产品编号: 088412-01

本书出版得到广西民族大学"广西一流学科"中国语言文学学科建设经费资助,特此鸣谢!

目录

第一章　启蒙思潮与二十世纪中国小说

一、"三千年来未有之变局"

自十九世纪鸦片战争以来，民族危机日趋严重，寻觅良策以化解危机，朝野沸腾，然而众说纷纭，莫衷一是。1864 年江苏巡抚兼署五口通商大臣李鸿章奏曰："中国文武制度，事事远出西人之上，独火器万不能及。"[①] 其时，李鸿章尚未踏出国门，此说可见其对中西实力之别仍有所不知，或乃顾及朝廷尊严，只挑武器而不及其他根本性问题。因为，无论是镇压内乱或抗击外敌，当下最急需的便是魏源所提出的"师夷之长技以制夷"，即进口最先进的西方列强的武器。然而，八年之后，即同治十一年（1872）五月，他在上奏的《筹议制造轮船未可裁撤折》即有了思想上的翻天覆地的改变：

> 臣窃维欧洲诸国百十年来，由印度而南洋，由南洋而中国，阑入中国边界腹地，凡前史之所未载，亘古之所未通，无不款关而求互市，我皇上如天之度，概与立约通商以牢笼之，合地球东西南朔九万里之遥，胥聚于中国，此三千余年一大变局也。[②]

著名的"三千余年一大变局"之说，即首出于此。1874 年 12 月，直隶总督及兼任北洋通商大臣李鸿章在给光绪的《筹议海防折》中再次提出：

> 历代备边多在西北，其强弱之势、客主之形皆适相埒，且犹有中外界限。今则东南海疆万余里，各国通商传教来往自如，麇集京师及各省腹地，阳托和好之名，阴怀吞噬之计，一国生事，诸国构煽，实为数千年来未有之变局。[③]

---

①　[清] 宝鋆等：《筹办夷务始末》（同治朝），北京：故宫博物院 1930 年影印本，第 25 卷，第 9 页。

②　[清] 李鸿章著，顾廷龙编：《李鸿章全集》，合肥：安徽教育出版社 2008 年版，第 5 卷，第 107 页。

③　[清] 李鸿章著，顾廷龙编：《李鸿章全集》，第 6 卷，第 159 页。

"数千年来未有之变局"，所谓无三不成数，其前后观念一致。追随过曾国藩及左宗棠的地方大员杨昌濬称：

> 西洋各国以船炮利器称雄海上，已三十余年，近更争奇斗巧，层出不穷，为千古未有之局。[①]

大臣王文韶亦奏曰：

> 中国之有外患，历代皆然。而外洋之为中国患如此其烈，实为亘古所未有。[②]

由宗室爱新觉罗·世铎领衔、在京官员联名的奏折亦谈道："庚申以来，夷人恣意横行，实千古未有之变局。"[③] "千古未有之局""亘古所未有""千古未有之变局"均为附和李鸿章"三千余年一大变局"之说的同调，颇有诸葛亮《前出师表》中"此诚危急存亡之秋也"的意思，当然其严重性绝对超过偏安一隅的蜀国，此话延伸至当下，仍然有其现实意义。"三千年来未有之变局"，乃当时朝廷内外有识之士的共识，又因为是李鸿章最早提出且其身居显要，故历史上均以此名言划归其所发。身处迷局之中，往往令人看不清问题的关键和本质。特别是中日甲午战争爆发之后，挫败后的深刻反思、游历欧美后开阔的眼界，令李鸿章等主持洋务运动的大臣及部分士大夫，能站在潮头浪尖上思考时政。

道光以降，随着西方列强对中国侵略的加深，开明知识分子意识到中国所处的危机，积极探寻自强之路。这就是费正清（John King Fairbank）等编撰的《剑桥中国晚清史》所指出的现象：

> 自1861年开始，"自强"一词在奏折、谕旨和士大夫的文章中经常出现。这表现出人们认识到需要一种新的政策，以应付中国在世界上的地位所发生的史无前例的变化。[④]

---

① [清]宝鋆等：《筹办夷务始末》（同治朝），第99卷，第34页。
② [清]宝鋆等：《筹办夷务始末》（同治朝），第99卷，第52页。
③ [清]世铎：《奏为遵旨会议筹办海防等情事（光绪元年二月二十七日）》，《中国第一历史档案馆藏光绪朝军机录副奏折》，档号03-9381-015。
④ [美]费正清编，中国社会科学院历史研究所编译室译：《剑桥中国晚清史》（上卷），北京：中国社会科学出版社1985年版，第531页。

以曾国藩、李鸿章及张之洞为首的洋务派，聚集了当时的一大批知识分子，轰轰烈烈，"师夷之长技以制夷"（魏源语）。而自 1894 年"甲午战争"惨败于日本之后，"自强"也变为"救亡"，即既向西方技术学习，同时也展开对国民的思想启蒙，这正是晚清思想风云激荡的核心体现。由"民族"到"国家"，再到"国民"，为启蒙思潮的根本观念，与此同时，也建构了思想启蒙的话语体系。启蒙话语，是二十世纪小说创作的主流思想。而真正的产生启蒙的"呐喊"者，是五四新文学革命后的鲁迅所创作的小说，其作用巨大，影响至今，回响仍在。

二、清末民初的启蒙思想

十七世纪，笛卡尔（René Descartes）学派哲学家最早用"lumières-naturelle"（自然之光）来区别于"lumièreslèvèlèe"（神启之光）。[①] 法国启蒙思想家的企图是把知识之光照耀到人类心智的黑暗角落，用理性取代神灵。德语用 Aufklärung 一词表述"启蒙"，词意明确。英语一般用 Enlightenment 这个动名词来表述启蒙与启蒙运动，[②] 但这个词直到十九世纪才成为通用术语。日语首先使用"啓蒙"（けいもう），中国学者便从日语引进"启蒙"这个术语。汉语中早有"启蒙"一词，古人把入门的书称为"启蒙"。[③]"启蒙"的一个核心概念是"理性"，古希腊罗马时期就是一个"理性自由时代"。然而，这种"理性"与"自由"，到了"中世纪"，却因为基督教会而被掩盖，那就是"理性被禁锢"的"中世纪"。

"启蒙"是一个具有特定含义的概念，一般与思想运动联系在一起，称之为"启蒙运动"。在西方，是指发生在十七、十八世纪欧洲的一场反

---

① 笛卡儿学派，指的是十七世纪至十八世纪之间，由笛卡儿哲学的继承者发展成的两个不同学派。一派发展了笛卡儿物理学的机械自然观，成为唯物主义者，代表人物有勒卢阿、J. 拉美特利、卡巴尼斯等，他们发展了笛卡儿物理学中的唯物论思想，肯定物质是唯一的实体，并进而认为精神是物质的属性，心灵不能脱离肉体而存在，而在认识论上则认为认识只是对外界事物消极、直观、机械的反映。另一派则发展了笛卡儿形而上学中关于上帝和灵魂的学说，成为彻底的唯心主义者，代表人物有海林克斯和马勒伯朗士，竭力宣传关于理性和信仰一致的学术。

② 启蒙运动（Aufklrung）亦称"启蒙时代"或"理性时代"。见康德著，何兆武译：《历史理性批判文集》，北京：商务印书馆 1990 年版，第 23 页注释。

③ 张芝联：《关于启蒙运动的若干问题》，《东方文化》，2001 年第 5 期，第 69~73 页。

封建、反教会的资产阶级思想文化解放运动；而在中国，主要有三次：一、戊戌维新；二、五四新文化运动；三、新时期思想解放和八十年代新启蒙。

晚清的思想启蒙主要是指戊戌维新前后的思想启蒙，其在思想方面的主要内涵是以自由、平等、博爱等资本主义民主思想，反对专制、迷信、愚昧的封建主义思想。费正清指出：

> 士绅文人日益接受西方的知识和价值标准，这使西方思想从中国文化的外围向其中心渗透。这种渗透引起了西方思想和本国思想倾向的大融合，最后产生了十九世纪九十年代中期思想的风云激荡。①

启蒙思潮作为晚清主流的文化思潮，几乎遍及晚清社会的各个领域，尤以政治、教育、新闻传播、文学等领域为突出。在政治方面，康有为、梁启超等的维新学说，邹容、陈天华等的革命学说，主要积极宣扬思想启蒙。在教育方面，兴办学堂、编辑启蒙教材，鼓励人人识字，开启民智。如当时湖南、安徽、直隶等地创办的"半日学堂"，高步瀛、陈宝泉编的《国民必读》，推行国民教育，旨在开启民智。在新闻传播方面，大量创办近代报刊，如《教育杂志》《大公报》《新民丛报》《清议报》《浙江潮》等，均注重思想启蒙。李伯元在上海办《指南报》《游戏报》《繁华报》，其中的《游戏报》为上海"小报"中最早的一种，影响甚大。其办报的目的则在于接近民众，启蒙民众。李伯元"打算到上海去办报，并想从游戏入手，以便于接近民众"。②吴趼人亦与梁启超合作编写《新小说》，积极为报刊撰稿。其作品多发表于当时的日报《新小说》《月月小说》《指南报》等，主要有小说、小品文，其目的也在于启蒙民众。

此际，在野文人在新兴的报刊上，开展了前所未有的民间议政与批判，堪称轰轰烈烈。茂苑惜秋生在《糊涂世界·序》中，对当时的朝野士大夫作出如此猛烈批判：

---

① ［美］费正清、刘广京编，中国社会科学院历史研究所编译室译：《剑桥中国晚清史》（下卷），北京：中国社会科学出版社1985年版，第326页。

② 魏绍昌编：《李伯元研究资料》，上海：上海古籍出版社1980年版，第40页。

> 上者为朝，则所谓贤士大夫，皆专其心于饮食男女之中，肆
> 其志于肥甘轻暖之内，舍此二者，一物不知。若后乘之载刍灵，
> 若当场之弄木偶。下者为野，不为鹿豕，即为豚鱼。与谈兴废，
> 犹考钟鼓以享爰居；与论治乱，犹取仁义以教禽兽。①

"专其心于饮食男女之中"与"犹取仁义以教禽兽"两句，充分描绘了
"所谓贤士大夫"的虚伪与无能，这是赤裸裸的揭发。欧阳钜源与别人合
作的两种小说中，其中一种便名为《维新梦》，可见其关心所在。著名小
说家刘鹗，在《老残游记》的自评中说：

> 举世皆病，又举世皆睡，真正无下手处，摇串铃先醒其睡。
> 无论何等病症，非先醒其睡无治法。具菩萨婆心，得异人口诀，
> 铃而日串，则盼望同志相助，心苦情切。②

其《老残游记》所未能描绘的"举世皆病，又举世皆睡"，不就是日后鲁
迅小说中的现象？刘鹗自述其《老残游记》乃为身世、家国、社会、种教
之哭泣：

> 吾人生今之时，有身世之感情，有国家之感情，有社会之感
> 情，有种教之感情。其感情愈深者，其哭泣愈痛：此洪都百炼生
> 所以有《老残游记》之作也。棋局已残，吾人将老，欲不哭泣也
> 得乎？吾知海内千芳，人间万艳，必有与吾同哭同悲者焉！③

"感情"之说，可谓声嘶力竭的呼告，"棋局已残"则是智者的洞烛先机。
刘鹗《老残游记》、李伯元《官场现形记》、吴趼人《二十年目睹之怪现
状》及曾朴《孽海花》这些"谴责小说"，主要都是描写官场的黑暗。鲁
迅先生对"谴责小说"有深刻的认识与赞赏：

> 光绪庚子（一九○○）后，谴责小说之出特盛。盖嘉庆以
> 来，虽屡平内乱（白莲教，太平天国，捻，回），亦屡挫于外敌
> （英，法，日本），细民暗昧，尚嗫嚅听平逆武功，有识者则已翻然

---

① 阿英：《晚清文学丛钞·小说二卷》，北京：中华书局1960年版，第1页。
② 刘德隆、朱禧、刘德平编：《刘鹗及〈老残游记〉资料》，成都：四川人民出版社1985年版，第74页。
③ 刘德隆、朱禧、刘德平编：《刘鹗及〈老残游记〉资料》，第73页。

思改革，凭敌忾之心，呼维新与爱国，而于"富强"尤致意焉。①
"谴责小说"兴盛的原因，正在于内忧外患的现实所激起的有识之士的救世之心。鲁迅的小说，其实也正是在"谴责小说"的基础上，作更具体而纵深的开拓，其笔下人物皆为"啜茗听平逆武功"的暗昧细民，根本不知国家正发生天翻地覆的变化。

启蒙，除了扫除迷信及一切不人道的压迫之外，最终的觉悟必然是推翻阻碍自由、民主的帝制。而当时的清廷之腐朽无能，正是导致中国沉沦且阻碍人民自救的主要障碍。这便是从维新变法失败之后，更多的仁人志士更倾向革命的关键所在。

三、小说救国

"国民"作为思想启蒙的核心，与其相关的启蒙话语更为繁复，典型话语主要有："国民""新民""民智""民权""自由""平等""民主"，等等。例如，梁启超提出的"新民说"，就是要培养具有公德、国家思想及自由等民主特征的"新"国民。梁启超的"新民说"，是对改造中国国民性的急迫呼唤。其《译印政治小说序》则大力推崇政治小说，宣扬政治小说的"新民"作用，指出"小说为国民之魂"②，旨在借用小说以"新"国民之灵魂。梁启超把小说喻为"文学之上乘"，"欲新一国之民，不可不先新一国之小说"，③视小说为开通民智之津梁、涵养民德之必需的启蒙工具。1902年，梁启超在横滨创立杂志《新小说》，并在创刊序言中，针对小说与革命的关系写下以下的著名宣言：

> 欲新道德，必新小说；欲新宗教，必新小说；欲新政治，必新小说；欲新风俗，必新小说；欲新学艺，必新小说；乃至欲新人心、新人格，必新小说。何以故？小说有不可思议之力支配世道。④

---

① 鲁迅：《中国小说史略》，《鲁迅全集》，第9卷，北京：人民文学出版社1981年版，第282页。
② 梁启超：《饮冰室合集·专集》，北京：中华书局1989年版，第3册，第35页。
③ 梁启超：《论小说与群治之关系》，陈平原、夏晓虹：《二十世纪中国小说理论资料》，北京：北京大学出版社1989年版，第1卷，第50页。
④ 梁启超：《论小说与群治之关系》，陈平原、夏晓虹：《二十世纪中国小说理论资料》，第1卷，第50页。

梁启超的革命思想在此期间达至巅峰，发表于 1899 年 10 月 15 日《破坏主义》，与 1901 年 6 月 16 日、7 月 6 日的《十种德性相反相成义》两篇文章便是明证：前者道出破坏一切以便重建的迫切性，后者认为对于颓败腐朽的旧中国而言，"破坏"亦是一种"德"。

严复与夏曾佑合写的《〈国闻报〉馆附印说部缘起》，征引生物和社会达尔文主义（Social Darwinism）以阐发小说吸引人心的内在因素，① 从人类文明的不断发展、不断进化的角度，阐述了小说的重要性，指出小说亦有不断变革之必要，小说变革的本原在于人类的"公性情"。② 杨义指出小说与启蒙的关系：

> 近代小说观的崛起、深入、蜕变和逆转，为时代发展所决
> 定，又与近代启蒙主义的盛衰沉浮息息相关。③

吴趼人指出小说是可以宣传各种拯救国家的思想的途径：

> 以仆之眼，观于今日之社会，诚岌岌可危，固非急图恢复我
> 固有人道德，不足以维持之，非徒言输入文明，即可以改良革新
> 者也。意见所及，因以小说体，一畅言之。④

天僇生则指出，要救国则必先从改良小说与撰写小说着手：

> 吾以为吾侪今日不欲救国也则已，今日诚欲救国，不可不自
> 小说始，不可不自改良小说始。⑤

《〈绣像小说〉缘起》中说："欧美化民，多由小说。"⑥ 谈虎客（韩孔广）则认为，专制政体是一切腐败混乱事情之总根源，严重束缚了国民的

---

① 社会达尔文主义（Social Darwinism），是指由达尔文生物进化理论派生出来的西方社会学流派，主张用达尔文的生存竞争与自然选择的观点，来解释社会的发展规律和人类之间的关系。认为优胜劣汰、适者生存的现象存在于人类社会，因此，只有强者才能生存，弱者必遭受灭亡的命运，其代表人物为斯宾塞。此学说由严复在戊戌变法时期介绍进中国，他翻译了英国生物学家赫胥黎的《天演论》中的进化论部分。

② 阿英：《晚清文学丛钞：小说戏曲研究卷》，北京：中华书局 1960 年版，第 2 页。

③ 杨义：《中国现代小说史》，北京：人民文学出版社 1998 年版，第 24 页。

④ 丁锡根：《中国历代小说序跋集》，北京：人民文学出版社 1996 年版，第 1735 页。

⑤ ［清］天僇生：《论小说与改良社会之关系》，《月月小说》，1907 年（第 9 号），第 1~4 页。

⑥ 商务印书馆主人：《启事》，《本馆编印绣像小说缘起》，《绣像小说》，1903 年第 1 号。

思想：

> 天下种种腐败混乱事情，没有一件不是从专制政体生出来。
> 譬如身上被绳子捆了几十度，这专制政体就是根总绳，要把他割
> 断，则其余不解自去；若留着他，便解一百天还解不脱哩。①

国家政体的专制还是家庭专制，均会使国民的奴性日益严重化，这是思想启蒙最难以根除的奴性劣根。在晚清的启蒙小说创作中，呈现出两种主要文学形态：一是以梁启超的《新中国未来记》、② 蔡元培的《新年梦》、陈天华的《猛回头》等为代表的政治小说所体现出的精英启蒙形态；另一类是以四大谴责小说为代表的民间启蒙形态。

四、鲁迅的呐喊与回响

梁启超与其志同道合者的这些激进的姿态，引起了"五四"一辈那些文学的改良/革命论者的共鸣，其中最著名的是陈独秀提出的"文学革命论"，胡适的《文学改良刍议》以及鲁迅的小说实践《呐喊》。

可以说，李鸿章奏折上的"数千年来未有之变局"乃政治上的"呐喊"，而文坛上借小说而作"呐喊"的是鲁迅。在国族衰颓的年代，鲁迅以《呐喊》与《彷徨》两本小说集揭开现代小说的序幕。日本学者竹内好指出，"作为文学家的鲁迅，同时也始终是一个启蒙者"。③ "五四"是一个"重估一切价值"的时代，对传统文化形成了激烈的怀疑和否定：

> 以反动破坏充其精神，以获新生为其希望，专向旧有之文
> 明，而加之掊击扫荡焉。④

---

① ［清］谈虎客：《东欧女豪杰》，《新小说》，1902 年第 2 号，第 20~46 页。

② 梁启超本来的计划是写一套三部曲来讨论中国未来的各种可能性：《新中国未来记》《旧中国未来记》和《新桃源》。《旧中国未来记》描述一个不求改变的中国所必然面临的灾难，《新桃源》描述一群被流放的华人如何于两百年前在一个岛屿上建立了一个乌托邦，又如何帮助他们的同胞重建中国。然而，梁启超的这套"三部曲"并没有完成，《新中国未来记》也只写到第五回便戛然而止。

③ ［日］竹内好著，李冬木等译：《近代的超克》，北京：生活·读书·新知三联书店 2005 年版，第 143 页。

④ 鲁迅：《鲁迅全集》，第 1 卷，第 49 页。

此中难能可贵的是还包括自我批判："我的确时时解剖别人，然而更多的是更无情面地解剖我自己。"① "我自己总觉得我的灵魂里有毒气和鬼气，我极憎恶他，想除去他，而不能。"② 鲁迅批判传统，从国民劣根性的角度启蒙民智，以达到提高国民素质从而自立于民族之林的目的。在鲁迅这里，启蒙也是上升到民族、国家危亡层面上。鲁迅国民性批判话语的形成是在家庭教育、留日期间的学习感受、中日之间紧张的国际关系中逐渐形成的。鲁迅目睹了家庭由"小康之家坠入困顿"的世态炎凉，父亲被庸医所误，使他深切体会了社会的沉疴朽败。传统社会于他而言，就是一个"吃人的社会"：

> 所谓中国的文明者，其实不过是安排给阔人享用的人肉的筵宴。所谓中国者，其实不过是安排这人肉的筵宴的厨房。……扫荡这些食人者，掀掉这筵席，毁坏这厨房，则是现在的青年的使命！③

彷徨于铁屋之前的他，既曾自我麻醉而拓古碑，也曾不甘寂寞而呐喊，可是他始终未能驱除内心的悲观，因为"革命尚未成功"。这种"革命尚未成功"的悲观意识而以不无调侃的语调作嘲讽，这可见于其大量的杂文，而其小说则更有深刻的描写。关于对革命神话的颠覆，鲁迅在《阿Q正传》中借着阿Q对革命的无知而丧命，从而对当时的革命之失败作出了最彻底的讽刺。阿Q在乡人心目中乃一无赖、流氓甚至是白痴，因而常遭别人戏弄、欺负。阿Q后来借入城之机，得识革命之威，因此，冒认自己是革命党，想不到却因此而被枪毙。鲁迅所面对的是混沌纷乱的中国，他所亟于期待的是一个有为的新中心的建立。然而，辛亥革命的成功只是海市蜃楼。作为一个启蒙者，他认为辛亥革命之所以不成功，因为举目皆阿Q。对于国民愚昧、不知革命的真谛的可悲现象，他在《药》《头发的故事》《风波》等小说中继续有深入的发掘。直接师承于鲁迅或受到鲁迅创作间接影响的乡土小说，如鲁彦、台静农、许钦文、蹇先艾、黎锦明、许杰

---

① 鲁迅：《鲁迅全集》，第1卷，第284页。
② 鲁迅：《鲁迅全集》，第11卷，第431页。
③ 鲁迅：《鲁迅全集》，第1卷，第216页。

等，继续从方方面面揭示了农村的苦难、愚昧、衰败、落后，以及农民的愚昧而引致的种种悲剧。

"五四"新文化运动最大的历史功绩和社会意义是发现了"人"，启蒙先驱们意识到独立自由的个体生命对推动社会现代化的重要作用，所以他们热烈呼唤个性的解放。"我是我自己的，他们谁也没有干涉我的权利"①，鲁迅《伤逝》中子君的呼声成为女性争取独立的时代宣言。巴金的《家》之所以一炮而红，至今仍拥有读者，原因就在于他准确地抓到了启蒙时代的关键词，"家"便是窒息个性的牢笼，冲出家庭，挣脱家长的束缚，再进一步便是参加革命，解放所有被压迫者。不止男性要离家出走，丁玲本身就是活生生的例子——离家出走的"娜拉"，其《在医院中》离开上海而前赴苏区的护士陆萍亦然。然而，鲁迅则预言："娜拉走后怎样？""不是堕落，就是回来"。② 张爱玲《倾城之恋》算是对鲁迅"娜拉"预言的回应，离婚的白流苏是回来后又走出去了，但也只是与范柳原凑合过日子罢了。张爱玲是民国时期最为重要的女作家，作品不少，文字自成一家，且绝大多数均为描写上海破落家庭的男女情欲。在其笔下，女性不只是被压迫者，她们也沦为男权社会的帮凶。《金锁记》中的曹七巧经历了长期的压抑导致人性的畸变，一旦获得权利，这种畸变心理便不可遏制地与她的报复欲望结合起来。她就像一个女巫般操控女儿的命运，又导致儿媳妇们的死亡，由此而揭示人性深处的黑暗。傅雷在《论张爱玲的小说》中评曰：

> 毫无疑问，《金锁记》是张女士截止目前为止的最完满之作，颇有《狂人日记》中某些故事的风味。③

鲁迅笔下的"鲁镇"，被张爱玲移植至都市的大家庭，愚昧与悲剧只是换了个城里的舞台而已。

鲁迅认为，立国必先立人，"人立而后凡事举"④。对于鲁迅而言，重

---

① 鲁迅：《鲁迅全集》，第 2 卷，第 112 页。
② 鲁迅：《鲁迅全集》，第 1 卷，第 159 页。
③ 迅雨（傅雷）：《论张爱玲的小说》，《万象》，1944 年第 3 期。
④ 鲁迅：《鲁迅全集》，第 1 卷，第 57 页。

要的是域外文明如何改变国民性，而"立人"无疑是他一生中最重要的使命。最主要的指标，还是看有无高度发展的健全的人文环境，能否让人享有充分的精神独立与自由。鲁迅《故乡》中作为知识分子的"我"，回乡只是为了卖老屋和接家人进城，"我"不但没有任何启蒙的企图，甚至面对着迷信的闰土与变成霸悍愚妇的"豆腐西施"的种种行为手足无措。作为妇孺的母亲比我更深地了解闰土这些农民所面临的问题是"多子、饥荒、苛税、兵、匪、官、绅"，乡民困苦的根源是社会外部造成的，并非单纯的只是知识分子所认为的精神愚昧。由此而循环，无法摆脱，闰土的小儿子水生的将来或许比闰土更不堪。鲁迅便曾对许广平说：

> 我又无拳无勇，真没有法，在手头的只有笔墨，能写这封信一类的不得要领的东西而已。①

在鲁迅启蒙视野小说之下，童年温馨的"三味书屋"变为颓败的老屋，留下的是闰土、水生、豆腐西施、孔乙己、阿Q，还有半人半鬼的祥林嫂。

一如鲁迅小说中的"知识分子"，回乡遭遇农民的故事模式，莫言《白狗秋千架》中的"我"，在回乡的路上碰见昔日曾弃"我"而投军人怀抱的"她"，却因一次意外在脸上留下伤疤而无法终成眷属。而此刻的"她"原来已嫁与一又聋又哑的男人。在临别前，"她丈夫"咿咿呀呀地对她比划一通。就在她送我到路口的高粱地边，她竟要求与"我"发生性行为。而故事却竟以"我"不知如何反应而告结束。莫言的《白狗秋千架》实际上是遥应鲁迅的《故乡》中知识分子与农民的主题。《故乡》中的"我"与昔日童年时代的伙伴闰土重逢时，惊觉彼此距离之远，不只是闰土的愚昧无知，而且闰土也自觉地不再与"我"称兄道弟，而称"我"为"老爷"。故事最终在浓浓的哀愁中结束，尽管作为知识分子的"我"在末端时，仍不无牵强地加插了一些主观的良好愿望于下一代的话语。"我"根本无法解决农民与知识分子之间的鸿沟，因此，知识分子的启蒙角色在此备受质疑。同样的情况也出现于《祝福》中的"我"，无法回答祥林嫂关于灵魂之有无的问题。莫言《白狗秋千架》中的"我"，亦是一知识分

---

① 鲁迅：《致许广平（八）》，《鲁迅全集》，第11卷，第31~32页。

子（大学讲师）回乡时，也同样惊讶地发现昔日喜欢过的女主角，现已今非昔比，当下所见乃一农妇，而且是相当不堪的农妇。她嫁了一个哑巴，生了三个同样是哑巴的儿子。为了让自己拥有一个能说话的下一代，她竟然要求"我"与她发生性行为，以达到这一目的。这对于"我"来说，自然是一极大的震撼，而故事亦于此处戛然结束，给读者留下想象的空间。在此，作为知识分子的"我"，显然无法回答她的要求。此处值得咀嚼的是，《白狗秋千架》中是作为农民的她，主动提出要求启蒙者的基因注入其血统之中，帮助她的下一代"发声"。然而，作为启蒙者的"我"，却根本没想到以自己的基因去改造一直自己所关心的愚昧与无知的农民。这里说她主动要求作为知识分子的他，将基因注入其家族中是有根据的，因为若不是看重"我"作为知识分子的良好基因，她随便在农村中找一个健全的人与她发生性行为便可以了。此处是否暗示了农民要求启蒙的自觉？而"我"的不知所措，是否亦是对鲁迅以来关于知识分子亟于启蒙农民的一种质疑？这就不再是知识分子高高在上指导、指责群众，而是需要有所付出，而这付出却是一种道德的考量。除此之外，还有什么比这种遗传基因的方法更直接、更有效？这使知识分子"我"陷于两难，一旦答应，即落入不道德；然而拒绝，这一启蒙的传统，即陷于崩溃，以往的呐喊与彷徨，实则可能也是惺惺作态，徒具姿态而已。说到底，对群众的批判，岂不正是知识分子的自高身价，准此而言，亦正是知识分子的启蒙心态，将群众与知识分子的距离拉开，判若泾渭。亦即是说，这一僵局，正是昔日鲁迅们所不曾设想到的可能性。而正是这一僵局，颠覆了"五四"以来知识分子肩负的启蒙责任，甚至是对整个中国士大夫传统的一种彻底的质疑。世纪之初的鲁迅乃以"我以我血荐轩辕"的战士姿态，以血的洗礼拯救国民的灵魂，革命烈士夏瑜的血成为病人争先购买的治病药引，而在八十年代中期，国民的血可以在余华的《许三观卖血记》中定期出卖，更无奈的是，《现实一种》中的血迹在阳光下显得不太真实。①

---

① 余华：《现实一种》，李陀编：《中国实验小说选》，香港：三联书店1995年版，第282页。

五、武侠与启蒙

　　1894 年中日甲午战争之后，不少国人由昔日的妄自尊大而陷入自卑情结，郁达夫《沉沦》中的中国留日学生，由于在日本备感祖国的羸弱，更深受日人歧视，因而大受打击，最后选择自沉，而在其将自沉前便发出"祖国呀祖国！我的死是你害我的！"／"你快富起来，起来吧！"／"你还有许多儿女在那里受苦呢！"① 与此同时，战败后的中国，却因救亡意识而侠风复炽。梁启超指出：

　　　　自甲午以前，吾国民不自知国之危也。不知国危，则方且岸然自大，僵然高卧。故于时无所谓保全之说。②

此际已非"自强"，而是"救亡"。故此，"尊侠力，伸民权"③ 成为一时风潮。章太炎在《儒侠》一文中指出：

　　　　且儒者之义，有过于杀身成仁者乎？儒者之用，有过于除国之大害，扞国之大患者乎？④

章太炎又在《变法箴言》进一步地对日本武侠作介绍：

　　　　至于书生剑客，慷慨国事，竞为诡激，横刀曰攘夷，撮绔曰脱藩，一言及尊攘，切齿扼捥，斥当轴为神奸，而笑悼老成宿儒之畏懦，悲歌舞剑，继以泣涕，展转相效，为一世风尚……卒使幕府归政，四邻不犯，变更法度，举错而定。⑤

即是，日本的侠风，其力量大至可以干预政治，可作为中国借鉴，这是对当时流于空谈的中国士大夫的鞭策。1897 年，梁启超《记东侠》盛赞

---

① 郁达夫：《沉沦》，《郁达夫文集》，香港：三联书店 1982 年版，第 1 卷，第 53 页。

② 哀时客：《尊皇论》，《清议报》，第九册，1899 年 3 月 22 日。

③ 中国史学会编：《戊戌变法》，上海：神州国光社 1953 年版，第 2 册，第 485 页。

④ 上海人民出版社编：《章太炎全集》，上海：上海人民出版社 1984 年版，第 3 册，第439 页。

⑤ 汤志钧编：《章太炎政论选集》，北京：中华书局 1977 年版，上册，第 19 页。

"日本以区区三岛"而使列强"莫敢藐视"，因而成为"真豪杰之国"，强国秘密在于"当时侠者"，成为社会民粹主流意志，"乃至僧而亦侠，医而亦侠，妇女而亦侠，荆聂肩比，朱郭斗量。攘夷之刀，纵横于腰间；脱藩之袴，络绎于足下"，"而以侠为国之用"。① 侠成为日本民间主流风气，梁启超对此高度赞扬。梁启超则对侠有以下定义：

> 国家重于生命，朋友重于生命，职守重于生命，然诺重于生命，名誉重于生命，道义重于生命。②

由于谭嗣同、梁启超的特殊地位，他们重侠的宣言与主张，掀起了清末民初中国知识界的尚侠热潮。谭嗣同在《仁学》中指出，如果不能实现变法，应任侠以有作为：

> 若其机无可乘，则莫若为任侠，亦足以伸民气，倡勇敢之风，是亦拨乱之具也。……与中国至近而亟当效法者，莫如日本。其变法自强之效，亦由其俗好带剑行游，悲歌叱咤，挟其杀人报仇之气概，出而鼓更化之机也。③

谭嗣同的任侠之说，应该是受以兄弟相称并传授其武艺刀剑之法的大刀王五的影响。1898 年 9 月 27 日，谭嗣同、康广仁、林旭、杨深秀、杨锐、刘光第等"戊戌六君子"，被斩于宣武门外菜市口，王五得知后悲痛欲绝。为了继承谭嗣同的遗志和复仇，王五多次组织人员进行暗杀满廷大员的活动，终未果。一代大侠王五，最终的结局却是于 1900 年 10 月 25 日，因参与义和团抗击外国入侵者而被枪杀。

1902 年日本青年押川春浪写成《武侠之日本》，书写日本与美、俄两国的军事对峙，并将日本原有的"武士"升华为"武侠"。《武侠之日本》全书使用"武侠"一词达 92 次，书中诸如"武侠男儿""武侠精神""武侠团体""武侠帝国"等话语，鼓吹武士道的复仇精神，曾避难至日本的梁启超，深受押川春浪《武侠之日本》将"武侠"转换为具有启蒙现代

---

① 梁启超：《记东侠》，《时务报》，1897 年第 39 期。
② 梁启超：《饮冰室合集：专集之二十四》，第 20 页。
③ 谭嗣同：《仁学——谭嗣同集》，沈阳：辽宁人民出版社 1994 年版，第 79 页。

性意义的民族自救道路的影响。蒋智由在为《中国之武士道》作的序指出：

> 虽然，吾以为必有赴公义之精神，而次之乃许其报私恩焉。不然，彼固日日欲赴公义，而适以所处之地位，有不能不报私恩之事，而后乃以报私恩名焉。要之所重乎武侠者，为大侠毋为小侠，为公武毋为私武。①

梁启超在《中国之武士道》一书中，列举了16种武士道行为，其中近一半是表彰赴国之难。另一半是为民铲除不平。梁启超大力提倡"武侠"的"公武"精神，即泯除传统的莽夫的门户之见或私利恶斗，遂将传统侠义的附庸地位，提升至民族国家的启蒙现代性精神，以"中国之武士道"精神，冲击陈腐的社会风气，高度体现了启蒙的现代性。② 梁启超在《中国积弱溯源论》中即称："中国民俗与欧西日本相反者一事，即欧日尚武，中国右文是也。"③ 梁启超又将武士精神提升至国力层次而指出：

> 日本之武士道，垂千百年而愈久愈烈，至今不衰。其结果所成者：于内则致维新革命之功；于外则拒蒙古，胜中国，并朝鲜，仆强俄，赫然为世界一等国。④

有署名"壮游"又在文中自称"金一"者，亦即金天翮，在《国民新灵魂》一文中称：

> 重然诺轻生死，一言不合拔剑而起，一发不中屠腹以谢，侠之相也；友难伤而国难愤，财权轻而国权重，侠之概也。是故朱家、郭解、王公、剧孟侠也，荆轲、聂政、要离、仓海亦侠也，李膺、杜密、范滂、顾宪成、高攀龙亦侠也，富兰克令、哲尔

---

① 梁启超：《中国之武士道》，北京：中国档案出版社 2006 年版，第 18 页。
② 关于梁启超流亡日本及接触西学的整体情况可参见 Joseph R. Levenson：*Liang Ch'i-ch'ao and the Mind of Modern China*，Chapter3，Berkeley：The University of California Press，1967；Hao Ch'ang：*Liang Ch'i-ch'ao and Intellectual Transition in China*，1890—1907，Chapter5，Cambridge，Mass：Harvard University Press，1971.
③ 梁启超：《饮冰室合集：专集之二十四》，第 24 页。
④ 梁启超：《饮冰室合集：专集之二十四》，第 5 页。

生、丹顿、罗伯斯比、玛志尼、加里波的、噶苏士、巴枯宁、西乡隆盛、宫崎寅藏尤侠也。①

由此，"武侠"的范围扩之古今中外，武夫与文人及政客以至于贩夫走卒，皆可为侠。

1915 年 12 月，包天笑在《小说大观》第 3 期上首次对"武侠小说"进行类型命名，以当时已经盛名之下的林纾的文言短篇小说《傅眉史》，作为中国文学史上第一篇正式命名的"武侠小说"。1922 年的一则广告声称：

> 吾国民气，萎靡不振，看侦探小说与侠义小说，有振起精神、浚瀹心胸之功用；吾国社会，奸诈谲伪，看侦探小说与侠义小说，有增进阅历、辨别邪正之功用；吾国外侮，纷至沓来，看侦探小说与侠义小说，有巩固民心、洗雪国耻之功用；吾国外债，日加无已，看侦探小说与侠义小说，有激发慷慨、将以救国之功用。②

1914 年，平江不肖生在日本创作《留东外史》，特别插叙了"以武保国强种"的津门大侠霍元甲的故事。自 1913 年与 1916 年两次讨袁失败后，平江不肖生在上海专门从事写作，然而并未放弃武术事业。1922 年，他应世界书局之邀而从事武侠小说创作，其《江湖奇侠传》终于以"长篇武侠小说"面世。而具有启蒙意识的《近代侠义英雄传》开篇，便从"戊戌六君子"谭嗣同殉难写起。1927 年春，平江不肖生离开上海，在孝感就任国民革命军第三十六军军部中校秘书，他要将启蒙现代性努力从小说宣传变为革命军事实践。他的两部武侠小说，皆于此时停止连载。当 1931 年平江不肖生勉强续完《近代侠义英雄传》时，他所能感受到的已是一曲无尽的悲

---

① 张枬，王忍之：《辛亥革命前十年间时论选集》，北京：生活·读书·新知三联书店 1977 年版，第 1 卷下，第 574 页。1903 年，吴江金天翮发表《女界钟》一书，便署名"金一"，由上海大同书局出版。金天翮也就是宫崎滔天（1871—1922）《三十三年落花梦》最早的中译者之一，诗歌、散文及小说均有成就。

② 佚名：《要看小说最好看侦探小说与侠义小说》，《新闻报》，1922 年 3 月 9 日。

歌，如《近代侠义英雄传》全书大结局所写：

> 奄奄一息的延到第二日深夜，可怜这一个为中国武术争光的
> 大英雄霍元甲，已脱离尘世去了，时年才四十二岁。①

除了《江湖奇侠传》与《近代侠义英雄传》之外，平江不肖生还撰有《江湖大侠传》《江湖小侠传》《江湖异人传》《现代奇人传》《半夜飞头记》《猎人偶记》《江湖怪异传》《烟花女侠》《双雏记》《艳塔记》《滴血神剑》，共 13 部。此外，他还参与制作武侠电影《火烧红莲寺》《神侠金罗汉》《飞仙剑侠大破谋人寺（上集）》《飞仙剑侠大破谋人寺（下集）》《江湖奇侠》。其将武侠小说改编为电影，应该对时在香港撰写武侠小说兼编剧的金庸有所启迪。

与平江不肖生齐名的另一武侠小说作家赵焕亭的《奇侠精忠传》，于 1923 年 5 月由上海益新书社出版发行，影响较大。其他作品包括《大侠殷一官轶事》《殷派三雄传》《英雄走国记》《惊人奇侠传》《双剑奇侠传》《北方奇侠传》《双鞭将》《蓝田女侠》《说剑谈奇录》《边荒大侠》《不堪回首》《江湖侠义英雄传》《白剑莲影记》《奇侠平妖录》《尹氏三雄传》《昆仑侠隐记》《侠骨红装》《剑低箫声》）。

另一重要武侠小说作家还珠楼主一生著有武侠小说 36 部，多达 4000 余万字，他与"悲剧侠情派"王度庐、"社会反讽派"宫白羽、"帮会技击派"郑证因、"奇情推理派"朱贞木共称"北派五大家"。还珠楼主走出了一条与平江不肖生的启蒙现代性完全不同的道路，其"蜀山"系列②以修仙的隐喻来探寻人如何解脱于身体欲望与历史欲望，其作品在中国文学（小说）想象力衰退以后，提供了"奇幻想象力与雄伟文体"的形而上

---

① 平江不肖生：《近代侠义英雄传》，长沙：岳麓书社 2009 年版，下册，第 390 页。
② 蜀山系列包括："蜀山剑侠正传"：《蜀山剑侠传》《蜀山剑侠后传》《峨眉七矮》；"蜀山剑侠前传容"：《长眉真人传》《柳湖侠隐》《北海屠龙记》《大漠英雄》；"蜀山剑侠别传"：《青城十九侠》《武当七女》《武当异人传》；"蜀山剑侠新传"：《蜀山剑侠新传》《边塞英雄谱》《冷魂峪》；"蜀山剑侠外传"：《云海争奇记》《兵书峡》《天山飞侠》《侠丐木尊者》《青门十四侠》《大侠狄龙子》《蛮荒侠隐》《女侠夜明珠》《皋兰异人传》《龙山四友》《独手丐》《铁笛子》《黑孩儿》《白骷髅》《翼人影无双》。其余还有：《万里孤侠》《黑森林》《虎爪山王》《血滴子大侠甘凤池》《征轮侠影》《力》《拳王》《黑蚂蚁》《酒侠神医》。

性与想象力。①

以写实著称的北京作家老舍反复强调"五四"对他的巨大影响："感谢'五四'，它叫我变成了作家"，"'五四'运动给了我一个新的心灵。"②无疑，老舍以北平为背景的《骆驼祥子》，在现代文学史上占有重要位置，而其以四季书写作为车夫的祥子的由生至死的过程未免仓促，而且对性之于祥子身体的摧残也过于夸张。然而，其同样以北京为背景的《断魂枪》，是老舍众多小说中的一朵奇葩，关键在于一介武夫对世局之洞察而周围的人皆愚昧无所觉的悲凉，而且是绝妙的一篇具启蒙意味的短篇典范，要言不繁，既是武侠，又世俗，且又京味十足。

二十世纪五十年代初崛起于香港文坛的金庸，其武侠小说风靡全球华人，关键便在于他对司马迁在《史记》中"侠"的概念有所突破并作了具象的诠释。首先，他树立了"侠之大者"的崇高典范：萧峰、郭靖追随的是岳飞救国救民的英雄主义；杨过虽曾参与抗击蒙古，而精神大体上则近乎率性而逍遥的道家模式；张无忌被逼退隐，实为儒家之"道不行，乘桴浮于海"。其情侠结构，侠侣生死相随，彰显侠客"以武犯禁"的爱国勇气。

武侠小说之被排斥与边缘化，既中断了侠义观念的承传，又灭绝了江湖的想象。故此，金庸武侠小说之崛起乃有意识地对传统小说作出创造性的改造及发展，以对现代文学补偏救弊。金庸武侠小说在语言、结构、情节、描写等方面乃划时代的"革故鼎新"，一如黄宾虹之于山水画的改革与梅兰芳之于京剧的"革命"。③金庸武侠小说之弘扬中国传统文化，重建伦理，召唤良知，讴歌侠客，肯定爱情，批判虚伪，驱逐黑暗，这一切均是对"五四"文学精神的发扬，均乃"人的文学"的成功实践。故此，金庸武侠小说乃对"五四"以来以激烈反传统以至于"文化大革命"的极端摧毁传统人伦、文化的救赎。可以说是在废墟上想象传统，重建价值。

---

① 钱理群：《返观与重构——文学史的研究与写作》，上海：上海教育出版社 2000 年版，第 253~254 页。

② 老舍：《老舍文集》，北京：人民文学出版社 1989 年版，第 14 卷，第 346 页。

③ 孙立川：《金庸对中国传统小说的改造和发展》，刘再复、葛浩文、张东明等编：《金庸小说与二十世纪中国文学国际学术研讨会论文集》，香港：明河社出版有限公司 2000 年版，第 116 页。

六、知识分子的被/再启蒙

1949 年至 1978 年之间，知识分子经历了各种政治运动，其中的上山下乡"接受贫下中农再教育"，昔日高高在上的启蒙者下放农村或放牛，或从事各种劳作，承受了前所未有的苦难。梁启超曾所预期的"破坏"，成为现实，而结果却是如此的令人心碎、满目疮痍。邓小平复出并推行改革开放之后，知识分子也作出自我反思。启蒙话语权力和话语场域，因市民阶层的世俗价值观念的介入和影响而变得更加复杂。"伤痕文学"是知识分子的自伤与自怜，而更为波澜壮阔的"寻根文学"则在方方面面深入民间，试图重建曾经被疯狂砸碎的传统。这些知识分子真正地接触到农村与农民，也真切地认识了乡村之野蛮与纯朴。故此，寻根小说有一股"五四"时期文学作品所没有的生命力与蛮荒气息。我们看到作家在各自曾经插队的地方，抚摸苟延残存的传统文化，愚昧与落后依然，知识分子或已洞悉昔日的启蒙角色值得质疑，乡野之气反而对带有种种傲慢与无知的知识分子作了精神的洗礼，或原始天地给予他们另一种模式的启蒙。

然而，猝不及防的市场经济的勃发却孕育了新写实的创作，知识分子在市民话语和世俗价值观念的冲击下，对自身的启蒙价值观念进行了反思，知识分子以世俗的谦卑心态接纳小市民的价值观念。新写实作家池莉自白：

> "印家厚"是小市民，知识分子"庄建非"也是小市民，我也是小市民。在如今的社会主义初级阶段，大家全是普通劳动者。①

以池莉及刘震云为代表的新写实作家的作品所呈现的是，启蒙主体在世俗化大行其道语境中的尴尬处境，在反思启蒙话语和精英话语局限性的同时，也如鲁迅的自剖般将手术刀伸向自身。他们将启蒙价值观念的沦落处境和启蒙主体的内心失落通过原生态的叙事手段予以还原，并成为新写实

---

① 池莉：《我坦率说》，《池莉文集》，南京：江苏文艺出版社 1995 年版，第 4 卷，第 223 页。

小说贯穿八九十年代的主旋律。在世俗价值观念的衡量下，知识分子的优越与高洁落得"一地鸡毛"，他们成为"再启蒙"的对象。在新写实小说中，传统意义的启蒙价值观念的衰落已成为常见的嘲弄对象。知识分子启蒙价值观念的沦落，不仅表现在民众对启蒙主体的漠视和嘲讽中，更表现在小说中刻画的知识分子形象及所作所为以至于思想意识之中，当代知识分子的人格缺陷和异化，难以言说。

简而言之，政治批判与经济压力，彻底击垮了曾经高高在上的知识分子。新写实小说对知识分子的揭露和批判，既是知识分子的自我鞭挞，无疑也是知识分子进入世俗的另一种启蒙。

七、章节安排

2019 年是新文学革命一百周年，无论是作为现代文学史的核心的"小说"，还是现代小说中最为突出的启蒙思想，均有必要在学术上作一次全面的省思。此研究将"现代"与"当代"视作一血脉相连的文学传统，故而有"呐喊"与"回响"的思路。本书采取不同的阅读方法，既有文本细读，亦有理论阐发。他山之石，可以攻玉，本书既有西方文学理论的借鉴，复详细地从社会、文化及语言的层面作出深入阐述。

第一章是为历史性地回溯清末至民国的启蒙思潮以及小说救亡的种种话语。第二章以鲁迅先生与日本的文学因缘揭开序幕，除了叙述鲁迅先生创作小说以及译介日本小说以启蒙国民的一番苦心，同时也可见鲁迅小说对战后日本的巨大影响。我们不应忘却巨匠昔日的锥心泣血，在当下研读鲁迅小说，仍能焕发新时代的意义。第三章复以鲁迅先生的《祝福》中的叙事技巧，揭示三重世界中，被启蒙者对启蒙者的"魂灵"叩问。第四章随之以现代小说的北方代表作家老舍的《断魂枪》作为短篇小说的典范，展示清末民初的武侠书写，此中包括老北京语言、服饰以及风俗习惯，关键是独醒者乃一介武夫，而非传统的启蒙者。继之，第五章以张爱玲的"小"说，乃"启蒙"之大我思想与日常"细节"与家庭的倾轧及情爱的算计与前四章互为观照，从另一角度审视张爱玲式的启蒙话语。第六章以"文本互涉"与传统考证方法，揭示金庸在其武侠小说中如何挪用中、西文学之资源，而在侠的义涵的多元化的拓展之外，金庸笔下的武侠如何回应清末以来对武侠的家国情怀诉求及其所呈现的忠贞节义，而儒释道多元文化的融入武功，则更进一步地形成其武侠小说的创造性之所在。第七章以寻根小说的理念及其实践的论述中则详细而深入地阐述传统文化的根及其韧性，这是一代人的省思。而第八章则以新写实小说中，呈现在市场经济冲突底下当代中国知道分子的反应及面貌，以及个体的卑微与无奈。

第二章　启蒙之光，中日互动：
鲁迅与日本的文学因缘

一、前言

　　青年鲁迅"因为绝望于孔夫子和他的之徒"，"所以到日本"，[①] 寻求救民的道路。然而，幻灯片事件与日本学生对其考试成绩的质疑所造成的思想刺激，终于促使他弃医从文。显然，留日期间既是其开阔眼界与吸收各国文化的黄金时光，而种种不愉快的经验却益坚定其对国家命运的关怀与探索。自从《狂人日记》发表以后，日本学界第一时间予以热情的推介，复有对其小说与学术的译介，从不间断。由此，日本在鲁迅的文学创作上作出了积极的推动作用，对其文坛地位的确立与巩固，可谓有莫大的功劳。同样，鲁迅亦译介了日本小说，传播了当时日本的启蒙思想，并糅合日本小说与改造国民性思想的元素至其小说创作之中。以下将从三方面作出论述：一、日本学界对鲁迅小说创作推介的关怀所在；二、鲁迅所译介的日本小说与思想著作，如何配合其改造国民性的理念；三、日本小说及有关改造国民性的思想对鲁迅小说创作的具体影响。

二、留日期间的革命行动

　　要了解鲁迅的启蒙思想，必须了解几段有关他在日本期间对革命的渴望与参与的记载。

　　1903 年 3 月 31 日，邹容、陈独秀等因江南班监督姚文甫有奸私，便"闯入寓中，先批他的嘴巴，后用快剪刀截去他的辫子，挂在留学生会馆里示众"。[②] 邹容在 1903 年便敢于撰写《革命军》，后来死于监狱。而陈独秀

　　① 鲁迅：《在现代中国的孔夫子》，《鲁迅全集》第 6 卷，第 315 页。
　　② 许寿裳：《亡友鲁迅印象记》，《鲁迅回忆录》，北京：北京出版社 1999 年版，上册，第 210 页。

当时竟然也有此激烈行动，其后来的人生道路也就顺理成章了。鲁迅后来曾把自己剪辫和姚文甫的事综合进小说里："我……剪掉了辫子……监督也大怒，说要停了我的官费，送回中国去。""不几天，这位监督却自己被人剪去辫子逃走了。"① 辫子之去留，在当时乃一件大事，关乎民族立场，亦关乎思想之进步与否。鲁迅对辫子自有其亲身经历与愤慨，在小说或杂文中亦花了不少的文字作描写与讨论，可见刺激之巨大。三百年前留辫子是为汉奸，三百年后剪辫子，一般人又以为是汉奸。由此可见，其时民智之低下。

1905 年 3 月 13 日，仙台医专因日本在日俄战争中胜利而召开祝捷会。在这前后，学校于坡形教室放映幻灯片。当中有一幅画的是日本人杀中国人，因为据说被杀者给俄国做侦探；而围观的则是一群愚昧麻木的中国人。② 这给鲁迅很大的刺激，此乃产生要以文艺改变国人精神，并开始考虑中止学医等问题的直接原因。学医自是鲁迅的成长创伤，其父亲的病亦成为鲁迅文学世界中的一个隐喻，"救父"如救国，痛恨中医，激烈反传统，肇始于此。

1905 年 3 月 31 日，第二学期结束，鲁迅动身返东京度假，半途下车，前往瞻仰朱舜水墓。朱氏反抗清廷，百折不挠，最后死于日本，当时应该是一众在日本怀有革命思想者的精神偶像，对于充满革命激情的鲁迅更不必说。

由以上数则关于鲁迅在日本的活动资料可见，其革命思想正在此际萌芽，从行动而至思想上的求索，以至于其未来的事业方向，也渐露端倪。

当年 9 月，鲁迅从东京回到仙台。这时，学年的成绩已经公布，在 142 人中鲁迅名列第 68，平均分数为 65.5 分；藤野先生教的解剖为 59.3 分。大约 9 月间，鲁迅收到一封很厚的信，一开头就是"你改悔罢"，"其次的话，大略是说上年解剖学试验的题目，是藤野先生在讲义上做了记号，我预先知道的，所以能有这样的成绩。末尾是匿名"。③ 按："你改悔罢"，这本是《新约》中的话，托尔斯泰在写给俄国和日本天皇的信里把

---

① 鲁迅：《头发的故事》，《鲁迅全集》，第 1 卷，第 463 页。
② 鲁迅：《呐喊·自序》，《鲁迅全集》，第 1 卷，第 416 页。
③ 鲁迅：《藤野先生》，《鲁迅全集》，第 2 卷，第 305 页。

这句话引了进去。该信发表在 1904 年 6 月 27 日伦敦《泰晤士报》上。日本《平民新闻》约在 8 月间译载。日本的一些学生以这来讥讽鲁迅考试前已知道题目，必须"改悔"。[①] 这使鲁迅感到沉痛而悲愤，民族的昏昧与国家的衰弱，才招此蔑视。

三、国民性的思考

鲁迅早在留学日本时，就把"呼维新既二十年，而新声迄不起于中国"，归咎于"精神沦亡"。[②] 此际，鲁迅撰写了一生中最长的论文《摩罗诗力说》，全面地介绍了十九世纪欧洲资产阶级民主主义文艺思想，热烈歌颂了英国的拜伦（George Gordon Byron）、雪莱（Percy Bysshe Shelley）、彭斯（Robert Burns），俄国的普希金（Александр Сергеевич Пушкин）、莱蒙托夫（Михаил Юрьевич Лермонтов），波兰的密兹凯维支（Adam Mickiewicz），匈牙利的裴多菲（Petöfi Sándor）等诗人，阐扬了他们"立意在反抗，指归在动作"的革命精神。

鲁迅当年弃医从文是试图以文艺作为疗救国民宿疾的手段。直到 1925 年他还明确指出：

> 此后最要紧的是改革国民性，否则，无论是专制，是共和，是什么什么，招牌虽换，货色照旧，全不行的。[③]

他自己的创作"多采自病态社会的不幸的人们中，意思是在揭出病苦，引起疗救的注意"。[④] 他明确地提出了改造国民性的理想，他说：对于国民性竭力加以大改造，则正是生活于新时代的人们的任务。[⑤]《华盖集续编·马上支日记》七月二日和七月四日的日记都对安冈秀夫的《从小说看来的支那民族性》作了评论，他从"博观和内省"的角度出发指出"中国人总不

---

① 蒙树宏：《在日本留学时的鲁迅》，《云南社会科学》，1982 年第 6 期。
② 鲁迅：《坟·摩罗诗力说》，《鲁迅全集》，第 1 卷，第 99 页。
③ 鲁迅：《致许广平八》，《鲁迅全集》，第 11 卷，第 31 页。
④ 鲁迅：《我怎么做起小说来》，《鲁迅全集》，第 4 卷，第 512 页。
⑤ 鲁迅：《〈出了象牙之塔〉后记》，《鲁迅全集》，第 10 卷，第 244 页。

肯研究自己"。① 以改造国民性作为救国之道，这是最基本且是最为关键之处，毫无疑问此举在扫除革命的重大思想障碍上，乃自 1644 年的 "甲申之变" 以来的史无前例的巨大创举。

许寿裳回忆了他们研讨 "国民性" 的最初情景：

> 因为身在异国，刺激多端，我们又常常谈着三个相联的问题：
>
> （一）怎样才是理想的人性？（二）中国民族中最缺乏的是什么？（三）它的病根何在？对于（一），因为古今中外哲人所孜孜追求的，其说浩瀚，我们尽善而从，并不多说。对于（二）的探索，当时我们觉得我们民族最缺乏的东西是诚和爱，——换句话说：便是深中了诈伪无耻和猜疑相贼的毛病。口号只管很好听，标语和宣言只管很好看，书本上只管说得冠冕堂皇，天花乱坠，但按之实际，却完全不是这回事。至于（三）的症结，当然要在历史上去探究，因缘虽多，而两次奴于异族，认为是最大最深的病根。做奴隶的人还有什么地方可以说诚说爱呢？……唯一的救济方法是革命。我们两人聚谈每每忘了时刻。②

据许寿裳回忆，1902 年的鲁迅就认为，对于中国，"唯一的救济方法是革命"。③

欲立人，鲁迅认为必须从两个方面入手：即《破恶声论》中论及的 "内曜" 与 "心声"：

> 吾未绝大冀于方来，则思聆知者之心声而相观其内曜。内曜者，破黮暗者也，心声者，离伪诈者也。人群有是，乃如雷霆发于孟春，而百卉为之萌动，曙色东作，深夜逝矣。④

"内曜"，即人之内心光亮明彻，通明洞悉。他认识到：

---

① 鲁迅：《鲁迅全集》，第 3 卷，第 326 页，第 333 页。
② 许寿裳：《我所认识的鲁迅》，北京：人民文学出版社 1978 年版，第 59~60 页。
③ 许寿裳：《我所认识的鲁迅》，第 60 页。
④ 鲁迅：《破恶声论》，《鲁迅全集》，第 8 卷，第 23 页。

> 医学并非一件紧要事，……我们的第一要著，是在改变他们
> 的精神，而善于改变精神的是，我那时以为当然要推文艺，于是
> 想提倡文艺运动了。①

这一认识促使他提出"掊物质而张灵明，任个人而排众数。人既发扬踔厉矣，则邦国亦以兴起"②。他甚至主张牺牲群众以发扬少数"英哲""超人""天才"的个性，"不若用庸众为牺牲，以冀一二天才之出世"；③"国人之自觉至，个性张，沙聚之邦，由是转为人国。人国既建，乃始雄厉无前，屹然独见于天下"，"其首在立人"。④ 他盛赞拜伦（George Gordon Byron）等摩罗诗人，也是为了以"立意在反抗，指归在动作"的摩罗精神，唤起中国的"精神界之战士"，进而"发为雄声，以起其国人之新生，而大其国于天下"。⑤

此际，日本的几位思想家无疑成为鲁迅最直接的精神导师。被称为"日本的伏尔泰"的著名启蒙思想家福泽谕吉有名言曰："一身独立则一国独立"，植木枝盛继承了福泽氏的这一著名纲领，并进一步提出：

> 国家必须依靠人民，尊重人民，如果人民各有自主独立的气
> 质，发挥智慧，修养德义，专心业务，破除自卑之心，精神焕
> 发，全心爱国，相亲相爱，团结一致，国家就不会不强，不会
> 不盛。⑥

福泽谕吉对传播西方资本主义文明，对日本资本主义的发展起了巨大的推动作用，因而，被日本称为"日本近代教育之父""明治时期教育的伟大功臣"。然而，不得不提的是福泽谕吉也是日本侵华的最早期的鼓吹者之一，其侵华的具体设想在后来全部实现。

在文艺方面，影响鲁迅更深的是厨川白村及其《苦闷的象征》。鲁迅

---

① 鲁迅：《呐喊·自序》，《鲁迅全集》，第1卷，第417页。
② 鲁迅：《坟·文化偏至论》，《鲁迅全集》，第1卷，第46页。
③ 鲁迅：《坟·文化偏至论》，《鲁迅全集》，第1卷，第52页。
④ 鲁迅：《坟·文化偏至论》，《鲁迅全集》，第1卷，第56页，第57页。
⑤ 鲁迅：《坟·摩罗诗力说》，《鲁迅全集》，第1卷，第99页。
⑥ ［日］近代日本思想史研究会著，马采译：《近代日本思想史》，北京：商务印书馆1983年2版，第1卷，第75页。

在《苦闷的象征》的《引言》中说，厨川白村"对于本国的缺失，特多痛切的攻难"。① 收载在《鲁迅译文集》中的《出了象牙之塔》是厨川白村原著的前三篇（第一篇是《出了象牙之塔》，第二篇是《观照享乐的生活》，第三篇是《从灵向肉和从肉向灵》），以第一篇而论，其中七至十四节以及十六节都是对日本国民缺陷的攻击，鲁迅认为这是厨川白村对于本国的微温、中道、妥协、虚假、小气、自大、保守等世态，一一加以辛辣的攻击和无所假借的批评。就是从我们外国人的眼睛看，也往往觉得有"快刀断乱麻"似的爽利，以至于禁不住称快。② 他特别钦佩厨川白村"敢于这样地自己省察，攻击，鞭策"，③ 以为这样的批评家在中国是不容易存在，还说"当我旁观他鞭责自己时，仿佛痛楚到了我的身上了，后来却又霍然，宛如服了一帖凉药"。为什么旁观他人"鞭责自己"，而"痛楚"却又仿佛"到了我的身上了"呢?④ 因为——著者所指摘的微温，中道，妥协，虚假，小气，自大，保守等世态，简直可以疑心是说中国。⑤ 厨川对于日本的爱，多数时候是以批判与讥讽的声音来表达的，这也很投合鲁迅的习惯，因为他对于中国的爱，也多半是以批判与讽刺来表达的。⑥

除却厨川白村之外，鹤见祐辅的杂文集《思想·山水·人物》也因其对"国民性的观察"多有"明快切中的地方"，⑦ 而受到鲁迅的推崇。鲁迅希望就厨川白村的《出了象牙之塔》与鹤见祐辅的《思想·山水·人物》译介于中国的读者，促使反省，或"作为从外国药房贩来的一帖泻药，"⑧ 以攻中国国民的瘤疾。

鲁迅这样审视与比较中、日这两个有渊源与同样的民族危机的国家，在当时面对西方威胁的不同反应：

　　　　他们的文化先取法于中国，后来便学了欧洲；人物不但没有

---

① 鲁迅：《〈苦闷的象征〉引言》，《鲁迅全集》，第 10 卷，第 231 页。
② 鲁迅：《〈出了象牙之塔〉后记》，《鲁迅全集》，第 10 卷，第 242 页。
③ 鲁迅：《〈出了象牙之塔〉后记》，《鲁迅全集》，第 10 卷，第 242 页。
④ 鲁迅：《〈出了象牙之塔〉后记》，《鲁迅全集》，第 10 卷，第 243 页。
⑤ 鲁迅：《〈出了象牙之塔〉后记》，《鲁迅全集》，第 10 卷，第 242 页。
⑥ 王友贵：《翻译家鲁迅》，天津：南开大学出版社 2005 年版，第 126 页。
⑦ 鲁迅：《〈思想·山水·人物〉题记》，《鲁迅全集》，第 10 卷，第 272 页。
⑧ 鲁迅：《〈从灵向肉和从肉向灵〉译者附记》，《鲁迅全集》，第 10 卷，第 251 页。

孔，墨，连做和尚的也谁都比不过玄奘。……然而我以为惟其如此，正所以使日本能有今日，因为旧物很少，执着也就不深，时势一移，蜕变极易，在任何时候，都能适合于生存。不像幸存的古国，恃着固有而陈旧的文明，害得一切硬化，终于要走到灭亡的路。①

他在《从孩子的照相说起》中讲到了他的孩子因为健康和活泼而被同胞误认作是日本孩子。由于照相师的不同，同一孩子在日本照相馆照的相满脸顽皮，像日本孩子，在中国照相馆照的相，便拘谨、驯良，"是一个道地的中国孩子了"。② 由此鲁迅悟出：

> 其实，由我看来，所谓"洋气"之中，有不少是优点，也是中国人性质中所本有的，但因了历朝的压抑，已经萎缩了下去，现在就连自己也莫名其妙，统统送给洋人了。这是必须拿它回来——恢复过来的——自然还得加一番慎重的选择。③

他在《禁用和自造》以中日对待铅笔和墨水笔的不同态度的比较，作出结论说："优良而非国货的时候，中国禁用，日本仿造，这是两国截然不同的地方。"④

日本自明治维新以来，国民渐醒，国力渐强，然而直至1925年，即戊戌变法失败后27年的中国，烈士牺牲了，国民性依然没改变：

> 遇见强者，不敢反抗，便以"中庸"这些话来粉饰，聊以自慰……一到全败，则又有"命运"来做话柄，纵为奴隶，也处之泰然，但又无往而不合于圣道。⑤

鲁迅慨叹说：

> 二十七年了，还是这样，岂不可怕。大约国民如此，是决不会有好的政府的。⑥

---

① 鲁迅：《〈出了象牙之塔〉后记》，《鲁迅全集》，第10卷，第243页。
② 鲁迅：《鲁迅全集》，第6卷，第81页。
③ 鲁迅：《鲁迅全集》，第6卷，第82页。
④ 鲁迅：《鲁迅全集》，第5卷，第316页。
⑤ 鲁迅：《华盖集·通讯》，《鲁迅全集》，第3卷，第26页。
⑥ 鲁迅：《华盖集·通讯》，《鲁迅全集》，第3卷，第21页。

然而，直至 1925 年，鲁迅还是在强调：

> 我想，现在的办法，首先还得用那几年以前《新青年》上已经说过的"思想革命"。还是这一句话，虽然未免可悲，但我以为除此没有别的法。①

他在 1925 年 2 月 12 日感叹："我觉得仿佛久没有所谓中华民国"；1925 年 2 月 16 日甚至感叹："现在的中华民国也还是五代，是宋末，是明季。"② 足见其对国家的爱之深、恨之切。

四、日本学界对鲁迅著作的译介

1909 年 5 月的《日本和日本人》"文艺杂事"栏目，就已记载了关于鲁迅、周作人兄弟的世界文学选集《域外小说集》第一卷的刊行，可谓世界上最早介绍鲁迅的文章，也是鲁迅作品在世界上传播的开端，但这只停留在介绍的层面。最先在日本介绍鲁迅的是后来的著名汉学家青木正儿（Aoki Masaru），其《以胡适为中心的文学革命浪潮》发表于（载《支那学》一卷 1—3 号）1921 年 9—11 月，从文章的题目看，是介绍中国的文学革命，然而该文的最后却写道：

> 在小说戏曲方面，没有比得上胡适的人。在翻译方面，周作人作为近代大陆文学的介绍者，成绩是很大的。他的译笔不是囿于旧文明的直译体，而是更能体现原著的神韵。在小说方面，鲁迅是一位属于未来的作家。在《狂人日记》中所描写的一个有恐怖幻觉的迫害狂者，达到了迄今为止中国小说家尚未达到的境地了。

刊载青木正儿文章的《支那学》到了胡适手中，③ 胡适附上信寄予鲁迅。

---

① 鲁迅：《华盖集·通讯》，《鲁迅全集》，第 3 卷，第 22 页。
② 鲁迅：《华盖集·忽然想到（三）、（四）》，《鲁迅全集》，第 3 卷，第 16 页，第 17 页。
③ 1919 年青木正儿与京都帝国大学的同学小岛佑马、本田成之等组成"丽泽社"，创办《支那学》杂志，在该杂志上发表《以胡适为中心的中国文学革命》，此乃向日本介绍中国新文化运动及其中心人物胡适的第一篇文章，他还多次向胡适提供在日本搜索到的中国文学史资料。鲁迅在《〈奔流〉编校后记》提及此事。见鲁迅：《鲁迅全集》，第 7 卷，第 162~163 页。

鲁迅给青木正儿的回信中有以下文字：

> 我写的小说极为幼稚，只因衰本国如同隆冬，没有歌唱，也没有花朵，为冲破这寂寞才写的，对于日本读书界，恐无一读的生命与价值。[1]

以上引文的意义在于，当时鲁迅的自谦或忧虑证明是错误的，其作品与影响在中、日两国，随时此际的萌芽，自此迸发，在两国开枝散叶，硕果累累。

真正意义上的鲁迅作品的日译，始于1922年5月4日发行的日文杂志《北京周报》刊登了《孔乙己》的日译版，译者是仲密，即鲁迅的弟弟周作人。1932年1月《北京周报》刊载了鲁迅本人翻译的《兔和猫》和《中国小说史略》的前半部分。日本人最初的译介，是从1924年1月到11月，在《北京周报》第97—137期上连载的丸山幸一郎翻译的《中国小说史略》。可以说丸山昏迷是日译鲁迅著作的第一人，也是世界译介鲁迅著作的第一人。

在12月21日那一期上，刊出了东方生翻译的鲁迅的《我的头发》。

同年，该杂志连载了清水安三（Shimizu Yasuzo）的《现代支那文学》一文，有关鲁迅的条目刊登在3月2日上。[2] 在武者小路实笃（Saneatsu Mushakoji）编辑的《大调和》1927年10月号上，译载了《故乡》。这是日本国内对鲁迅作品的最初翻译出版。1928年，《上海日日新闻》刊登了井上红梅翻译的《阿Q正传》。在日本国内，井上译的《阿Q正传》，1929年11月在文艺市场社以《支那革命畸人传》的名字发表。

日本方面，1926年大连日中文化协会出版的日文杂志《满蒙》，刊登了由井上红梅翻译的《狂人日记》。井上红梅是日本第一位积极译介鲁迅作品的翻译家。他很早就发现了鲁迅作品的价值，因此，不局限于某几篇小说，而是几乎对鲁迅所有作品都很感兴趣。1927年12月，他在《上海

---

① 鲁迅：《鲁迅全集》，第13卷，第454页。
② 清水安三曾将自己的汉诗交给鲁迅修改。鲁迅几乎一字不落地做了修改，并对清水说："你不要做汉诗了，日本人不适合。"然后对日本古今的汉诗作了毫不留情的批评，认为日本人做汉诗只讲道理，不讲诗趣。此事让清水安三久久难以忘怀。一般史料认为，日本译介鲁迅始于山上正义的《论鲁迅》，其实清水的研究要比这早上七年，在时间上堪称向日本译介鲁迅的第一人。

持论》发表了《在酒楼上》；1928 年，又发表了所译的《风波》《药》《社戏》《阿 Q 正传》。《阿 Q 正传》最初发表于 1928 年《上海日日新闻》上，1929 年又更名为《支那革命畸人传》，载于日本国内一本以猎奇为主旨的月刊《奇谭》上。鲁迅对这位"中国风俗史研究家"的翻译并没有好评，1932 年 11 月 7 日在给增田涉的信中，就表露出对井上红梅的不满。他说："井上红梅氏翻译拙作，我也感到意外，他和我并不同道。但他要译，也是无可如何。"① 在 1932 年 12 月 14 日的日记中，鲁迅写道："下午收井上红梅寄赠之所译《鲁迅全集》一本，略一翻阅，误译甚多。"②

1928 年，山上正义（林守仁）翻译的《鸭的喜剧》，镰田正国译的《白光》和《孔乙己》也相继在日本问世了。纵观 20 世纪 20 年代的日本译作情况，主要集中在对鲁迅单部作品小规模的翻译介绍上，水平参差不齐，对鲁迅原文的理解还可能存在偏差，并没有在日本社会造成什么影响，但日本学界由此开始关注鲁迅及其作品。从形式上看，日本在中国设立的多家杂志社对鲁迅的译介，客观上带动了日本国内对鲁迅翻译的热情，为接下来鲁迅在日本译介的迅猛发展奠定了基础。

最初谈到有关《阿 Q 正传》的文章是山口慎一的《支那的新小说二三》。在《满蒙》12 卷 1 号（1931.1）上，刊出了长江阳译的《阿 Q 正传》（《阿 Q 正传》于同年 5 月连载完），同时刊载了大内隆雄的《鲁迅的时代》。

鲁迅在 1933 年 11 月 5 日寄给翻译家姚克的回信中，对自己作品的外文翻译情况做了如下说明："《小说全集》，日本有井上红梅（K. Inoue）译。《阿 Q 正传》，日本有三种译本：（一）松浦珪三（K. Matsuura）译，（二）林守仁（S. J. Ling，其实是日人，而托名于中国者）译，（三）增田涉（W. Masuda，在《中国幽默全集》中）译。"③ 在鲁迅致外国友人的书信中，其致增田涉的书信占了大约七成，可见他对增田涉的信任。

1936 年 10 月 19 日鲁迅猝然离世，日本文化阶层受到了极大的震动，并因此决定马上出版鲁迅全集。1936 年至 1937 年，东京改造社集合了当

---

① 鲁迅：《鲁迅全集》，第 13 卷，第 501 页。
② 鲁迅：《鲁迅全集》，第 15 卷，第 43 页。
③ 鲁迅：《鲁迅全集》，第 12 卷，第 257~258 页。

时鲁迅作品翻译的代表人物，如井上红梅、松枝茂夫、佐藤春夫、山上正义、增田涉、鹿地亘等人，合力完成了 7 卷《大鲁迅全集》的翻译出版。这套译著比较全面地反映了鲁迅的文学创作情况，乃 20 世纪 30 年代鲁迅著作外文译本中收录最为详尽著作。上述译著的出版，迅速提高了鲁迅在日本的知名度。

战后日本社会在政治、经济、文化等各个领域面临巨大的改变。在这样的背景之下，日本的文化圈将关注的焦点对准了曾经遭受长期西方列强殖民统治、同为东方语境中的中国，他们体验到了"被压迫民族"的悲哀，并且对鲁迅的作品中反封建、反帝国主义的内容充满了共鸣。戒能通孝所说的话，颇能传达当时的氛围：

> 最近我读鲁迅小说，感到非常之有趣，这实在是令人为难的事……鲁迅写的是中国，那中国是在与我们社会不同的地方……但现在却完全相同了……评论的语言从前是他人的语言，现在却正变成我们自己想说的话……日本完全变成了鲁迅笔下的中国。①

很多日本人惊奇地发现，美军占领的五十年代的日本与鲁迅笔下三十年代的上海是如此相像。他们再次开始关注中国的革命，以此希冀能找到解脱之路。正是这种切身的需求令战后日本再次出现了译介鲁迅作品的热潮，在五十年代达到高峰。一次大规模的抗议，更促进了日本学界对鲁迅的热烈研习：

> 1952 年是特殊的年份，美军对日本的占领结束，战后日本非常畸形地恢复了独立国状态。这一年，美军刚退到幕后不久发生了"五一"事件。这是战后首次的五一活动，并对不完全讲和的独立表示抗议。据说全国有一百万人参加，东京有二三十万人游行。尤其在东京，因为警察不许在皇宫前广场开会，群情激愤，会后很多人闯进皇宫前广场，跟警察发生冲突，最后受到镇压，死了两个人（其中一名被击毙），受伤者达到一千五百多名。公

---

① ［日］尾崎文昭，薛羽：《战后日本鲁迅研究——尾崎文昭教授访谈录》，《现代中文学刊》，2011 年第 3 期，第 54 页。

安部门宣布此事件为"骚乱罪"，逮捕了一千二百多人。左派人士为了表示抗议并宣泄愤怒，事后援用鲁迅《无花的蔷薇之二》里的词语，用北京的"三一八"事件来比附，表示抗议。但是东大中文系的一部分左派学生的看法，跟社会上的左派不一样。他们认为摘引鲁迅的句子来宣泄自己政治性的愤怒，是不科学的、不应该直接套用到1952年的日本，应该认认真真地学习鲁迅的革命精神。所以他们强调要用科学的、历史主义的方式来研究鲁迅，不能跟着社会上政治运动的路子走。就这样他们组织"鲁迅研究会"，展开了认真的阅读。每周，后来是每个月开会，精读鲁迅。一篇文章，一句话一句话阅读。不明白的词语，不清楚的社会背景，一个一个查清楚。他们出版了自己的刊物《鲁迅研究》（1952—1966年）。①

中、日两国之间的对立关系并没有令日本人排斥鲁迅，反而将鲁迅视作为日本当时的危机的启蒙导师，值得赞扬。

根据藤井省三先生《鲁迅在日文世界》记载，1946—1949年期间"鲁迅译本等"为两部，1950—1959年期间则上升至35部；"鲁迅评论、传记等"在1945年前仅为2部，1946—1959年期间飞跃到26部；介绍鲁迅的杂志文章也从1945年前的0篇激增到1946—1959年期间的149篇。② 此阶段翻译鲁迅作品的学者包括：竹内好、增田涉、松枝茂夫、鹿地亘、小田岳夫、冈崎俊夫、小野忍、武田泰淳、中泽信三、佐藤春夫、斋藤秋男、丸山升、太田良夫、香阪顺一、近藤春雄、中泽信三、田中清一郎、金子二郎、小田岳夫、本隆三、尾阪德司等等。

1970—1989年期间，鲁迅作品的"译本"共计61部、"评论传记"共计64部、杂志文章共计298篇，数量惊人。③ 而这一时期的"译本"在

---

① ［日］尾崎文昭，薛羽：《战后日本鲁迅研究——尾崎文昭教授访谈录》，《现代中文学刊》，2011年第3期，第50页。

② ［日］藤井省三：《鲁迅在日文世界》，周令飞主编：《鲁迅社会影响调查报告》，北京：人民日报出版社2011年版，第222~229页。

③ ［日］藤井省三：《鲁迅在日文世界》，周令飞主编：《鲁迅社会影响调查报告》，第222~229页。

形式上也是不拘一格、各有特色的。像 1970 年河出书房新社出版的《现代中国文学》第一卷中便收入了竹内好翻译的鲁迅的主要作品；筑摩文库七十年代出版了竹内好个人翻译的《鲁迅文集》全 6 卷；五个出版社全新出版了鲁迅小说文库本，包括 1970 年旺文社文库出版了松枝茂夫翻译的《阿 Q 正传》《狂人日记》，1971 年中央公论社出版了由高田淳翻译、注解的《鲁迅诗画》，关注于鲁迅古典诗的研究；1972 年潮文库出版了田中清一郎翻译的《阿 Q 正传》《狂人日记》；1973 年中公文库出版了高桥和已翻译的《呐喊》；1975 年新日本文库出版了丸山升翻译的《阿 Q 正传》；1979 年讲谈社文库出版驹田信二翻译的《鲁迅作品集》；1977 年而立书房出版了由霜川远志编著的《戏曲·鲁迅传》，尝试将鲁迅作品戏曲化。此阶段最重要的译本，乃由学习研究社 1984 年至 1986 年出版的《鲁迅全集》，共 20 卷。

进入 20 世纪 90 年代以来，岩波书店、平凡社、讲谈社等大规模的出版社不仅刊载日译的鲁迅作品，而且引进中国的原作。《阿 Q 正传》《药》《藤野先生》等代表作也不断反复地被翻译和出版，但是相较于"评论传记""杂志文章"呈现出的活跃状态，译本已经趋于稳定。而 1990—2010 年期间，有关鲁迅的"译本"共计 21 部、"评论传记"共计 78 部、"杂志文章"共计 687 篇。①

鲁迅留学于日本，弃医就文亦在日本，他前期的思想、创作同日本文学具有密切联系，而译介并推崇鲁迅的文学作品及其领导地位的，亦是日本。此处只是指出日本对鲁迅逝世后的翻译成果，这阶段的日本翻译对鲁迅奠定其在中国现代文学界与国际文学界的地位，功莫大焉。日本的鲁迅作品的翻译与研究历史悠久，数量与种类繁多，足见鲁迅思想之魅力，历久不衰。

五、鲁迅译介的日本文学与思想

鲁迅愤世嫉俗，对于国家更是爱之深而恨之切，然而对于令其百味交

---

① ［日］藤井省三：《鲁迅在日文世界》，周令飞主编：《鲁迅社会影响调查报告》，第 222~229 页。

集的日本却颇多推崇，他如此赞美日本：

> 日本比中国幸福得多了，他们常有外客将日本的好的东西宣
> 扬出去，一面又将外国的好的东西循循善诱地输运进来。①

日本对鲁迅的文学及学术有翻译与推介之功，而同样鲁迅亦很有目的性地翻译并传播了当时日本先进的启蒙思想与小说作品。甚至可以说，鲁迅的思想及作品中的启蒙思想的主要源头，便是来自当时的日本思想家与小说家。1919 年他着手翻译武者小路实笃的《一个青年的梦》。1923 年他与周作人合译《现代日本小说集》，15 人共 30 篇作品。其中鲁迅所译的有：夏目漱石的《挂幅》与《克莱喀先生》；森鸥外的《游戏》与《沉默之塔》；有岛武郎（Arishima Takeo）的《与幼小者》与《阿末之死》；芥川龙之介的《鼻子》与《罗生门》；菊池宽的《复仇》与《三浦右卫门的最后》；江口涣的《峡谷之夜》等 6 家计 12 篇作品。此书由胡适校订，上海商务印书馆出版。芥川龙之介亦在《日本小说的汉译》中对此书作了介绍。有论者指出：

> 这个翻译小说集……其中有些作品，如芥川龙之介、森鸥
> 外、夏目漱石等人的作品，……不惟是这些作家、作品在中国的
> 早期介绍，而且更重要者，是这些作品展示出当时中国新文学从
> 未见过的文学品格与文学追求，那是非常个人化的文学趣味。这
> 种个人化，其实亦透出一种现代品格。②

鲁迅曾谈到他翻译外国作品是为了：

> 传播被虐待者的苦痛的呼声和激发国人对于强权者的憎恶和
> 愤怒而已，并不是从什么"艺术之宫"里伸出手来，拔了海外的
> 奇花瑶草，来移植在华国的艺苑。③

他颇为赞赏菊池宽的《三浦右卫门的最后》，原作对历来被视为神圣不可亵渎的日本"武士道的精神"尽情嘲讽。鲁迅在《译后记》里指出，"武

---

① 鲁迅：《〈奔流〉编校后记》，《鲁迅全集》，第 7 卷，第 178 页。
② 王友贵：《翻译家鲁迅》，第 66~67 页。
③ 鲁迅：《坟·杂忆》，《鲁迅全集》，第 1 卷，第 224 页。

士道之在日本，其力有甚于我国的名教"，菊池宽敢于揶揄和揭露，"可以看出作者的勇猛来"。[1]

鲁迅所译介森鸥外的《沉默之塔》，此乃尼采《察拉图斯武拉》（或有时作《扎拉图斯武拉》）日译本的"代序"。[2] 他认为"尼采式的超人，虽然太觉渺茫"，却仍推崇他是"近来偶像破坏的大人物"。[3] 他在翻译武者小路实笃《一个青年的梦》后记中说："所以我以为这剧本也很可以医许多中国旧思想上的痼疾。"[4] 他认为"永久的和平""非从民众觉醒不可"，[5] 其翻译无疑又是与改造国民性的主张紧密联系的。

六、日本文学与鲁迅小说

《狂人日记》中的"狂人"是对封建的"吃人"社会提出异议、进行反抗的、有觉悟的人。（这个狂人的出现意味着中国"近代的自我"的觉醒）在日本相当于《狂人日记》的作品是二叶亭四迷的《浮云》（1887年）。与"狂人"相反，《浮云》的主人公内海文三却是一位"既缺乏生活能力也缺乏果断"的懦夫。但是他不顺从明治社会（他是某部的小官吏，后被免职），这点可以说与"狂人"一样，对社会是持批判态度的。二叶亭四迷是优秀的俄罗斯文学的研究家（翻译家），爱读19世纪作家屠格涅夫的作品。这可以使人想到也许他想在日本塑造一个俄罗斯文学中出现的、不满现实却无能为力的"多余者"的形象。《浮云》问世后3年，即明治23年，森欧外发表了用拟古文撰写的小说《舞姬》。这篇小说用笔记的形式写，主人公在德国留学期间与名叫爱莉斯的"舞姬"（舞女）相恋直至同居，但是为了在故国能飞黄腾达，抛下爱莉斯回国了。他在无穷的烦恼中，写下了这个笔记。鲁迅的《伤逝》或便是受《舞姬》的启发而创作。

---

① 鲁迅：《鲁迅全集》，第10卷，第229页。

② 森鸥外撰写此文不单为了介绍尼采的思想，他是针对1910年日本残酷迫害无政府主义党人的"幸德事件"而发的，带有对日本军阀政府的抗议之意。

③ 鲁迅：《热风·随感录四十一、四十六》，《鲁迅全集》，第1卷，第325页，第333页。

④ 鲁迅：《一个青年的梦·译者序二》，《鲁迅全集》，第10卷，第195页。

⑤ 鲁迅：《译者序》，《鲁迅全集》，第10卷，第192页。

江口涣的《峡谷的夜》，描述一个被丈夫遗弃后发疯的妇女，颇近《祝福》中被伦理纲常与迷信逼疯的祥林嫂。菊池宽《复仇的话》的主角八弥是一位武士的遗腹子，为报杀父之仇，仗剑寻敌，远游异乡。《复仇的话》中的某些情节和鲁迅的《铸剑》有不少类似之处。

鲁迅还翻译了芥川龙之介的《鼻子》，此小说以日本民间传说为题材，运用典雅诙谐的笔调，尖锐地讽刺了现实中那些安于现状、保守成性的人。明知弊端，习以为常，一旦破除旧习，反而不惯，宁可因循守旧，复归故道。显然，这也是中国国民的弱点。鲁迅曾痛心地指出：

> 体质和精神都已硬化了的人民，对于极小的一点改革，也无不加以阻挠，表面上好像恐怕于自己不便，其实是恐怕于自己不利……倘不将这些改革，则这革命即等于无成。①

对此，他沉痛地慨叹："我独不解中国人何以于旧状况那么心平气和，于较新的机运就这么疾首蹙额。"② 可见，他翻译《鼻子》的用意亦在于期望改造中国国民的病疾，打败因循守旧的落后现状，启发国人的自觉。这种创作意图，大体出现在《头发的风波》中，有关国民对剪辫子的不习惯的描写。

鲁迅所翻译的有岛武郎的《与幼小者》和《阿末之死》，对其小说创作亦有一定影响。有岛武郎是个虔诚的人道主义者，他以博爱为宗旨，从生物进化发展观点出发，提出解放下一代，大力鼓吹长者对幼小者的爱，主张长辈要不惜牺牲自己，以爱和温暖抚慰幼者。"五四"时期，鲁迅多次阐发人性进化和解放，其实是从另一个角度探讨国民性的改造问题。他不满于国民性的痼疾，故将希望寄托在青年一代。他深信"青年必胜于老人"，新的一代必然超越过旧的一代。1919 年 10 月，他在《我们现在怎样做父亲》中提出，要"完全解放我们的孩子"，尖锐地批判了以封建纲常为伦理的父权。鲁迅认为父辈应该乐于牺牲自己，为青年一代开路。他大声呼吁："放他们到宽阔光明的地方去。"③ 鲁迅写完这篇文章后两天，读

---

① 鲁迅：《习惯与改革》，《鲁迅全集》，第 4 卷，第 223~224 页。
② 鲁迅：《这个与那个》，《鲁迅全集》，第 3 卷，第 143 页。
③ 鲁迅：《鲁迅全集》，第 1 卷，第 140 页。

到有岛武郎的《与幼小者》，"觉得很有许多好的话"，便挥笔写下《随感录六十三·"与幼者"》，称赞有岛是"觉醒者"。① 于是乎，《故乡》中便有寄希望于侄儿与闰土的儿子水生，《狂人日记》中便有"救救孩子"之呼吁。

七、结语

鲁迅他揭露"吃人"的中国历史，发出"疗救的注意"和"救救孩子"的呼声，其途径唯在于"别求新声于异邦"，"外之既不后于世界之思潮，内之仍弗失固有之血脉；②"从别国里窃得火来，本意却在煮自己的肉的"。③

昔日，鲁迅离家去国，远渡日本，其在日本所受的刺激及启蒙，令他立志走上文学家与思想家的道路，而料想不到的是其作品及思想又反馈于战后的日本，以促其自新、自强。在日本，鲁迅获得了思想上的启蒙，同样日本亦曾接受鲁迅思想的启蒙。可以说，中日两国共同孕育并成就了大写的"鲁迅先生"，亦为现代中国小说开启了一条启蒙大道。

① 鲁迅：《鲁迅全集》，第 1 卷，第 363 页。
② 鲁迅：《鲁迅全集》，第 1 卷，第 56 页。
③ 鲁迅：《鲁迅全集》，第 4 卷，第 209 页。

第三章　冲决铁屋，叩问"魂灵"：
鲁迅《祝福》中的三重世界及自我叩问

一、前言

　　清末民初之际，山雨欲来风满楼。终其一生，鲁迅见证了旧中国的溃败，以及其迈向新中国的挣扎过程中的血与泪。最重要的是，这一切都深深地烙在他的心上，并展现于其独异不羁、愤懑困惑而又充满灵性诗意的文字世界。自青年时代开始，他已自觉地将自己的生命与中国的前途紧扣在一起，休戚与共。鲁迅同样乃以回忆故乡作为其小说的基础而崛立于二十世纪的中国文坛。鲁迅对故乡有无限的眷恋，同样对故乡的回忆，亦带有无尽的唏嘘。而其日后的书写方式将以故乡的记忆为基础，以故乡的魏晋风骨为方向，揭开了批判传统与国民性的序幕，《祝福》乃此中典范。

二、《祝福》中三重世界及其递变的位置

　　历来有不少论者从不同的角度论述鲁迅的小说《祝福》中祥林嫂的悲惨故事，而结论终离不开这篇小说乃作者对旧社会吃人礼教的暴露与控诉。[①] 汪晖认为，寻找和阐释鲁迅小说中的错综复杂、纷纭变幻的心理过程的演变逻辑，较之解析小说的外部叙事方式更为重要。[②] 小说中人物的心理变化固然是把握其中心思想的重要一环；然而，很多时候人物的心理变化与叙事策略实乃密不可分。

　　《祝福》中的叙事者（narrator）"我"，作为祥林嫂整个悲剧始末的旁

---

　　① 例如，林非：《〈祝福〉在中国现代小说史上的意义》，《中国现代小说史上的鲁迅》，陕西人民教育出版社 1996 年版，第 126~145 页；程云峰：《从功能学说看祥林嫂的悲剧》，陈炳良主编：《中国现当代文学探研》，香港：三联书店 1992 年版，第 203~222 页。
　　② 汪晖：《反抗绝望：鲁迅及其〈呐喊〉〈彷徨〉研究》，台北：久大文化 1990 年版，第 288 页。尽管如此，汪晖仍在其书中专辟两章讨论鲁迅小说中的叙事。

观者，其思想与态度的微妙变化以至其间剧烈的内心挣扎，乃是历来论者所忽略的。鲁迅以其成熟的叙事技巧及心理描写，为这篇小说构建了三重世界。

《祝福》中所谓的"三重世界"，乃从人物所置身的不同环境与氛围而言：祥林嫂的悲惨世界，作者采取的是限知的旁观叙述角度；与之相牵连的是"我"的世界；至于祥林嫂与"我"之间的关系以及整个以鲁四老爷为首的鲁镇，实乃中国社会之缩影，则又构成另一世界。这三重世界既各自独立存在，又紧密联系，最终乃由以鲁四老爷为首的鲁镇，逐渐吞并祥林嫂的个体生命与叙事者的精神意志。

1. 祥林嫂的悲惨世界

小说中的祥林嫂可以不必有其人，而类似的人物在当时甚至于现今的社会则又不计其数。这是作者成功塑造的一个备受封建社会吃人礼教所压迫的典型人物。祥林嫂不是鲁镇人，她是没有名字的女人：

> 大家都叫她祥林嫂；没问她姓什么，但中人是卫家山人，既说是邻居，那大概也就姓卫了。[①]

在小说中，祥林嫂乃沉默的"零余者"（alienator），鲁镇中的"异乡人"（outsider）："她不很爱说话，别人问了才回答，答的也不多。"[②]她是一件"活物"，婆婆将她劫走，卖给山里人贺老六作妻子，将所获得的金钱作为她另一个儿子的聘礼。[③]

婚后，祥林嫂的厄运接踵而来，第二任丈夫死于伤寒，孩子又给狼衔走。阔别了鲁镇两年的她又重回旧地成为鲁四老爷的佣人。然而，她始终活在过去不幸的回忆中；旁人对她的不幸只当故事听听而已，久而久之，甚至对她生厌起来。她的死亡，可以说是起于柳妈的迷信思想的恐吓所致：

> 你想，你将来到阴司去，那两个死鬼的男人还要争，你给了谁好呢？阎罗大王只好把你锯开来，分给他们。[④]

---

① ② 鲁迅：《祝福》，《鲁迅全集》，第 2 卷，第 11 页。
③ 鲁迅：《祝福》，《鲁迅全集》，第 2 卷，第 13 页。
④ 鲁迅：《祝福》，《鲁迅全集》，第 2 卷，第 19 页。

连番打击令她逐渐变得麻木，而柳妈的这番迷信的恐吓，则成为她挥之不去的噩梦，令她堕入迷信与惶恐，最终失常。

祥林嫂的厄运近乎西方悲剧中的"命运"（fate）那样的不可逆拒，人物备受命运的拨弄而反抗乏力。她并不如莎剧中的伊底帕斯（Oedipus）般敢于直面命运而成为悲剧英雄，她只不过是一小妇人而已。她要求的只是安稳的日子。所以，她追问"魂灵"有无的问题，所追寻的并非形而上的哲学思考，而是害怕死后难以面对两位丈夫。这其实又是传统的贞节观念在作祟，为此，她听信柳妈之言而去庙里捐门槛。

在此，作者凸显的是僵死的礼教对人心的窒息与冷酷人心从旁的推波助澜，令在死了第一任丈夫之后，本来可重觅新生的她又再一次被无知、自私的婆婆推入厄运中，被强行卖给另一男人，而身为"老监生"的鲁四老爷则袖手旁观。当她再度经历家破人亡之后，她又回到鲁镇做女工。正当投入新生活之际，她又被身边的闲言闲语所困扰，创伤与惶恐将她推向疯癫、逼向死亡。"疯癫"不仅是一种病理现象，更是一种文化的产物。"疯癫"有时并不是病理上的"疯癫"，而是外在权力或文化结构，对所谓"疯子"的一种指认和诊断。在此，人为的恶势力，包括利用礼教，较诸命运的拨弄更为残酷。这便是鲁迅对当时的社会的控诉之一，也是历来论者所着眼之处。

然而，祥林嫂的悲剧只是整篇小说的前景，属于第一重世界而已。更深层的是叙事者的内心世界及其与祥林嫂的悲惨世界重叠而成，以鲁镇为背景的整个中国社会缩影。

2. 叙事者"我"的内心世界

与鲁镇这外在世界相对的是"我"的内心世界。鲁镇的守旧氛围、祥林嫂过去的遭遇、其内心的煎熬与惶恐及其被鲁镇中人推向死亡之途，均曾牵动、刺激"我"的内心世界。夏志清在《中国现代小说史》中对《祝福》的"叙事者"有如下评论：

> 鲁迅（叙事者）在事后对于这个女人遭遇感到惋惜和悲伤，使他自己也益感孤独。这一个城镇已不再是他生活的一部分。这

些个人的感触，使这一个冷酷的传统社会的悲剧增加了几分感情上的温暖。①

事实恐非如此。《祝福》整个故事，最主要的是叙事者的心理变化所呈现的张力，其心理随着祥林嫂的连串遭遇而不断出现微妙的改变，一连串不安的感觉中夹杂着叙事者"我"对祥林嫂的回忆，不无同情、怜悯，苦于内疚、挣扎，然最终被鲁镇的黑暗势力所吞噬，这便是鲁迅在这篇小说中的着力之处。

叙事者"我"甫回鲁镇不久则内心非常不安，这种不安乃先由外在环境的影响所致，在此由叙事者个人的"内心独白"道出：

> 我又无聊赖的到窗下的案头去一翻，只见一堆似乎未必完全的《康熙字典》，一部《近思录集注》和一部《四书衬》。无论如何，我明天决计要走了。②

叙事者一次又一次地重复说想离开。很明显，在其意识中，他觉得鲁镇的氛围很不寻常，常常令他觉得不安。其中，令他最不安的便是祥林嫂的出现以及其接踵而至的悲惨遭遇。而且，"我"更曾于重要的关键时刻——她追问"魂灵"之有无之际，语焉不详地推搪过去，自此"我"的良心便一直忐忑不安："况且，一想到昨天遇见祥林嫂的事，也就使我不能安住。"③此际，"我"敏感地觉察到鲁镇没有改变中的大变，那便是祥林嫂的外表：

> 我这回在鲁镇所见的人们中，改变之大，可以说无过于她的了：五年前的花白的头发，即今已经全白，全不像四十上下的人；脸上瘦削不堪，黄中带黑，而且消尽了先前悲哀的神色，仿佛是木刻似的；只有那眼珠间或一轮，还可以表示她是一个活物。她一手提着竹篮，内中一个破碗，空的；一手挂着一支比她更长的竹竿，下端开了裂：她分明已经纯乎是一个乞丐了。④

---

① 夏志清著，刘绍铭等译：《中国现代小说史》，香港：友联出版社1979年版，第36页。
②③④ 鲁迅：《祝福》，《鲁迅全集》，第2卷，第6页。

祥林嫂对"魂灵"的追问造成"我"内心的"不安逸"。① 一个女乞丐所关心的竟是"魂灵"的问题，她在这问题上寄放了希望与恐惧，而叙述者自己作为一位祥林嫂口中见多识广的人，却说不清楚"魂灵"之有无。"我"的内疚便在于竟不知死后有没有"魂灵"。祥林嫂与"我"的对话，其实便是《狂人日记》中的这一幕：

> 忽然来了一个人；年纪不过二十左右，相貌是不很看得清楚，满面笑容，对了我点头，他的笑也不像真笑。我便问他，"吃人的事，对么？"他仍然笑着说，"不是荒年，怎么会吃人。"我立刻就晓得，他也是一伙，喜欢吃人的；便自勇气百倍，偏要问他。
>
> "对么？"
>
> "这等事问他什么。你真会……说笑话。……今天天气很好。"
>
> 天气是好，月色也很亮了。可是我要问你，"对么？"
>
> 他不以为然了。含含胡胡的答道，"不……"
>
> "不对？他们何以竟吃？！"
>
> "没有的事……"
>
> "没有的事？狼子村现吃；还有书上都写着，通红斩新！"
>
> 他便变了脸，铁一般青。睁着眼说，"有许有的，这是从来如此……"②

外来的年轻人往往是铁屋中人寻找答案的对象，而却往往令期盼落空。同样反讽的是，"我"确实是一个没有"魂灵"的人（当然，这里的"魂灵"与祥林嫂所担心的死后的"魂灵"是截然不同的），这可见于后来，"我"为清除祥林嫂之死所带来的恐惧与内疚而作的开脱方法，即是与鲁镇那些麻木了的人一样，沉醉于"祝福"的氛围之中。在这里，"我"既解答不了她的疑惑，更增加了她的恐惧。于是，"我"心里觉得很不安：

---

① 鲁迅：《祝福》，《鲁迅全集》，第 2 卷，第 7 页。
② 鲁迅：《狂人日记》，《鲁迅全集》，第 1 卷，第 428 页。

自己想，我这答话怕于她有些危险。她大约因为在别人的祝
福时候，感到自身的寂寞了，然而会不会含有别的什么意思的
呢？——或者是有了什么豫感了？倘有别的意思，又因此发生别
的事，则我的答话委实该负若干的责任……①

至此，"我"还想到自己对"魂灵问题"的语焉不详，可能要负上"若干
的责任"，可见良心仍未泯。然而，"我"并没有任何实际的补救行动，而
不安的感觉则促使"我"决定离开鲁镇：

但是我总觉得不安，过了一夜，也仍然时时记忆起来，仿佛
怀着什么不祥的豫感；在阴沉的雪天里，在无聊的书房里，这不
安愈加强烈了。不如走罢，明天进城去。福兴楼的清燉鱼翅，一
元一大盆，价廉物美，现在不知增价了否？……无论如何，我明
天决计要走了。②

由此可见，"我"并没有直面现实，而是选择了逃避。这几乎是鲁迅小说
中大多数人物的选择。汪晖认为：

对"故乡"的逃避恰恰又表明了叙事者并没有真正告别他的
"故乡"，新的文化认同并未解开"魂灵"深处的盘根错结的旧传
统，他本身无法成为改变"故乡"结构的有力因素或导致现实变
革的"希望"所在。③

汪晖指出，叙事者逃避"故乡"，反映的是未能解开传统的魔障。就《祝
福》这篇小说而言，"我"应是一"新青年"，否则不会对鲁四老爷骂新
党时有那么敏感的反应。"我"当时虽对鲁四老爷的言行及故乡的种种有
所不满，但只是停留于内心深处而已。实际上，"我"还是乐于做一个活
在传统中的顺民。虽则如此，当"我"得知祥林嫂之死后的反应，还是与
鲁四老爷及镇中人有所区别的：

"死了？"我的心突然紧缩，几乎跳起来，脸上大约也变了

---

① 鲁迅：《祝福》，《鲁迅全集》，第2卷，第7~8页。
② 鲁迅：《祝福》，《鲁迅全集》，第2卷，第8页。
③ 汪晖：《反抗绝望：鲁迅及其〈呐喊〉〈彷徨〉研究》，第284页。

色。……然而我的惊惶却不过暂时的事，随着就觉得要来的事，已经过去，并不必仰仗我自己的"说不清"和他之所谓"穷死的"的宽慰，心地已经渐渐轻松；不过偶然之间，还似乎有些负疚。①

此际"我"的内心虽为她的死亡而感惊愕，但此乃人性固有的同情心。此刻的惊愕虽未令"我"对祥林嫂之死有任何的反思，然而作者却借此凸显了旁人的冷酷与无情。然而，及至"祝福"的前夕，在一片喜庆、温馨的节日氛围底下，"我"的内心对于祥林嫂之死的整个事件，则又起了相当大的变化：

> 我独坐在发出黄光的菜油灯下，想，这百无聊赖的祥林嫂，被人们弃在尘芥堆中的，看得厌倦了的陈旧的玩物，先前还将形骸露在尘芥里，从活得有趣的人们看来，恐怕要怪讶她何以还要存在，现在总算被无常打扫得干干净净了。魂灵的有无，我不知道；然而在现世，则无聊生者不生，即使厌见者不见，为人为己，也还都不错。我静听着窗外似乎瑟瑟作响的雪花声，一面想，反而渐渐的舒畅起来。②

至此，"我"为她的死亡找寻了合乎逻辑的理由，早前一直萦绕"我"内心的烦恼与内疚也一扫而空，实际上是一步凸显"我"的怯懦与无能。"我"曾为她的不幸唏嘘，甚至不无悲悯之情，然而最终"我"内心的惶恐与矛盾终为外在的"祝福"世界所吞噬：

> 我在朦胧中，又隐约听到远处的爆竹声联绵不断，似乎合成一天音响的浓云，夹着团团飞舞的雪花，拥抱了全市镇。我在这繁响的拥抱中，也懒散而且舒适，从白天以至初夜的疑虑，全给祝福的空气一扫而空了，只觉得天地圣众歆享了牲醴和香烟，都醉醺醺的在空中蹒跚，豫备给鲁镇的人们以无限的幸福。③

---

① 鲁迅：《祝福》，《鲁迅全集》，第2卷，第9页。
② 鲁迅：《祝福》，《鲁迅全集》，第1卷，第10页。
③ 鲁迅：《祝福》，《鲁迅全集》，第1卷，第21页。

为清除祥林嫂之死给"我"带来的恐惧与内疚感，"我"唯有与鲁镇那些麻木的人一样，不再思索，不再追问，完全沉醉于"祝福"的氛围中，以驱除"疑虑"与"不安"。汪晖对此现象有如下观察：

> 故事（《祝福》）的叙述过程成了叙述者道德责任的解脱过程，叙述者自身的"轻松"感终于汇入了造成祥林嫂悲剧的"故乡"的冷漠之中。①

然而，鲁迅在批判沦为旧社会的"共谋者"之余，更主要的是在突出新一代知识分子，既具不同于旧知识分子的眼光与识见，然而又怯于传统的压力，从而徘徊于清醒与众人共醉之间的彷徨。

3. 鲁镇：作为中国缩影的世界

祥林嫂的悲剧与作为知识分子的叙述者"我"，对事件的置若罔闻所构成的便是小说中的第三重世界，以鲁镇作为背景，也就是现实中国社会的缩影。

作者一开始着力描摹的是鲁镇的封建氛围。鲁镇那股令人窒息的封建氛围，乃以鲁四老爷的言行及其所主持的"祝福"这一仪式构成。作者透过对鲁镇的人物与环境不变的描写，目的在于衬托出当时中国社会的衰颓与保守：

> 第二天我起得很迟，午饭之后，出去看了几个本家和朋友；第三天也照样。他们也都没有什么大改变，单是老了些；家中却一律忙，都在准备着"祝福"。②

一切没变，而唯一变的便是"老"了些。作者先让读者感受鲁镇的静止状态，继而又在静止中加上衰老的元素。

主导人物鲁四老爷的言行及家中物品，则乃守旧的象征：

> 他是我的本家，比我长一辈，应该称之曰"四叔"，是一个讲理学的老监生。他比先前并没有什么大改变，单是老了些，但也还未留胡子，一见面是寒暄，寒暄之后说我"胖了"，说我

---

① 汪晖：《反抗绝望：鲁迅及其〈呐喊〉〈彷徨〉研究》，第284页。
② 鲁迅：《祝福》，《鲁迅全集》，第2卷，第5页。

"胖了"之后即大骂其新党。但我知道，这并非借题在骂我：因
为他所骂的还是康有为。①

这个"讲理学的老监生"便是封建社会的图腾与禁忌（"祝福"）的捍卫
者。他样子没变，思想守旧依然，而且是更落后与守旧，在那个年代"大
骂其新党"，而所骂的却"还是康有为"。作者以鲁四老爷这样的人物，凸
显了鲁镇的保守与落后，他是这篇小说中封建、守旧势力的象征，揭示的
是鲁镇在历经辛亥革命之后仍然波澜不惊、死水一潭的现状。

当祥林嫂死于"祝福"的前夕的消息传来，这个"讲理学的老监生"
的反应是"不早不迟，偏偏要在这时候，——这就可见是一个谬种"。② 他
虽然读过"鬼神者二气之良能也"，而忌讳仍然极多，临近祝福的时候，
是万不可提起死亡疾病之类的话的。③ 而且，他一早已不喜欢祥林嫂在
"祝福"中帮忙，因为她是一个"寡妇"。④ 如今她的死，更肯定他认定她
的不祥的预感。

由此可见，祥林嫂之死乃是对"祝福"这一祈福仪式的反讽——因为
是女性，是寡妇，而且死得不是时候，由始至终她都是被排斥于"祝福"
之列。

祥林嫂之死呈现了"讲理学的老监生"鲁四老爷，只重仪式而漠视人
命，一个人的死亡竟未能引发他的怜悯，而且为其死得不得其时而发怒。
由此可见，所谓"讲理学"的人竟是如此的冷漠，谨守仪式而忽略了"祝
福"的对象乃是"人"。此中所承袭的仍是理学杀人的反传统思想，但这
并非小说的主要中心思想。《祝福》的中心思想在于突出的是知识分子的
软弱无能。

三、"魂灵"叩问

以上三重世界，在上演的程序及正偏位置上亦有明显的安排，以达到

---

① 鲁迅：《祝福》，《鲁迅全集》，第2卷，第5页。
② 鲁迅：《祝福》，《鲁迅全集》，第2卷，第8~9页。
③ 鲁迅：《祝福》，《鲁迅全集》，第2卷，第9页。
④ 鲁迅：《祝福》，《鲁迅全集》，第2卷，第10页。

讽刺的效果。首先，作者先安排"我"与鲁四老爷交谈，并从中导出"我"对他乃至整个鲁镇的感觉。然后，"我"再回过头来叙述"昨天"遇上祥林嫂时所产生的惊愕。当"我"得悉祥林嫂死了之后，作者安排"我"观察鲁四老爷与短工对其死的冷漠态度。由开始至此，作者采取由外界的刺激以透视"我"内心的反应。"我"对鲁四老爷、鲁镇以及重遇祥林嫂的印象，均有助于与后来的"我"的表现作对照，以凸显"我"前后截然不同的内心感觉。

然后，"我"在惊惶与不安之后，又再倒叙祥林嫂的过去。这里叙述的主要是鲁四老爷与鲁镇中人对祥林嫂的逼害，当年祥林嫂在"祝福"中的被歧视，便是"我"过去对她的记忆的最后一幕。到了最后一幕，当"我"从回忆中醒来，再投入现实的世界中时，幸福而热闹的氛围包围了"我"，而"我"最初那一点与鲁镇格格不入的感觉已完全消失。

相对而言，祥林嫂与鲁镇中人是外在世界，叙事者"我"则是旁观者，而且主要集中呈现"我"繁复的心理活动而已，故亦可谓属于内在世界。首先是外在世界的冲突，由以鲁四老爷为首以及以柳妈为帮凶的若干人等，对祥林嫂进行歧视与恐吓，最终达至礼教对个体的清灭。在这一过程中，"我"虽没有实际参与消灭祥林嫂的活动，但实际上"我"的道德意识亦在面临严峻的考验。由此而言，三重世界实际上互相冲突。最终，以鲁四老爷为首的保守势力，吞噬了祥林嫂的个体生命，而叙事者"我"的精神意志亦为之侵蚀与同化。作者以这样的叙事模式的安排，达至对自视肩负天下的知识分子，在当时的状况的最深刻的揭露与批判；另一方面，也对新社会的知识分子的社会角色作了深刻的思考：究竟，在李鸿章等人所谓的"三千余年的大变局，为秦汉以来未有之世变"当前，知识分子应何去何从？①

---

① 鲁迅在《在酒楼上》中也塑造了吕纬甫这一人物，以反映当时知识分子在面对新社会时的内心矛盾与苦闷。有关现代中国知识分子的身份及危机的论述，可参阅：Leo，Ou-fan Lee，*The Modern Wen-jen and Chinese Society*，*The Romantic Generation Of Modern Chinese Writers*.（Cambridge：P of Harvard U，1973），pp. 247-256. 李欧梵在此书中将"五四"时期的"文人"视为真正的文人的开始，其论据便是认为当时文人不参与政治以及具作为文人的自觉意识。此观点值得商榷：自古至今的中国文人，几乎绝少不参与政治，特别是现代中国，更多文人参与或卷入政治。

四、吊诡的"祝福"

《祝福》整篇小说的核心乃围绕"祝福"这一节日而展开的，而"祝福"亦是间接导致祥林嫂死亡的元素之一。故此，我们有必要追问，"祝福"作为一个传统节日与祥林嫂之死有何关系？而祥林嫂之死于"祝福"前夕，又有什么象征意义？

叙述者对"祝福"这一节日有如下描述：

> 这是鲁镇年终的大典，致敬尽礼，迎接福神，拜求来年一年中的好运气的。①

"祝福"既是属于整个镇的传统节日，即是说，至少所有镇上的人，包括男性与女性均有权利接受神的祝福。然而，女人在"祝福"中扮演的只是佣人的角色：

> 杀鸡，宰鹅，买猪肉，用心细细的洗，女人的臂膊都在水里浸得通红，有的还带着绞丝银镯子。煮熟之后，横七竖八的插些筷子在这类东西上，可就称为"福礼"了，五更天陈列起来，并且点上香烛，恭请福神们来享用；拜的却只限于男人……②

"祝福"仪式"拜的却只限于男人"，年年如此，家家如此。男人与女人的身份地位的区别就在于此。祥林嫂既是女人，又有种种不祥的遭遇，自然被鲁四老爷及"祝福"的禁忌视为不祥人而摒除于被祝福之列，亦即被驱逐出鲁镇这"人"的世界。换言之，她已丧失作为人的身份，她被礼教吞噬。在此亦反讽了以鲁四老爷为代表的旧社会绳规的泥于形式而漠视或不谙"祝福"的真正意义。然而，礼教的仪式与道德的准绳，却正是被这些如鲁四老爷般的无知与冷酷者的捍卫者所操控。

"祝福"乃鲁镇中人以及鲁四老爷最为重视的仪式。然而，在这篇小说中，作者透过祥林嫂的悲惨遭遇，揭开了"祝福"背后的狰狞面目——

---

① 鲁迅：《祝福》，《鲁迅全集》，第2卷，第5页。
② 鲁迅：《祝福》，《鲁迅全集》，第2卷，第5~6页。

僵死的礼教与冷酷的人心，"祝福"根本对于祥林嫂以至于鲁四老爷及整个鲁镇来说，都是一个反讽。鲁迅在此对整个中国的传统礼教，提出了极具批判性的质疑。

五、启蒙与被启蒙

诚如大多数论者所言，僵死的礼教与冷酷的人心乃鲁迅在《祝福》中所着力控诉的重点，这正好配合了五四运动的反封建礼教的大前提。在《呐喊》的《自序》中，鲁迅对其思想作了如下的剖白：

> 在我自己，本以为现在是已经并非一个切迫而不能已于言的人了，但或者也还未能忘怀于当日自己的寂寞的悲哀罢，所以有时候仍不免呐喊几声，聊以慰藉那些在寂寞里奔驰的猛士，使他不惮于前驱。至于我的喊声是勇猛或是悲哀，是可憎或是可笑，那倒是不暇顾及的；但既然是呐喊，则当然须听将令的了，所以我往往不恤用了曲笔，在《药》的瑜儿的坟上平空添上一个花环，在《明天》里也不叙单四嫂子竟没有做到看见儿子的梦，因为那时的主将是不主张消极的。至于自己，却也并不愿将自以为苦的寂寞，再来传染给也如我那年青时候似的正做着好梦的青年。①

由此可见，鲁迅在当时的思想是悲观、无奈的；小说中所见的"希望"也是听将令下的"曲笔"，为的是希望惊醒"做梦"的青年。这里虽是上述铁屋子之喻从个人思想到其创作的再引申；作品中虽不恤用了"曲笔"以响应同志的奋战不懈，而他个人的思想则悲观依然。在其《致李秉中》的信中，他说：

> 我自己总觉得我的"魂灵"里有毒气和鬼气，我极憎恶他，想除去他，而不能。我虽竭力遮蔽着，总还恐怕传染给别人……②

---

① 鲁迅：《鲁迅全集》，第 1 卷，第 419~420 页。
② 鲁迅：《鲁迅全集》，第 11 卷，第 431 页。

他对自己的思想是相当清楚的，故而自觉地努力挣扎于"呐喊"与"彷徨"之间。然而在其名为《彷徨》的第二本小说集中，他却又题下屈原的《离骚》句，既哀"日忽忽其将暮"，更吊诡的还是貌似积极的"路漫漫其修远兮，吾将上下而求索"。① 其思想之矛盾，可见一斑。

鲁迅思想之矛盾其实与其个人的经历以及作为知识分子的自觉意识是分不开的。在日本留学期间，他曾与好友筹办杂志《新生》，然而计划却胎死腹中。② 至于与弟弟周作人翻译的《域外小说集》的销售也未如理想，心灵由此而受到现实的重创。据曹聚仁记载：

> 于是准备清楚，在一九〇九年二月，印出第一册，到六月间，又印出了第二册。寄售的地方，是上海和东京。半年过去了，先在就近的东京寄售处结了账。计第一册卖去了二十一本，第二册是二十本，以后可再没有人买了。（第一册多卖一本，那是他们自己去买来的，实际上只有二十位读者。）至于上海，是至今还没有详细知道，听说也不过卖出了二十册上下，以后再没有人买了。（第一册印一千本，第二册印五百本。）③

回国后，国内政治的混乱现况与社会的衰颓景象更令他甘于颓废，在浙江会馆中抄古碑作自我的沉醉，在寂寞中消磨青春。④ 他当时的心情并非如其小说《呐喊》中勇于奔驰的战士的一样，不但没有呐喊的兴致，甚至是悲观、阴郁的，这种色彩一直是其小说的基调。在貌似奋进的小说中，更深层的是个人悲观心态的呈现，这主要源自他对中国的未来与国民性的悲观。社会的黑暗混乱与国民性的愚昧无知，令他看不出光明的将来，尤其令他痛心的便是知识分子的懦弱无能。故此，对知识分子的鞭挞与揭露便成为其小说中的重要题材，在《祝福》中的知识分子"我"正是其鞭挞与揭露的对象。

---

① 鲁迅：《鲁迅全集》，第2卷，第4页。

② 鲁迅：《鲁迅全集》，第1卷，第417页。相关的论述，可参阅曹聚仁：《鲁迅评传》，香港：新文化出版社，出版年份不详，第31页。

③ 曹聚仁：《鲁迅评传》，第32页。

④ 有关鲁迅在辛亥革命前后的反应及其在浙江会馆的论述，可参阅曹聚仁：《鲁迅评传》，第36~42页；第43~49页。

事实上，《祝福》这篇小说主要是以祥林嫂的悲惨世界，与叙事者"我"的内心世界的互动而展开的。"我"的内心世界的种种波澜起伏的微妙变化，其实乃受祥林嫂的世界牵引。祥林嫂的种种变化在"我"心中虽时而震撼，时而淡忘，然而她始终在"我"心中是挥之不去的阴影。

初遇祥林嫂，"我"对她的印象是蛮好的，对其不幸也流露出同情心。然而自始至终，"我"是一居高临下的知识分子的眼光，以及作为一位冷眼旁观者目睹悲剧的演出。"我"与"她"，虽同居于鲁镇，却处于两个截然不同的世界。

由上述以叙事角度对《祝福》的分析中，我们可知鲁迅乃以极为圆熟的叙事技巧，达至其对传统中的丑陋一面的揭露与对知识分子的鞭挞与嘲讽。由此而言，鲁迅在《祝福》中所运用的叙事策略与其思想是具有十分密切的关系的。李欧梵指出：

> 如果说鲁迅的人物刻划是描绘现实和体现关键思想的主要方法，那么，他的叙述艺术，也就是表现人物以及人物之间相互行为的方法，就应是他的技巧的最重要的方面了。应当说，鲁迅是中国文学史上有意识地发展小说叙述者复杂艺术的第一人。……鲁迅叙述技巧的另一个好例子是《祝福》。叙述者是一个消极被动的、无感受力的知识分子。他被作者用来和主人公的痛苦相对比。这主人公是个不识字的农村妇女，她的不幸激起她提出了那个重大的人生存在的问题，但这个问题本应是作为知识分子的叙述者更应关心的。鲁迅在这里又一次通过叙述的艺术形式说明了启蒙的重要。①

李欧梵认为鲁迅透过叙述的艺术技巧，说明启蒙的重要性的见解是深刻的，然而小说的深层思想，并非只单靠以主人公祥林嫂与叙述者的关系，作为对比而达到的，而是透过前景的演出，以暴露幕后的反应以及两者之间的互动关系而展开的。透过《祝福》，鲁迅刻画了中国传统社会中一位妇女的悲惨命运，这是这篇小说最为人称颂之处。然而，透过上述的分

---

① 李欧梵著，尹慧珉译：《铁屋中的呐喊》，香港：三联书店1991年版，第63~64页。

析，作者是将前景与背景——祥林嫂的悲剧与叙事者的心理变化紧扣一起，而前者对后者的牵引则为我们呈现了一位知识分子，面对当时社会对人的抑压与逼害所流露的彷徨心理——由其悲悯以至后来的无力感而至于快乐地沉醉于众人皆醉的"祝福"中。"我"选择与人同醉令整篇小说的唯一希望之光也扑灭。在"祝福"的喜庆热闹背后，悲剧的氛围弥漫了整篇小说，整个鲁镇就此沉没下去。这也正与小说集前"上下求索"的题词，形成绝大的反讽。

六、自我叩问

叙事者"我"的矛盾、苦恼的思想，实乃鲁迅个人思想状况的反映，在《呐喊》的《自序》中他说：

> 假如一间铁屋子，是绝无窗户而万难破毁的，里面有许多熟睡的人们，不久都要闷死了，然而是从昏睡入死灭，并不感到就死的悲哀。现在你大嚷起来，惊起了较为清醒的几个人，使这不幸的少数者来受无可挽救的临终的苦楚，你倒以为对得起他们么？[①]

这里的铁屋子象征的便是当时昏沉的中国社会，而作为众人皆睡我独醒的鲁迅，则陷入了两难之中：嚷还是不嚷？

鲁迅当时个人的思想困惑，实际上也就是《祝福》这篇小说中叙事者"我"的不安所在。"我"既然知道她为死后的"魂灵"问题所困扰，实乃出于贞节观念作祟，"我"本来可以令困扰于这问题上的她从梦魇中清醒过来，借此使她脱离以鲁四老爷为首的黑暗封建势力。然而，"我"并没有拯救她于万一的决断与勇气。相反，"我"的良知正在渐渐消失，而她的悲剧也日益逼近。两者的此消彼长，正好成为强烈的对比。一出人间的悲剧弥漫于"祝福"的热闹氛围中。

在这出悲剧中，鲁镇便是鲁迅《〈呐喊〉自序》中的"铁屋"象征的

---

① 鲁迅：《〈呐喊〉自序》，《鲁迅全集》，第 1 卷，第 419 页。

具体所指。众人昏死其中，而介乎屋里屋外的叙述者"我"，从最初的敏感不安而至于最终亦"沉醉"其中。这揭示的不止是鲁迅对当时腐朽的传统与愚昧国民所产生的悲哀，更深层的是对传统价值体系中的栋梁——知识分子的失望而作出的讽刺。震撼人心的是，"我"作为祥林嫂整出悲剧的冷眼旁观者，虽一直挣扎于介入与袖手旁观之间，然而最终竟亦"沉醉"其中。读者对叙述者"我"所寄予的期望亦最终落空，汪晖亦认为：

> 第一人称叙述者是小说中唯一对故乡有些念旧之情而又真正格格不入的"新党"，是唯一能在价值上对故乡的伦理体系给予批判理解的人物，因而实际上也是"故乡"秩序之外的唯一具体现代思想的因素，很自然的，读者会把他做为小说中的某种"未来"或"希望"的因素。然而，叙述过程却恰恰层层深入地揭示出叙述者与"故乡"的伦理秩序的"同谋"关系（即对祥林嫂之死负有共同责任），从而在祥林嫂故事之外，引申出以自省为心理基础的道德主题和叙述者对自身所处的两难困境的逃避——这种逃避是对彻底摧毁了自己的幻想的"故乡"的逃避，也是自己对故乡发生的悲剧应负的道德责任的逃避。①

这样的结果，更增强了整个故事的悲剧效果。

在此，鲁迅所着力描摹的其实是一位知识分子，对昏睡中的国人以至身旁事物的反应，表达的乃是对知识分子的冷漠与怯懦的讽刺：知识分子已失去了其道德良知与改革陋弊的责任心。推而言之，现代知识分子如不积极介入社会，其地位不止于被边缘化、奴化，甚至将沦为黑暗力量的帮凶。

七、结语

从叙事角度对《祝福》的分析中，可见这篇小说所蕴含的丰富内涵：由祥林嫂的悲剧并非纯粹个人的不幸的表述，揭露一直自命启蒙角色的知

---

① 汪晖：《反抗绝望：鲁迅及其〈呐喊〉〈彷徨〉研究》，第283页。

识分子，在当时社会角色上的沦丧与当时整个中国的无声沉没的关系。作者批判的利刃所及的要害，并不止于指向利用"祝福"这一图腾杀人于无形的鲁四老爷这一黑暗势力，以及柳妈等帮凶，还有作为知识分子的"我"的犹豫与沉默。"我"在表面上虽并非主谋，然而作者透过成熟而繁复的叙事技巧与心理描写，将其良知的泯灭过程揭露无遗。尽管这篇小说对作为知识分子的"我"的批判显得最委婉，实际上却是响亮的鞭挞。

由此而言，鲁迅在这篇小说中，表面上叙述的是个人的悲剧以及社会的黑暗与大众的愚昧，然而真正着力之处却在于作为知识分子"我"的心理描写，故而造成前景与背景之别，以达到嘲讽的目的。这一写作技巧上的策略值得深思之处在于，鲁迅对社会现象的批判并不如其他作家般的赤裸裸揭露，而在于深层的讽刺以及省思。《祝福》对于处于新旧之交的知识分子所面对的社会角色与身份危机而言，在嘲讽的背后实隐含发聋振聩之苦心。鲁迅小说中的思想世界，就是这样徘徊于"彷徨"与"呐喊"之间，呈现其批判的张力。

第四章　众人皆醉，独醒何用：
老舍《断魂枪》的艺术及觉悟

一、前言

　　以比武为例，长篇小说是将军驰骋沙场，千军万马，场面壮观，除了主将的武艺高强、决策英明之外，还有赖全军的配合，既有前锋的冲锋陷阵，复有后方的运筹帷幄，至于吃喝拉撒、军情谍报等细节，同样重要，一旦安排失当，则有全军覆没之虞；短篇小说则如四合院中的高手过招，空间既有局限，人物亦少，故此庭院中的草、木、台、凳均可成为较量的工具，同时亦是陷阱，因此其危险、紧张更甚于长篇。以武器论，长篇小说有如长枪，纵横捭阖；短篇小说则如匕首，实乃"一寸短一寸险"，即老舍所说的"越短越难"。① 要体味两者的个中奥妙，殊非易事。

　　在二十世纪的文学史上，鲁迅精于短篇而惜未有长篇之作，金庸擅于长篇而短篇则未如人意。唯有老舍，各种文类均出入自如。在小说方面，其长篇绵密，短篇精悍，即他所说的："长篇要均调，短篇要集中。"② 老舍认为，短篇小说"是一个完整的单位，增一分则太长，减一分则太短"，③故而短篇"最需要技巧"。④ 以下乃以老舍的《断魂枪》为例，阐释短篇小说的艺术：探讨作者驾驭语言的功力、刻画人物的技巧，以及如何在有限的篇幅中安排情节发展，复能写出地方色彩，并能带出众人皆醉而一介镖师独醒的深刻思想。借此以小见大，从而具体地展现老舍关于短篇小说的理论及其《断魂枪》的艺术成就。

---

① 老舍：《越短越难》，《老舍全集》，北京：人民文学出版社 1999 年版，第 16 册，第 379～382 页。
② 老舍：《我怎样写短篇小说》，《老舍全集》，第 16 册，第 196 页。有关老舍对长、短篇小说的观点，可再参阅老舍：《小说》，《老舍全集》，第 16 册，第 157～158 页。
③ 老舍：《小说》，《老舍全集》，第 16 册，第 157 页。
④ 老舍：《我怎样写短篇小说》，《老舍全集》，第 16 册，第 192 页。

二、人物

　　人物的描写并不是孤立的，而是互相映照，是整体的互动。人物的描写除了外表之外，还必须顾及心理活动，甚至从一些细节的行动亦可凸显其心理状态或性格。整体而言，即使一个人物的描写成功，亦不代表成功，还必须观其整体人物的刻画是不是成功，人物之间是什么关系，这些关系的处理是否恰当，对话是否合乎身份，动作是不是合乎常理，这些都是关键。

　　老舍认为短篇小说"须用简洁的手段，给人物一个精妥的固定不移的面貌体格"，而在长篇小说中，则可以先有一个轮廓，然后再以种种活动使人物的个性充实起来。① 依此而言，我们发现老舍在《断魂枪》中，乃以上述长篇小说描写人物的方法来写此短篇小说的人物，即透过行动以凸显人物的个性，又透过人物行动的对照来丰富人物性格的复杂性。本来在有限的篇幅中要写好人物已不容易，现在老舍更以长篇技巧来写短篇小说的人物，益增加了难度，由此亦反映其操控语言能力的自信。

　　第一个对照是王三胜与孙老者的外貌与动作。先看看老舍是如何描写王三胜的外貌的：

　　　　王三胜，大个子，一脸横肉，努着对大黑眼珠，看着四围……身子直挺，比众人高着一头，黑塔似的。②

老舍描绘的王三胜仿若天神，为的是与挑战者孙老者作映衬。他是这样描写孙老者的外貌的：

　　　　小干巴个儿，披着件粗蓝布大衫，脸上窝窝瘪瘪，眼陷进去很深，嘴上几根细黄胡，肩上扛着条小黄草辫子，有筷子那么细，而绝对不像筷子那么直顺。王三胜可是看出这老家伙有功夫，脑门亮，眼睛亮——眼眶虽深，眼珠可黑得像两口小井，深

---

① 老舍：《人物的描写》，《老舍全集》，第16册，第246页。
② 老舍：《断魂枪》，《老舍全集》，第7册，第330页。

深的闪着黑光。①

为什么写"小黄草辫子细而不直顺"呢？绝非如有的论者所谓的"保皇党、义和团，或至系是满清的遗民"②的特征。在小说的第二段已提及"有人还要杀皇帝的头"，③再加上沙子龙昔日弟子对服饰要求的特征，可见小说描写的时空乃是清末，故而留辫子是正常不过的事。写辫子而用上"小黄草"作为形容词，因为这是年老者头发稀疏而干枯的特征。若非对老年人与年轻人的头发洞察秋毫，绝无此令人叫绝的关键细节描写。至于眼睛与脑门均明亮，这都是有湛深功力者的特征。再看看他的动作：

> 他的胳臂不大动；左脚往前迈，右脚随着拉上来，一步步的
> 往前拉扯，身子整着，像是患过瘫痪病。④

孙老者的外貌与王三胜有天壤之别，前者似"患过瘫痪病"，而后者仿似"铁塔"，从而凸显两人之比武形势。出人意料的是，王三胜却两次败于孙老者手下。

一般作者均会对主角作最精细详尽的外貌刻画，然而，老舍在此对沙子龙的外貌描写却不多，却极为精当。作为武师，身体不一定是高大若铁塔如王三胜，身怀绝技者更是外貌毫不起眼如孙老者，沙子龙曾经是"短瘦、利落、硬棒"，而且最重要的是"两眼明得像霜夜的大星"，功夫深厚者往往如此。然而，他现在是"放了肉"，胖了。所以，整篇小说主要是从其不多的动作与语言来刻画沙子龙这个人物，而非论者所说的"内心刻画"。⑤沙子龙的语言不多，然而胸有成竹、不亢不卑，凸显其稳重，其对照者是轻浮夸张的王三胜；当然，稍后亦将年纪比他大的孙老者一下子比了下去，孙老者在王三胜面前很像个江湖老手的样子，而在沙子龙面前却突然转变为像个求学心切的好学生。这是一个非常震撼读者的转变。

---

① 老舍：《断魂枪》，《老舍全集》，第 7 册，第 331 页。
② 王润华：《快枪使神枪断魂，镖局改为客栈：论老舍的〈断魂枪〉》，《老舍小说新论》，台北：东大图书公司 1995 年版，第 141 页。
③ 老舍：《断魂枪》，《老舍全集》，第 7 册，第 328 页。
④ 老舍：《断魂枪》，《老舍全集》，第 7 册，第 331 页。
⑤ 唐弢主编：《中国现代文学史》，北京：人民文学出版社 1998 年版，第 2 册，第 206 页。

　　这种人物的刻画是从不同的角度呈现出来的，或侧重语言、动作，或侧重外貌的细节描写，这视乎人物在小说中的位置与功能而有不同的安排，并非一成不变。老舍在《断魂枪》中对三人外貌的比喻分别是：沙子龙双眼明得似霜夜的明星，王三胜个子高似铁塔，而孙老者却似个瘫痪病者。从小说的发展，我们发现沙子龙不止是双眼烁若灿星，其对世局之认识亦是洞若观火，早知世局已不可挽回，传统已崩溃。相对而言，王三胜与孙老者则乃徒有躯壳的妄夫而已。人物之高低，判然立现。

三、语言

　　老舍说过：“没有运用语言的本事，即无从表达思想、感情。”① 语言是所有作家的基本功，亦是考验作家的关键要素。鲁迅是南方人，所以他用的是故乡绍兴的语言，而非老舍的京白。在现代文学史上，鲁迅代表的是南方的抒情与阴郁，而老舍代表的是北方的写实与幽默。② 论小说的语言，鲁迅乃以抒情与尖刻见称，能很快煽动读者的情绪，而老舍则以幽默与精练取胜，需要读者的耐心咀嚼。

　　老舍生于北京，长于北京，且曾为语言教师多年，北京的语言对他来说是了如指掌。他不止于要求语言简洁、话到人到，甚至高度要求至语言中的平仄运用得当而产生的抑扬顿挫。③ 小说一开始说沙子龙“放了肉”，即胖了；他昔日的弟子不吃“辣饼子”，即指剩下的隔夜干粮；“混个肚儿圆”指的是吃得饱。当徒弟要求他教几手功夫时，沙子龙说：“教什么？拿开水浇吧！”④ 在此乃以“教”与“浇”的谐音推搪了过去，当然亦达到了幽默的效果。以上的例子很多，在此不赘。

　　以下以王三胜在土地庙献艺为例，以见老舍语言精彩之处。王三胜一拉开场先抹鼻烟，作者这样写为的就是凸显其没落子弟的特征——没钱却

　　① 老舍：《人、物、语言》，《老舍全集》，第 16 册，第 303 页。
　　② 夏志清却认为：“老舍代表北方和个人主义，个性直截了当，富幽默感；而茅盾则有阴柔的南方气，浪漫、哀伤、强调感官经验。”见夏志清著，刘绍铭等译：《中国现代小说史》，台北：友联出版社有限公司 1979 年版，第 141 页。
　　③ 老舍：《对话浅论》，《老舍全集》，第 16 册，第 344~345 页。
　　④ 老舍：《断魂枪》，《老舍全集》，第 7 册，第 329 页。

仍忘不了享受。随即他叉腰念了两句："脚踢天下好汉，拳打五路英雄"，为的是凸显其狂妄。后面再描述其眼神时，用的是动词"扫"了周围的观众一眼，益显其目空一切的神态。以下是他演练的现场，让老舍的语言带我们重临土地庙现场：

> 他脱了小褂，紧了紧深月白色的"腰里硬"，把肚子杀进去。给手心一口唾沫，抄起大刀来："诸位，王三胜先练趟瞧瞧。不白练，练完了，带着的扔几个；没钱，给喊个好，助助威。这儿没生意口。好，上眼!"大刀靠了身，眼珠努出多高，脸上绷紧，胸脯子鼓出，像两块老桦木根子。一跺脚，刀横起，大红缨子在肩前摆动。削砍劈拨，蹲越闪转，手起风生，忽忽直响。忽然刀在右手心上旋转，身弯下去，四围鸦雀无声，只有缨铃轻叫。刀顺过来，猛的一个"蹾泥"，身子直挺，比众人高着一头，黑塔似的。收了势。①

"儿化音"是北京的语言特色，南方的作家偶尔也会用"儿"字，但很勉强。南方的作家若要写把肚子勒紧时，绝不会写成"把肚子杀进去"的；要观众留神，亦不会说"上眼"。②接下来描写王三胜耍大刀的种种姿态更是精彩，从身、眼、脸、胸脯到脚，没一处没有动作，动作并非孤立的，从"削砍劈拨，蹲越闪转"一连八个动词，可见其动作连绵不绝、一气呵成。场内手起风生，忽忽直响，而场外则鸦雀无声。最后的"蹾泥"与挺直身子，更是内行的手笔。为了表现江湖上人物，除了描写武打场面之外，老舍甚至采用说书的语调。③

另一个例子是孙老者观毕王三胜的献艺后，突然说出"有功夫!"④选择此词凸显的是孙老者居高临下的姿态。而王三胜的反应是"啊"，好似没听明白，益凸显了其自大，他是不相信场外竟有人晓得他有功夫的。当

---

① 老舍：《断魂枪》，《老舍全集》，第7册，第330页。
② 老舍亦注意到南方作家写北方话的困难。详见老舍：《关于文学的语言问题》，《老舍全集》，第16册，第358页。
③ 黄修己：《中国现代文学发展史（修订本）》，香港：中国图书刊行社1994年版，第355页。
④ 老舍：《断魂枪》，《老舍全集》，第7册，第331页。

孙老者说出第二句"我说：你——有——功——夫！"① 既是故意拉长语调来说以让王三胜听清楚，更重要的是凸显孙老者的傲慢。

作者对以上两人的傲慢态度的描写，为的是凸显沙子龙的谦虚。当孙老者一坐下，沙子龙即叫上茶，然后希望他原谅王三胜，此乃待客之道。相对来说，孙老者劈头的第一句话即是："我来领教领教枪法！"② 这句话一来凸显其"领教"枪法之心急如焚，亦可见其无礼、不知礼。如此昧于礼数，非江湖规矩，绝非大家风范。这样已向读者暗示了孙老者的底细。

最发人深省、最精彩的莫过于篇名"断魂枪"。"断魂枪"既是沙子龙的枪法"五虎断魂枪"之简称，而深一层的意义则是断了魂的"枪"，指向的是中国传统的失落。

由此可见，整篇小说的对话均相当简短，而着重说者与听者的神气，做到话到人到，若换成滔滔不绝的长篇大论，一来篇幅不容许，二来亦会削弱小说的戏剧力量。③ 透过人物的语言，老舍为我们刻画了沙、王、孙三人，人物个性栩栩如生，语言与身份的配搭恰如其分，三种不同的形象立体地呈现于我们面前。整篇小说的语言精练至极，语言反映了人物的性格，要掌握此中奥妙，殊非易事。可以说，自白话文学革命以来，老舍运用了北京的口语于小说的实践中，为丰富、推动白话小说的发展作出了极为重要的贡献。

四、情节

讨论了人物与语言两项关键要素之外，接着要探讨的是情节（plot）。何谓情节？借用英国批评家佛斯特（E. M. Forster）的话："国王死了，然后王后亦死了"是故事；而"国王死了，然后王后因伤心而死"则是"情节"。④ "死了"是故事的结果，"为什么会死"的追问就是情节。因国王

---

① 老舍：《断魂枪》，《老舍全集》，第 7 册，第 331 页。
② 老舍：《断魂枪》，《老舍全集》，第 7 册，第 333 页。
③ 老舍：《言语与风格》，《老舍全集》，第 16 册，第 257 页。
④ E. M. Forster, "The Plot", *Aspects of the novel*. San Diego：Harcourt Brace Jovanovich, 1985, p. 87.

之死而伤心的中间种种就是王后致死的原因，有一种动力在其中推动故事向前，就是小说的情节。

小说一开始就是："沙子龙的镳局已改成客栈。"① 非常突兀的开端。而接着下一句却是"东方的大梦没法子不醒了"。②这两句令读者丈二金刚摸不着头脑，是所谓的"悬宕"（suspension）。第二段再写我们发现是在写西方的火枪大炮如何将马来西亚与印度打败，亚洲各国昔日的迷信全部失效，此中包括清末的义和团。中国之被列强入侵，连皇帝的头颅都有不保之虞，而火枪大炮亦将镳师沙子龙昔日的武艺与事业都梦似的变成昨夜的了。当下是火车、快枪、通商，有了火车就不需要传统的马车驴车，有了火枪，就不需要靠镳师的武艺，甚至有了银行的汇款，更没有镳师的市场了。至此，我们才知道原来沙子龙"镳局已改成客栈"，亦乃西方入侵东亚之下的结局。

小说再进而细谈沙子龙凭"五虎断魂枪"，在西北二十多年所向披靡，享有"神枪沙"之威名，目的在于凸显昔日徒弟对其改行并闭口不提昔日威风的疑惑。因为没了镳师的行业，昔日弟子转业亦相当困难。然而他们并不知来日艰难，仍旧要吃香喝辣。由其弟子对沙子龙武艺的吹嘘，可见他们仍然不知世界之变化。弟子的盲目崇拜，埋下日后因沙子龙不肯与孙老者比武后，由极端崇拜而转为极度的鄙视，凸显世态炎凉。

接着写的是一个小高潮。大伙计王三胜以十八斤重的竹节钢鞭在土地庙献艺，吹嘘"脚踢天下好汉，拳打五路英雄"，甚至在表演之后见观者捐钱不多，而有没人慧眼识英雄之叹。就在此时，由孙老者的挑衅性语言，转入两人的比武。吹嘘"脚踢天下好汉，拳打五路英雄"的王三胜竟然败在一个像"患了瘫痪病"的老者手下，确实令人意外。孙老者赢了王三胜这个小高潮的描写是必要的，为的是衬托出后来孙老者见到沙子龙后，从挑战而转为拜师的出人意表的反高潮。在谈话中，我们发现孙老者并非闲着没事闹着玩，原来早有预谋，知道王三胜是沙子龙之徒弟而下场比武，为的是会一会沙子龙。我们由此知道此番比武只是前戏，从而令读者有好戏还在后头的期待。

———————

①② 老舍：《断魂枪》，《老舍全集》，第7册，第328页。

可是当王三胜回到客栈，沙子龙竟在床上看《封神榜》！多么颓废！完全不像个威震西北的"神枪沙"。此乃作者有意为之。目的是将他写得一副赋闲在家的样子，凸显他真的是无意江湖，洗手不干了。王三胜两次提及他的枪被孙老者打掉了，目的是刺激沙子龙为面子而战。可惜，沙子龙并无意比武，大失人望。他虽身不在江湖，然却未失江湖义气，除了热情招待孙老者之外，还管路费。情节之峰回路转就在此刻，当孙老者确认沙子龙无意比武之后，他竟从挑战转为拜师，更且是近乎哀求地拜师，甚至先演练了一套功夫让沙子龙观其根柢。这突变的意义在于，一个比沙子龙年龄要大得多的老者，竟然慕名而前来拜师，可见沙子龙的功夫真的远传四方，而孙老者是深信不疑的。这是此篇小说的出人意料之所在，亦是此篇的高潮所在。可惜昔日弟子都是无识之辈，他们真的以为沙子龙胆怯、徒有虚名而已，却没想到孙老者从挑战者而转为拜师这一重要转折的意义。

故事并未到此为止。在结束之前，作者却安排沙子龙在深夜关起门来，一口气将"五虎断魂枪"演练了一遍。目的何在？在于凸显人物内心的复杂性：他并非真的忘却过去，而是知道过去已不可追，这种传统的玩意儿已派不上用场了。此处的深夜独舞枪，寂寞而苍凉，如此安排，恰如留白、余韵，发人深思，胜却千言万语。

五、地方风俗特色

风俗是吸引读者的不可缺少的要素，其作用正如盐之于食物。成功的小说在于擅于细节描写的地方风俗与特色，如鲁迅笔下的水乡绍兴，沈从文所描绘的湘西风情，以至于老舍笔下的老北京，等等，他们的小说全都富有地方风俗特色，为小说带来了不少的趣味。这些地方风俗与特色又与人物以及故事的发展有着密切的关系，为读者带来更多的思考空间。

老舍的很多小说都"具有浓郁的市井风味和北京地方色彩"[①]。如以下《断魂枪》中这一段描写清末武师的情况、北京人的衣饰以及风俗就可见

---

① 黄修己：《中国现代文学发展史（修订本）》，第354~355页。另可参阅钱理群、温儒敏、吴福辉：《中国现代文学三十年》（修订本），北京：北京大学出版社1998年版，第251~252页。

老舍的功力：

> 他们大多数是没落子的，都有点武艺，可是没地方去用。有的在庙会上去卖艺：踢两趟腿，练套家伙，翻几个跟头，附带着卖点大力丸，混个三吊两吊的……他们还时常去走会：五虎棍，开路，太狮少狮……走会捧场是买脸的事，他们打扮的得像个样儿，至少得有条青洋绉裤子，新漂白细市布的小褂，和一双鱼鳞洒鞋——顶好是青缎子抓地虎靴子。①

老舍若非老北京，以及对江湖中人熟稔于胸，是绝对写不出这么细致而地道的京味。他写王三胜在土地庙献艺时所呈现的跑江湖的口吻与习惯性动作，如抹鼻烟、将场子打大一些、将肚子杀进去、给手心吐唾沫，以及开场白等等，绝非凭想象可以写出来的江湖味。这考验的是作家的社会阅历与观察能力。

六、思想

一篇小说的人物刻画深刻，语言地道，情节峰回路转，而且富有地方风俗特色，这都是朝向成功的必要条件；然若没有思想，以上的人物、语言、情节、地方风俗特色即使有多精彩，则均为金玉其外而已。思想，即灵魂的呈现。一篇小说有没有深度，亦反映了作者的思想水平。

老舍说："在《断魂枪》里，我表现了三个人，一桩事。"② 小说写的就是沙子龙、王三胜以及孙老者三人对传统武艺的不同态度。《断魂枪》中的思想探讨从两种武器开始：西方的现代火枪大炮与东亚的长矛、毒弩、厚盾，以及沙子龙的中国长枪。然而，两种武器命运迥异，前者征服了后者，攻克了马来与印度，甚至将中国变成半个殖民地。故而西方的枪口直指东亚各国的门口，还热着；而镖师沙子龙的枪已收在墙角，凉、滑、硬而发颤，只有夜深时才拿出来演练一番。这两种东、西武器的比较，为的是凸显西方现代武器之先进与传统中国武器之落伍。作者进而再

---

① 老舍：《断魂枪》，《老舍全集》，第 7 册，第 329 页。
② 老舍：《我怎样写短篇小说》，《老舍全集》，第 16 册，第 196 页。

刻画了王三胜与孙老者等热爱武艺者之沉溺传统而昧于世局之剧变，从而呈现出镖师沙子龙之众人皆醉我独醒。身处大难而没识见，仍旧纠缠于拳脚之胜负如王三胜与孙老者之流，终究只是一介武夫，甚至匹夫而已。镖师沙子龙在江湖中的名声地位远远高于王与孙，然而他洞见传统的武术与西方的现代武器没得比，毅然改行。至于有论者将镖师沙子龙推论为中国皇帝，又指客栈象征中国，则可论过度诠释矣。①

　　然而老舍又并不止于此，而是安排了两次沙子龙的深夜舞枪，除了与第一段的东、西方武器之不同命运作呼应之外，更凸显他内心仍对传统的武术仍有依依的眷恋。这样就更深化了镖师沙子龙这个人物的复杂内心活动，而且更符合人性。他表面上决断地抛弃传统，退出江湖，为的是以身作则，令昔日徒弟从江湖梦中早日醒来。最后，沙子龙在夜深时关起门舞起六十四路枪法后，连说"不传！不传！"绝非如某些论者所谓的保守、自私。② 从沙子龙的言行可见，他并非一个自私、保守之人，否则他以前就大可不收徒弟。如果老舍真的想将他写成一个自私、保守的人，那么小说的第一、二段就完全是蛇足了。"不传！不传！"此话意味深长，可以有两层意思：一、他真的不再传此枪法，因为他看到世界之变化而不想误国误民；二、看到此传统在当时的世界格局下，不可能再有传下去的空间而有所感慨。在此，老舍对传统文化的沉痛批判及由其现代命运引发的挽歌情调交织在一起，在嘲讽与批评之中，失落与愤激之情并存。

七、结语

　　人物、语言、情节、地方风俗以及思想，构成了一个作家的风格。短篇小说在有限的篇幅中既要刻画人物、语言生动，又要推动情节的发展，而且还要有内涵，其高者更要含蓄而不外露。准此而言，老舍的《断魂枪》堪称二十世纪短篇小说的典范。

　　镖师沙子龙的觉悟与众徒弟孙老者之愚昧，其实也就是鲁迅小说中

---

① 　王润华：《老舍小说新论》，台北：东大图书公司1995年版，第139页。
② 　吴义勤主编：《解读老舍经典》，石家庄：花山文艺出版社2004年版，第138页；王润华：《老舍小说新论》，第130页。

觉醒的个人与铁屋中昏睡的群众。老舍的这篇《断魂枪》，应该也是受梁启超"武侠"观念或清末民初的武侠小说的影响而创作。当时，作为一介武夫的"镳师"沙子龙能有众人皆醉而独醒的觉悟，实属难能可贵。此际，清末民初上海大批拥护清廷的遗老遗少，冥顽不灵，丧失风骨与责任，不知他们如何面对明末遗民的孤臣泣血？幸好，士大夫阶层有蔡元培先生的骨气与勇气，身为翰林而投身革命。幸好，中国武夫并非人人鲁莽无知，现实中的大刀王五与津门大侠霍元甲均为觉悟的先锋，老舍对镳师沙子龙的刻画并非向壁虚构。

第五章　末世苍凉，情爱角逐：
张爱玲"小"说的家庭专制及其颠覆

一、前言

在 1949 年之前，女性小说家之中，除了远在延安的丁玲卓有成就之外，另一旗鼓相当而风格迥异的女性小说家便是张爱玲。张爱玲崛起于孤岛时期的上海，上海成为"大话"的真空都市，这为好的都市男女"小"说提供了发展的空间。张爱玲的"小"说乃是相对于当时主流文学的"大话"而言的，"小"说之特点对于张爱玲来说在其"妇人性"。[①] 基于这种"妇人性"的写作观，张爱玲在举世蹈奋的洪潮下专写苍凉，描摹世俗都市的男欢女爱。

二、"乱世"与"小"说崛起的关系

张爱玲凭"小"说而崛起于上海文坛，令人寻味的是此际适值上海沦陷，落入汪精卫伪政府统治的乱世。当时的"乱"，一方面是现世的兵戎之乱，而另一方面的"乱"则是张爱玲"小"说中所反映的新旧交替摩登都市下的旧人物的旧梦未醒而新社会骤至所致的不协调之乱。

张爱玲当年在上海与柳如斯、沙千梦被称为"三大文妖"，[②] 这称谓实际上意味着中心/正统论述在当时上海的控制乏力下所表现的狂躁不安。张爱玲崛起的那个特别的历史时空，是所谓的"孤岛时代"，从而亦免去中心/正统文学阵营在意识形态上的制约。故此，她的蹿红于文坛而被当时"正统"阵营扣上"文妖"的恶号，正是超出中心正统的预料。在文学史上，"文妖"隐含着亡国的罪责，如元代的诗人杨维桢便是著名的

---

① 张爱玲:《自己的文章》,《流言》,香港:皇冠出版社 1996 年版,第 18 页。
② 南方朔在《从张爱玲谈到汉奸论》一文中说:"走红于'孤岛时代'的上海,张爱玲当年就已和柳如斯、沙千梦并称'三大文妖'。"见《明报月刊》,1995 年 10 月号,第 9 页。

"文妖"之一。所谓"文妖"，亦即是主流/"大话"对传统文学史上的边缘——缘情（张爱玲"小"说）的排击。相对于当时在上海备受压抑的中心/正统创作，张爱玲的"小"说在"孤岛时期"的上海正居于中心，"大话"反居边缘。故此，张爱玲的"小"说在正常的政治态势底下，是不可能被接受的，周蕾指出：

> 在日本占领中国最后两年，中国现代文学不能从政治上得到激励时，她的事业恰恰就在这时候讽刺地在上海攀上高峰。但更讽刺的是，至今她虽依然深受小说读者欢迎，但除了那些或歌颂或批评她对"人性本质"的描写的评论者之外，她的作品的历史和社会意义却仍然大大被忽视。①

可以说，只有"孤岛时期"沦陷区的上海，才容得下这位专写都市男女的"小"说作家。

因其小说之"小"故，它注重琐屑的"细节"描写，笔下无非男欢女爱，更能凸显那时空下的"真实"。王德威指出：

> 独有张爱玲于上海孤岛期间的系列作品，"弃明投暗"，不事微言大义，而专以洋场百态、琐屑人情取胜，且顾盼之间，愈发有种世纪末的绚丽徒容。②

那是世纪末，是乱世，是看不出将来的时代，强说光明只是仁人志士的口号，而广大民众更渴求的是安稳。因此，张爱玲小说中的人物基本上都是自私、小我的，慷慨就义不是她的笔下人物的特征，更非其张爱玲本人所愿。张爱玲在《写甚么》一文中这样说：

> 有个朋友问我："无产阶级的故事你会写么？"我想了一想，说："不会。要末只有阿妈她们的事，我稍微知道一点。"后来从别处打听到，原来阿妈不能算无产阶级。幸而我并没有改变作风的计划，否则要大为失望了。③

---

① ［美］周蕾：《妇女与中国现代性：东西方之间阅读笔记》，台北：麦田出版社 1995 年版，第 228 页。

② 王德威：《众声喧哗》，台中：远流出版社 1998 年版，第 228~229 页。

③ 张爱玲：《流言》，香港：皇冠出版社 1996 年版，第 133 页。

张爱玲一直坚持自己的"作风"，这可见于她在 1950 年 3 月开始连载发表《十八春》，写的是都市几对男女的感情遭遇，然而却在结局前因新社会的来临而顿然结伴赴东北参与革命，这与她一贯的风格大不一致。然而，张爱玲到了海外后即将《十八春》改为《半生缘》，这样一改，既令故事发展得较为自然，亦比较接近她过往的写作风格。辛一宽指出：

> 张爱玲的成名是在沦陷区的上海——一个典型的小资产阶级社会，那儿没有"革命"、"斗争"、"抗日"这些名词汇的市场，人人都在声色犬马中挥霍他们的生命。①

张爱玲在"五四""大话"的主流文学洪潮中独辟蹊径，一方面是个性使然，更重要的是，历史为她拨出了上海沦陷的这段"大话真空期"，亦即为她提供了创作的素材与空间。在张爱玲"小"说中，不乏纷乱的时代色彩，日军的侵略香港与中国，可这些历史事件在她笔下只是浮光掠影。周蕾指出：

> 张爱玲作品最为人所公认的，是其感性的细腻。"大"历史课题通通都退到背景去，例如《金锁记》发生的那个"改良换代"，只是那么提了一提；而"革命"（revolutionariness）这种和中国文学的现代性经常连在一起的特质，跟张的感性和细腻，可说是互不咬弦，南辕北辙。②

香港沦陷于日军之手，在《倾城之恋》中却成了撮合范柳源与白流苏的婚姻的契机；在战争期间，上海实行"封锁"（《封锁》），又成为她笔下一对男女在疲累人生中的喘息调情空间；日军侵略中国，在《半生缘》中只有寥寥数笔，交代了城里人跑回乡下，较为着意的只写了张豫樫的妻子被日军所凌辱至死，而那只是他人在交谈时述及而已，然后又重回张爱玲熟悉书写的情爱漩涡中去。时代的大动乱与张爱玲笔下的故事，按李欧梵的观点，即是背景与前景之间的关系：

> 张爱玲小说中的人物几乎都是在前景，但这些人的行为举止

---

① 《明报月刊》，1995 年 10 月号，第 18 页。
② ［美］周蕾：《妇女与中国现代性：东西方之间阅读笔记》，第 227~228 页。

和心理变迁却往往是在一个特定的背景前展开的，而这个特定的背景就隐藏了历史，是现代的，而不是旧戏中的古代。①

张爱玲以大时代的动荡作为背景，在都市的繁华与颓废搭起她的戏台，历史被挪用作为前景——传奇的背景，用以衬托前景的"戏"的苍凉性。前景的"戏"无处不在地与背景的点缀默默呼应，从思想感情以至于意象的表达，皆能凸显出那若隐若现的背景的"悲壮"与"苍凉"。

张爱玲笔下之真正之"乱"，表现得最为淋漓尽致的应是旧时代人物，在骤变的新社会中所表现的"人心之乱"，而这人心之乱又与其所处的都市中的现象紧密呼应。市面上的现代化事物，缓缓的电车，呜呜的轮船，晚上灯火璀璨，家中则洋火烘烘，巨细无遗，里里外外的日常生活中，充斥着现代西洋文明。可是，这城市却仍装载着很多很多滞留在旧时代的以及一切丑陋的传统恶习，如纳妾、抽鸦片，等等。外表上，上海十里洋场，士绅淑女，衣着趋时，谈吐文明，奈何背后却都有一个个黑暗陈旧的家。旧时代似已成过去，新时代却仍未真正来临，然而旧时代的残余物仍在，正如其小说中，家具的摆设华洋混杂，人物的打扮也是一派洋装，但是人心却仍很"旧"。如《半生缘》中的沈世钧与《倾城之恋》中的白流苏，便是这时代的产物。夏志清在论及《传奇》中的人物时指出：

> 他们大多是她同时代的人；那些人和中国旧文化算是脱了节，而且从闭关自守的环境里解放出来了，可是他们心灵上的反应仍是旧式的——这一点张爱玲表现得最为深刻。②

刻画新时代中人物在急速的价值转换下所表现的彷徨无措，及由此而暴露人性的软弱与丑恶，这些人性的弱点及人生的创痛，在张爱玲笔下虽不乏嘲讽，不胜唏嘘，但较之"正统"文学截然的是非判断及由之而带来的慷慨激昂的召唤，其笔下的故事的结局往往不见个人的道德判价，反而是一种呈现，是一种人性的理所当然，故而亦不见大仁大义与大悲恸。

---

① 李欧梵：《时代是仓促的，更大的破坏将到来——张爱玲与世纪末》，《明报月刊》，1994年1月号，第23页。

② 夏志清：《爱情·社会·小说》，台北：纯文学出版社1985年版，第404～405页。

三、"小"说与细节描写

关于张爱玲小说中的细节描写，王安忆在《隔代的惋惜——张爱玲描述方式的得失》一文中，对张爱玲的小说不无微言地说：

> 她能够领会深刻的人生哀痛，在文字上，可说是找到了原动力，有可能去创造文字的宫殿。可是，她的创痛不知在哪一个节骨眼上得到了有效的缓解，使她解脱出来，站在一边，成了一个人生戏剧的鉴赏物，口气轻松了许多。其实，张爱玲是站在虚无的深渊边上，稍一转眄，便可看见那无底的黑洞，可她不敢看，她得回过头去。她有足够的情感能力去抵达深渊，可她却没有勇敢承受这能力所获得的结果，这结果是很沉重，她是很知道这分量的。于是她便自己攫住自己，束缚在一些生活可爱的细节上，拼命去吸吮它的实在之处。[①]

王安忆的确看到张爱玲入木三分的"细节"描述，可她否定张爱玲在这一方面发挥的意义，是由于她不了解张爱玲对人世的态度，张爱玲在《自己的文章》中写道：

> 我知道人们急于要求完全，不然就要求刺激来满足自己都好。他们对于仅是启示，似乎不耐烦。但我还是只能这样写。我以为这样是更真实的。我知道我的作品里缺少力，但是既然是个写小说的，就只能尽量表现小说里人物的力，不能代替他们创造出力来。而且我相信，他们虽然不过是较为弱的凡人，不及英雄的有力，但正是这些凡人比英雄更能代表这时代的总量。[②]

以上的文字，几乎是张爱玲为王安忆而写的答客问。这里涉及好几个问题，首先，何谓"真实"？王安忆所冀望的人生的大悲大恸，对于张爱玲来说应属于极少数，凡人生活渺难一见，有时候英雄可能只是个人的幻

---

① 王安忆：《隔代的惋惜》，《明报月刊》，1995 年 10 月号，第 24 页。
② 张爱玲：《流言》，第 19 页。

想，或者是文学上的理想人物而已，正如她所说的："极端病态与极端觉悟的人究竟不多。时代是这么沉重，不容那么容易就大彻大悟。"① 相对来说，平凡人的琐屑生活倒是最"真实"。事实上，张爱玲所要描写的并不是大是大非与仁人志士，而是平凡人物的细腻人生，因为"旧的东西在崩坏，新的在滋长中，但在时代的高潮来到之前，斩钉截铁的事物不过是例外"②，平凡人没有英雄的惊天动地的哀恸，而只是从悲欢离合、恩爱情仇中所带出那种睿智的启示。对于张爱玲来说，平凡人的故事更接近时代的脉搏。

张爱玲所吸吮的细节亦并非琐屑无聊之事，她笔下的"小"说，写的尽是小人物在那乱世都市的悲欢离合。她不同于鸳蝶派刻意渲染男女情欲，虽然也写男女情欲，但她却借此而烘托出都市男欢女爱背景的时空背景那苍凉的氛围。

王德威对张爱玲的"细节"描写有以下评论：

> 生活中的点滴细节，手到擒来，无不能化腐朽为神奇。但这种对物质世界的依偎爱恋，其实建筑在相当虚无的生命反思上。她追逐人情世路的琐碎细节，因为她知道除此之外，我们别无所恃。③

其时社会在新旧之交的漩涡中，价值转换之迅速为几千年所未见，人们对于身边突然而至的新事物却毫无心理准备，慌乱不堪，传统的价值观与社会上轰轰烈烈的运动，并未能并驾齐驱，这种不协调的现象，正是导致人心慌乱之所在。再加上其时时局动荡，兵贼为患，生计逼人，生命的虚无感益重。对生命与社会的无依感，从而造成了其小说中的人物肆情放纵于声色犬马，投入于琐屑微碎之中，大是大非毕竟只属少数坚贞卓绝的仁人志士，对于芸芸小市民来说，情欲的慰藉与生活静好，便成为都市生活的眷恋之处。张爱玲对细节描写的偏好，或许正是那时代都市人心状态的投影。

---

①② 张爱玲：《流言》，第19页。
③ 王德威：《落地的麦子不死》，《华丽与苍凉：张爱玲纪念文集》，香港：皇冠出版社1996年版，第198页。

在其"小"说中，细节的表现可见于外在环境与人心两方面。外在环境的细节描写可见于家居、服饰、人物外貌与都市外貌，等等。如在《倾城之恋》中便有这样的描写：

> 蒙眬中可以看见堂屋里顺着墙高高下下堆着一排书箱，紫檀匣子，刻着绿泥款识。正中天然几上，玻璃罩子里，搁着珐蓝自鸣钟，机括早坏了，停了多年。两旁垂着朱红对联，闪着金色寿子团花，一朵花托住一个墨汁淋漓的大字。[①]

正如张爱玲惯常所描写的幽暗而富艳的家一样，这里也是有着晦暗颓靡而昔日气派仍隐隐可见的氛围。在"蒙眬中"却仍可透视一切，而又纤毫毕现。这种"蒙眬"的氛围，在张爱玲对家的描写中经常出现，在《倾城之恋》的白公馆与《茉莉香片》中聂传庆的家，均是如此的幽深恐怖，窒息人心。李欧梵指出：

> 张爱玲小说中有些"道具"——如屏风、旧照片、胡琴、镜子——都具有新旧重叠的反讽意义：它从现代的时间感中隔离出来，又使人从现代追溯回去，但又无法完全追溯得到。我们似乎在这些小物品中感觉到时间过程，但它又分明地放置在现代生活的环境里，甚至造成一些情绪上的波动不安。[②]

在中西摆设并错的背景后，隐藏了中西文化汇集时所产生的不协调现象，[③]与家的病态现象，或更甚的是死亡的气氛，这可见于以下令人毛骨悚然的描写：

> 满屋子雾腾腾的，是隔壁飘过来的鸦片烟香。他生在这空气

---

① 张爱玲：《倾城之恋》，香港：皇冠出版社 1996 年版，第 65 页。

② 李欧梵：《时代是仓促的，更大的破坏将要到来——张爱玲与世纪末》，《明报月刊》，1995 年 10 月号，第 23 页。

③ 王斑（Wang Ban）在 "The Sublime Subject of History" 一书中对张爱玲小说中这种中西并错的现象有如下见解，王斑（Wang Ban）在 "The Sublime Subject of History" 一书中对张爱玲小说中这种中西并错的现象有精彩见解。见 Wang Ban：*The Sublime Subject of History*：*aesthetics & Poetics in twentieth-Century China*. UCLA：UMID Dissertation Services，1994，118-119.

里，可是今天不知道为什么，闻了这气味就一阵阵的发晕，只想呕。①

而且，时间是停滞不前的，亦即象征着内里的人是在时代之外存在犹如活死人：

> 白公馆有这么一点像神仙的洞府：这里悠悠忽忽过一天，世上已经过了一千年，也同一天差不多，因为每天都是一样的单调与无聊。②

张爱玲这种点滴不漏"近乎狂热放任"③ 的细节描写，对于她来说固然是出于自己写作上的"妇女性"所致，而另一方面亦可视作其"小"说对"五四""大话"的叛逆与颠覆。这种"小"说，又竟于沦陷时期的上海大行其道，这亦引证了"五四""大话"的人生飞扬乃纯属虚构，而当时的读者市场更不乏对"小"说的需求。

张爱玲"小说"的另一种细节的描写则表现于人物感情的世界中，周蕾指出：

> 在张爱玲的小说中，女性特质的问题总是焦点所在，另一种现代性和历史观，则通过和困陷、毁灭和孤寂寥落等情感处境息息相关的感情细节描述，油然而生。细节和感性东西，在如此一个感情背景之下结合，从而为文化提供一个用有力的负面感情来界定的阐释。④

女性困于传统陋习中不能自拔，或在其中的痛苦挣扎，皆凸显出彼等别无等待，唯忘情于琐屑事物的执着而获取生活趣味，而这正反映出她们可悲的命运。《茉莉香片》中的主角聂传庆，在苦为家庭所窒息时想起他早逝的母亲：

> 她（聂传庆母）不是笼子里的鸟。笼子里的鸟，开笼，还会飞出来。她是绣在屏风上的鸟——恬郁的紫色缎子屏风上，织金

---

① 张爱玲：《茉莉香片》，《第一炉香》，香港：皇冠出版社1996年版，第241页。
② 张爱玲：《倾城之恋》，第189页。
③ 周蕾：《妇女与中国现代性：东西方之间阅读笔记》，第168页。
④ 周蕾：《妇女与中国现代性：东西方之间阅读笔记》，第169页。

云朵里的一只鸟。年深月久了，羽毛暗了，霉了，给虫蛀了，死也还死在屏风上。①

以上描写的色彩浓艳至极，犹如唐代末年词家温庭筠的名句"画屏金鹧鸪"，张爱玲在此套用古诗词而予以悲剧式的现代诠释。女人原如画屏上的鸟一样，是男人的点缀，既没有生命，至死亦在那圈定的框框内。女人的微不足道可见于张爱玲在《红玫瑰与白玫瑰》的一段话：

> 也许每一个男子全都有过这样的两个女人，至少两个。娶了红玫瑰，久而久之，红的变了墙上的一抹蚊子血，白的还是"床前明月光"；娶了白玫瑰，白的便是衣服上沾的一粒饭黏子，红的却是心口上一颗朱砂痣。②

"一抹蚊子血"与"一粒饭黏子"，既可说是女性地位的微不足道，更可谓是属于男性的附属品。这种对女性命运的嘲讽是前所未有的平淡而辛辣，一语道出中国女性千古的悲哀。然而，女性的被受抑压却无声无色地在暗地里伸张出她们怨恨的魔爪，将积怨发泄在下一代身上，这无疑是一种变相的报复。故此，传统中国女性无疑是为男性为主导的社会所抑压，但她们却也不断在抑压下一代的男性，甚至于女性。张爱玲笔下有不少女性为传统陋习所窒息而变得近乎变态，俨如活死人，这可见于《金锁记》中的曹七巧、《怨女》中的银娣、《红玫瑰与白玫瑰》中的孟烟鹂、《半生缘》中的曼璐，这些人物均令人毛骨悚然，然亦可悲可悯。在《怨女》中有这样一段对于银娣以鸦片将儿子束缚在家的描写：

> 她每天躺在他对过，大家眼睛盯着烟灯，她有时候看着他烟枪架在灯罩上，光着那紫泥烟斗喙尖上的一个小洞，是一只水汪汪的黑鼻孔，一颗黑珠子呼出呼进，蒙蒙的薄膜。是人家说的，多少钞票在这只小洞眼里烧掉。它呼嗤吸着鼻涕，孜——孜——隔些时嗅一下，可以看得人讨厌起来，的确是个累赘，但是无论怎么贵，还是在她自己手里，有把握些，不像出去玩是个

---

① 张爱玲：《第一炉香》，第 244 页。
② 张爱玲：《倾城之恋》，第 52 页。

> 无底洞。靠它保全家庭。他们有他们的气氛，满房间蓝色的烟
> 雾。这是家，他在堂子里是出去交际。①

她失去获取真爱的机会，为金钱而委身下嫁患痨病的丈夫，婚姻生活极不如意，而她叔子对她的调情虽曾令她死寂的心灵泛起丝丝涟漪，可他并非真心，为的亦不外是她的家产。种种的创伤化为怨恨，到了她当家时，便以叔子在外拈花惹草为戒，而以鸦片将儿子束缚在家，令他足不出门，几成废人，而她婚姻生活的阴影亦令她不愿别人获得幸福快乐，时时刻刻折磨媳妇，近乎变态。在此，儿子与媳妇便成为她的压抑对象。《怨女》乃据《金锁记》此短篇改写而成，其中的曹七巧便是银娣的前身，失爱成恨，阴鸷变态，终沦为金钱的奴隶，毫无亲情人性可言。王德威称现代小说这种幽灵似的女性形象为"女性鬼话"，② 实不为过。而周蕾则更指出产生这种现象的社会背景：

> 在中国社会，所谓女性的"小气"心理、女性"恶毒的"诡
> 计，以及女性所有"负面"部分，都应该被视为是她们长期身处
> 的家居环境的残渣……女性被家庭生活所困而衍生的问题，现在
> 可以重新被认定为一种细节，它不是给一种文化直截了当的否
> 定，就是被人用最广泛和最不负责任的名词吞掉。③

文化中这种"负面"的现象往往被忽略，而细节则可谓是这种现象的具体表现，令人震栗，令人回味，这在现代文学史上，可说是独一无二。

张爱玲小说之"小"，一方面是出于个性使然，一方面亦恰好是时代更普遍的人生百态。这种"小"说亦非始创于张爱玲，清代曹雪芹的《红楼梦》已开其先河，成为中国文学史上的不朽巨著，张爱玲受益于《红楼梦》殆无可疑。但张爱玲在近代文学史上能卓成一家，则在于她不趋潮流，在闹哄哄的革命年代，以大时代为背景，细诉都市男女的恩爱情仇，细致描述人世苍凉的一面。

---

① 张爱玲：《怨女》，香港，皇冠出版社 1996 年版，第 182~183 页。
② 王德威：《"女"作家的现代"鬼"话——从张爱玲到苏伟贞》，《众声喧哗》，台北：远流出版社 1998 年版，第 223~238 页。
③ ［美］周蕾：《妇女与中国现代性：东西方之间阅读笔记》，第 227 页。

四、乱世中情爱的角逐

其时，"大变局"与"世变"所涉及的，除了当时的社会、政治态势之外，指涉的更是身处其中人物，在心理上的彷徨与无措置身新旧交替之际，所面对的不止是价值观念上的逆变及重新适应，更为明显的是，由新文化与旧文化的相遇所造成的文化危机，以及个人自我与社会角色之间的冲突。张爱玲的《倾城之恋》为我们提供与检视当时社会形态复杂性，以及人物在文化转变期间所产生的彷徨、焦虑而不惜打破传统的价值标准与秩序，以换取生命的安顿，而昔日压抑底下的欲望，则构成当下颠覆旧有传统的动力。

《倾城之恋》往往不免令人产生某种主观的浪漫想象，总不免与才子佳人的姻缘联想一番。然而，从故事的恋爱以至于婚姻的角色而论，可能有部分的人对这一切貌似轰轰烈烈的恋爱，有点不以为然。然则，正是这种不以为然的感觉，凸显了张爱玲这篇小说的成功之处。透过白流苏与范柳原的一段婚姻，张爱玲以明褒暗贬的手法，讽刺了现代社会的男女关系。所谓的惊天动地的爱情也不过如此，"传奇里的倾国倾城的人大抵如此"。[1]

《倾城之恋》这篇小说耐人寻味之处，在于范柳原与白流苏这段婚姻，竟是由女方白流苏采取主动的。范柳原眼中典型的传统中国女性白流苏，当下此刻为突破尴尬的困境，已从沉默、被动的传统中国女性形象中脱茧而出：

> 流苏的手没有沾过骨牌和骰子，然而她也是喜欢赌的，她决定用她的前途来下注。如果她输了，她声名扫地，没有资格做五名孩子的后母。如果赌赢了，她可以得到众人虎视眈眈的目的物范柳原，出净她胸中这一口气。[2]

这种离经叛道的举动对白流苏当时的处境而言，可说是破釜沉舟。如若追求范柳原失败了，前夫家决不会要她，别的男人如徐太太介绍的姜姓男人

---

① 张爱玲：《倾城之恋》，第231页。
② 张爱玲：《倾城之恋》，第202页。

也决不会要她，若然成功了，她便可以借此出一口气，同时也解决目前的困境。

相对来说，在白、范这一场情爱战争中，范柳原这角色便显得相当被动，一切都似乎尽在白流苏的掌握中。这个众人眼中的"目的物"，① 白流苏锲而不舍为自己的下半生找到了保障。她是不是真的爱上了他呢？这是白流苏可能的疑问。他是不是真的爱上了她呢？还是爱上了自己想象中的"传统的中国女性"的形象呢？叙述者告诉我们：

> 范柳原真心喜欢她么，那倒不见得。他对她说的那些话，她一句也不相信。她看得出他是对女人说惯谎的。她不能不当心——她是个六亲无靠的人。她只有她自己了。②

在另一处，范柳原慨叹战争中断了很多故事的尾巴时，白流苏对他的回答却很有意味：

> 炸死了你，我的故事就该完了。炸死了我，你的故事还长着呢！柳原笑道："你打算替我守节么？"他们两人都有点神经失常，无亲无故，齐声大笑。而且一笑便止不住。笑完了，浑身只打颤。③

白流苏的意思是，假若范柳原被炸死了，她的计划便灰飞烟灭，她的下半生也将难有好日子过；但假若死的是她自己，范柳原仍然一如既往在情场上角逐，所以说他的故事还长。然而，范柳原却反问她，如果死的是他，她会否为他守节。白流苏没有回答，两人仿似心照不宣地齐声大笑。两人是很明了彼此之间所谓的爱情真相。范柳原坦白地对白流苏说：

> 这堵墙，不知为什么使我想起了地老天荒那一类的话。……有一天，我们的文明整个的毁掉了，什么都完了——烧完了、炸完了、坍完了，也许还剩下这堵墙。流苏，如果我们那时候在这墙根底下遇见了……流苏，也许你会对我有一点真心，也许我会

---

① 张爱玲：《倾城之恋》，第 202 页。
② 张爱玲：《倾城之恋》，第 200 页。
③ 张爱玲：《倾城之恋》，第 225 页。

对你有一点真心。①

这段仿似充满哲理的独白真令人莞尔，他在表达什么呢？"真心"不是一早建立在他与她彼此之间的感觉，而是要经过战争的洗礼、"文明整个的毁掉了"的悲壮背景底下，方能令彼此"也许"对对方有"一点真心"。张爱玲在此对范柳原的对白设计，令这人物仿似在风流的形象外又爱抛书包，卖弄个人的文化素养，但又显得不伦不类，这是张爱玲笔下留学外国的男子常见的特征。这种意图"启蒙"中国传统女性的留学生带来的新潮男人的主题，常常出现于张爱玲笔下，颇值得深思。对于张爱玲小说中的这一现象，陈炳良指出：

> 那些从旧社会进入新社会的"被启蒙者"在初时都是"无知"的。……她们这几个人（指愫细、葛微龙、吴翠远）都经过孤离（alienation），离开家园，处于一个过渡的时间和空间里。……她们的孤离——或是和现实的疏离——导致她们对自我的追求，和对新思想、新价值观的吸收和征服。②

以上这些从旧社会进入新社会的人物的遭遇，也是白流苏在这场恋爱中的成长历程，但并未指出"被启悟者"这一模式背后的深层文化意义。究竟是怎样的"启悟"？是被"启悟"还是被另一种形式的"征服"？就《倾城之恋》而言，以上两种元素都存在。范柳原固然将白流苏想象为传统的中国女性，而这种传统中国的女性形象又仿佛只有这个留学生的他才独具慧眼似的，要他去提点白流苏"低头"与穿中国旗袍。然而，在《倾城之恋》这篇小说中，我们也不能忽略白流苏对范柳原的"需要"（need）。即是说，白流苏并非被动的"被侵略"或"被启蒙"，在貌似被动的状态中，她其实正在进行其对家人以至于传统的挑战与报复。

根据精神分析学家拉岗（Jacapues Lacan）的理论，白流苏与范柳原的结合乃基于彼此间的"欲望"：

---

① 张爱玲：《倾城之恋》，第 208 页。

② 陈炳良、黄德伟：《张爱玲短篇小说中的"启悟"主题》，陈炳良：《张爱玲短篇小说论集》，台北：远景出版事业有限公司 1985 年版，第 59~60 页。

处于需要（need）——欲望（desire）——需要（demand）
的三元关系中的欲望（desire），是拉岗的思想中最重要的概念之
一。拉岗和黑格尔一样首先阐明了自然需要（need）的经验，进
而引入需求（demand）和欲望（desire）。①

"欲望"之产生乃源于"匮乏"所致，在这种极度彷徨下的相互"填补"。
白流苏的"需要"便是摆脱目前无家可归或被迫回夫家守寡终生的困境，
而范柳原便是她欲嫁与的对象，他作为"丈夫"的角色便是当下此刻白氏
身份危机中的需求。有了"丈夫"的女人，白流苏方能立足于社会，名正
言顺地存在于文明社会的成规之下，成为"名正言顺的妻"②，这是她被
"认识为一个需要的主体"，她一再表示出她需要婚姻，否则何以她一再远
赴香港寻找毫无关系的范柳原？同样地，亦是出于身份危机，才触发了成
长于传统家庭中的白流苏的自我觉醒：

最初，"自我意识就是欲望"。原始人像动物一样在无休止的
"欲望与满足"之间循环往返。物质匮乏和欲望受挫引起他们最
初的自我感觉，即人透过否定性的痛苦经验，才有了"我"的感
觉。但真正的"自我意识"的产生，却需要另一自我的承认。③

对于范柳原来说，白流苏的传统中国女性那种柔弱温驯的形象正好符合他
这个成长于外国的中国男子对中国传统女性形象的想象。他需要的是他心
目中的"中国女人"，头低低的那种臣服的传统中国女性。他对白流苏说：

你知道么？你的特长是低头……有的人善于说话，有的人善
于笑，有的人善于管家，你是善于低头的。④

一个"特长是低头""善于低头"的女人是没有主体性的，她只是永远属
于被"鉴赏"的"尤物"，而非与他具对等地位的一个"人"。范柳原这
样想象他心目中的"真正的中国女人"：

---

① 王国芳、郭本禹：《拉岗》，台北：生智文化事业有限公司1997年版，第55页。
② 张爱玲：《倾城之恋》，第230页。
③ 王野芳、郭本禹：《拉岗》，第46~47页。
④ 张爱玲：《倾城之恋》，第204页。

> 你好也罢，坏也罢，我不要你改变。难得碰见像你这样的一
> 个真正的中国女人。……真正的中国女人是世界上最美的，永远
> 不会过了时。①

又：

> 我第一次看见你，就觉得你不应当光膀子穿这种时髦的长背
> 心，不过你也不应当穿西装。满洲的旗装，也许倒合式一点，可
> 是线条又太硬。②

他要求的是一个绝对臣服的女性。这样，他便是一个真正的"中国男人"
了。基于两者的"需要"，白流苏与范柳原彼此间的"欲望"在对方中找
到意义。③

　　范柳原所要求与想象的白流苏，实际上便是传统中长年备受压抑的中
国女性。一般来说，中国女性皆面对"双重压抑"。这里所谓的"双重压
抑"，指的是传统男性对女性的压抑（甚至女性对女性）以及传统女性的
自我压抑。张爱玲这样描写白流苏向母亲求助时的情景及其心理活动：

> "妈、妈，你老人家给我做主。"她母亲呆着脸，笑嘻嘻的不
> 做声。她搂住她母亲的腿，使劲摇撼着，哭道："妈妈、妈妈"
> 恍惚又是多年前，她还只是十来岁的时候，看了戏出来，在倾盆
> 大雨中和家里人挤散了，隔着雨淋淋的车窗，隔着一层无形的玻
> 璃罩——无数的陌生人。人人都关在他们自己的小世界里，她撞
> 破了头也撞不进去。④

这段文字暴露了传统家庭下一个备受压抑的女性的"创伤性经验"。弗洛伊
德（S. Freud）指出：

> 童年的琐碎记忆之所以存在，应归功于"转移作用"
> （displacement）。精神分析法指出，某些着实重要的印象，由于遭
> 受"阻抗作用"（resistance）的干扰，不能现身，故只好以替身

---

① 张爱玲：《倾城之恋》，第 206 页。
② 张爱玲：《倾城之恋》，第 212 页。
③ Lacan, Jacques. *ECRITS*, Translated by Alan Sheridan. New York：W. W. Nortan & Company,
Ltd，1977, 58.
④ 张爱玲：《倾城之恋》，第 193 页。

的形态出现。我们所以记得这些替身，并不是因为它本身的内容有什么重要性，而是因为其内容与另一种受压抑的思想间有着连带的关系……①

弗洛伊德因此而创造了"遮蔽性记忆"与"被遮蔽的记忆"的理论。② 据弗洛伊德之见，"前者属于一个未满周岁的婴儿，后者却发生在年纪较大以后"。③白流苏应属于后者。而其"被遮蔽的记忆"实属于"创伤性经验"，源出于"压抑"所致：

> 当下此刻，白流苏的前夫死了，她的三哥（三爷）以如下的理由希望打发她走：你这会子堂堂正正的回去替他戴孝主丧，谁敢笑你？你虽然没生下一男半女，他的侄子多着呢，随你挑一个，过继过来。家我虽然不剩下甚么了，他家是个大族，就是拨你看祠堂，也饿不死你母子。④

另一方面，她又被视为一个"扫帚星"。四姑奶奶说：

> 你们做金子，做股票，不能用六姑奶奶（白流苏）的钱哪，没的占上了晦气！她一嫁到了婆家，丈夫就变成了败家子。回到娘家来，眼见娘家就要败光了——天生的扫帚星！⑤

三爷亦附和说道：

> 四奶奶这话有理。我们那时候，如果没有让她入股子，决不至于弄得一败涂地！⑥

连白老太也说：

> 天下没有不散的筵席，你跟着我，总不是长久之计。倒是回去是正经。领个孩子过活，熬个十几年，总有您出头之日。⑦

---

① ［奥］弗洛伊德著，林克明译：《日常生活的心理分析》，台北：志文出版社1970年版，第46页。

②③ ［奥］弗洛伊德著，林克明译：《日常生活的心理分析》，第47页。

④ 张爱玲：《倾城之恋》，第189页。

⑤ 张爱玲：《倾城之恋》，第190页。

⑥ 张爱玲：《倾城之恋》，第190页。

⑦ 张爱玲：《倾城之恋》，第191页。

三爷与白老太均搬出传统的礼教打发白流苏，而四奶奶更利用家人的倒霉，以迷信逼害她。在备受压力的当前，张爱玲将此时此刻的白流苏的心理特征与微妙的变化刻画得入木三分：

> 这时她（白流苏）便淡淡的道："离过婚了，又去做他的寡妇，让人家笑掉了牙齿。"她若无其事地继续做她的鞋子，可是手指头上直冒冷汗，针涩了，再也拔不过去。①

又：

> （白流苏）把手里的绣花鞋帮子紧紧地按在心口上，戳在鞋上的一枚针，扎了手也不觉疼。②

由重复两次的拔针动作所产生的不同效果，暴露了白流苏此刻内心的"焦虑"，而"焦虑"的产生则源于"匮乏"。③ 由现在而勾起过去的"创伤"再而回顾当下的困境，她知道她不可能得到她所渴求的母亲的帮助。就是对传统所谓的母爱的期望以至于极端的失望，才激发了白流苏离开家庭的决心，④ "她是个六亲无靠的人，她只有她自己了"。⑤ 白流苏并没有像一般女性般产生自我压抑，反而是豁了出去，迈出外出交际的第一步，与侄女争夺范柳原，甚至两度离开家庭到香港找范柳原。这种种举止，令众人大为震惊。

母亲对其困境所表现的冷漠及童年的创伤性经验，令她对解决自身处境由彷徨而达至的过程，此乃导致其自我的独立的关键时刻。在此，张爱玲揭示了文化转变期中人性丑陋的一面，而白流苏则是颓败文化中不甘于备受无理宰制的自我拯救者。

白流苏所面对的困境是身份不明而处于尴尬的处境，重新建立身份是解决困境之途。"欲望"之产生其实乃文明社会所制定的规条所引发。⑥ 白

---

① 张爱玲：《倾城之恋》，第189页。
② 张爱玲：《倾城之恋》，第192页。
③ Lacan, Jacques. *The Four Fudamental Concepts of Psycho-Analysis*. Translated by Alan Sheridan. New York：W. W. Nortan & Company，1981，p.41.
④ 张爱玲：《倾城之恋》，第192页。
⑤ 张爱玲：《倾城之恋》，第200页。
⑥ Salecl，Renata. *TheSpoils of Freedom. New York*：Routledge，1994. p.102.

流苏的困境导致了她个人与社会的外在矛盾。在她与范柳原的情感角力及寻找身份的历程中，传统的道德价值观念则备受质疑与颠覆。白流苏与兄嫂冲突的症结所在，说到底也不过在一个钱字上面而已，故而她与范柳原的关系亦是出于爱情以外的考虑：

> 她承认柳原是可爱的，他给她美妙的刺激，但是她跟他的目的究竟是经济上的安全。这一点，她知道她可以放心。①

除了"经济上的安全"外，还有"美妙的刺激"，给予她从所未有的"自由"恋爱的感觉，而最实际最紧要的是，凭借范柳原摆脱传统文化强加于她身上的社会角色。在一连串令家人咋舌的行动中，白流苏叛离了传统礼教的束缚，凭借一己之力争取范柳原，在社会中重新获取了"身份"，获得了"主体"。②

故此，这场轰轰烈烈的争夫记，可称之为白流苏的"成人过程"，她不再是男性的附属品，她获取了主体性，成为一个独立自主的人。

五、所谓"倾国倾城"

在《倾城之恋》这篇小说中，张爱玲凭借白流苏的恋爱，反讽了当时崩溃的传统价值观，而另一反讽的对象则是一般人所谓的爱情。在外国生活了24年的范柳原竟然引经据典，以《诗经》的"生死契阔，与子相悦，执子之手，与子偕老"③ 而向"望族"的白小姐宣示他的爱情观。讽刺的是，白流苏在他未说之前已忙道："我不懂这些。"④ 这里反讽的是假洋鬼子范柳原的虚伪，他本人里里外外都是一个花花公子，即使与白流苏发生关系后也没有结婚的打算，这些由《诗经》所代表的婚姻信仰在此只成了勾引女人的手段，想不到他竟是衰颓中的传统道德文化的捍卫者。

更荒谬的是后来，曾以诗礼传家教训白流苏的四奶奶竟因看到流苏离

---

① 张爱玲：《倾城之恋》，第 221 页。
② 王国芳、郭本禹：《拉岗》，第 49 页。
③ 张爱玲：《倾城之恋》，第 216 页。
④ 张爱玲：《倾城之恋》，第 202 页。

了婚再嫁，竟有如许"惊人的成就"，① 而以其为榜样，与四爷离婚。传统家族的崩溃至此，正是那时代的新、旧交替之间的价值观最佳的写照。在《倾城之恋》的这场争夫记中，张爱玲为我们撕开崩溃中的道德秩序。

另一方面，《倾城之恋》这篇小说的篇名具有两重可能性：一、倾城倾国的轰烈恋爱；② 二、颓城下之恋。张爱玲在题目上的夸张手法，造成实际内容与题目的暧昧性的背道而驰，产生了反讽的效果。在题目上，张爱玲刻意营构一段轰烈的爱情烟幕，以悬宕的手法写出一则现代传奇。而其目的与效果又与传统传奇故事的才子佳人式的桥段截然不同。此篇中轰轰烈烈的爱情错觉，可从小说人物的自白得到确认：

> 香港的陷落成全了她。但是在这不可理喻的世界里，谁知道甚么是因，甚么是果，谁知道呢，也许就因为要成全她，一个大都市倾覆了。③

但是，实际内容却绝非如此。传奇里，才子佳人的恋爱皆乃两情相悦而缘定终生，但总是始乱终弃的悲惨结局。相对于这对貌合神离，勉强无奈地由战争的动荡时局而撮合的一对，真是对"传奇"的讽刺，在篇末便有如下点睛式的反讽：

> 他不过是一个自私的男子，她不过是一个自私的女人。在这兵荒马乱的时代，个人主义者是无处容身的，可是总有地方容得下一对平凡的夫妻。④

这究竟是传奇，还是对现代的所谓的恋爱的嘲讽？如范柳原对萨黑黄妮公主说："'你知道，战争期间的婚姻，总是潦草的。'……流苏没听懂他们的话。"⑤ 至此，张爱玲为悬宕了许久的传奇揭开真相，将现代传奇的本质赤裸裸地剖白在读者面前。

---

① 张爱玲：《倾城之恋》，第 230 页。
② 张爱玲：《倾城之恋》，第 231 页。
③ 张爱玲：《倾城之恋》，第 230 页。
④ 张爱玲：《倾城之恋》，第 238 页。
⑤ 张爱玲：《倾城之恋》，第 229 页。

六、"小"说与启蒙

鸳鸯蝴蝶派因而在那时期的"大话"/主流文学底下备受批评，周作人便是这样评价海派的：

> 上海滩本来是一片洋人的殖民地；那里的（姑且说）文化是买办流氓与妓女的文化压根儿没有一点理性与风致。这个上海精神便成为一种上海气，流布到各处去，造出许多可厌的上海气的东西，文章也是其一。①

其对海派文化的憎恶之情跃然纸上。傅雷在《论张爱玲小说》一文中，亦不忘告诫新进女作家千万勿坠入"鸳鸯蝴蝶派和黑幕小说家的恶俗"。② 如果从那水深火热、民族生死存亡之秋的时代的角度来看，周、傅二人对海派文化的政治冷感及鸳鸯蝴蝶派的专写男女情欲小说的批评并不难理解，③ 这种立场实即是"五四"文学主流的声音，有其时代的自觉性责任感。王晓明对于那个时代的主流文化意识之形成，及其对中国现代文学的深远影响有如下洞见：

> 随着新文学的诞生和发展，中国现代文化更逐渐孕育出，一整套文学"想象"：文学应该是一项指向社会和历史进步的事业，它应该是面向思想、政治、民族、国家、革命之类的大事物，它应该是担负起思想启蒙、社会批判乃至政治革命的责任，它应该始终关注历史变迁所提出中心话题……④

这套文学的"想象"，慷慨激昂，在反传统的封建文学的旗帜底下，依然蕴藏着现代知识分子匡济天下的理想。故此，此时期的主流文学都是要求

---

① 周作人：《上海气》，杨牧编，周作人著：《周作人文选》，台北：洪范书店有限公司 1984 年版，第 114 页。
② 唐文标：《张爱玲研究》，台湾：联经出版事业公司 1986 年版，第 131 页。
③ 周蕾在《现代性和叙事——女性的细节描述》中说："从较好的角度看，鸳蝶派文学是所谓娱乐消遣；而从坏的角度看，它则是被说成把人们的注意，引离'严肃'的国家民族事务。"见周蕾：《妇女与中国现代性：东西方之间阅读笔记》，第 173 页。
④ 王晓明：《张爱玲文学模式的意义及其影响》，《明报月刊》，1995 年 10 月号，第 17 页。

思想进步，训斥不谙时势的鸳蝶派小说人亦就不难理解了。此乃时势使然，然亦暴露了现代文学史内所蕴含的意识偏向，揭示了意识形态与论述权力的密切关系。新文学运动在攻击旧文学之余，为达革新一切的目的，张爱玲式的言情"小"说亦在排斥之列。

琐碎人生较之战争与革命更为永恒，"爱国"与"革命"始终是间歇性的口号，对于普罗市民来说，太沉重了，亦有点腻了，而情爱中的挫折与喜悦虽非伟大而却是永恒的人心向往，那是茫茫人世中人类生存所渴求的基本安慰。乱世产生了现代中国文学史上两种截然不同的取向，一为以"五四""大话"为主流文学作品，另一则可谓是边缘性质的张爱玲式的情爱"小"说。乱世之彷徨而求助于一晌贪欢，乃人之常情，然而张爱玲的思想及家庭遭遇，令其小说所呈现的是情爱的阴暗、无助及算计，这或许也是一个动荡时代的另类启蒙。吴趼人在《二十年目睹之怪现状》第二回中评说：

> 家庭专制，行之既久，以强权施之于子弟者，或有之矣，自无秩序之自由说出；父子骨肉之间不睦者，盖亦有之矣，不图于此更见以阴险骗诈之术，施之于家庭骨肉间者，真是咄咄怪事！①

张爱玲的绝大部分小说，基本便是按照吴趼人以上所说的"家庭专制"与"家庭骨肉"间的压迫而展开不同角度的书写。

七、结语

乱世造就了张爱玲在中国文学史上的特殊地位，而她今天在文学史上地位的确立，又同时促使我们对"五四"文学传统以及以男性的文学观为论述中心的省思。整体而言，张爱玲"小"说的回归确实惊艳了不少读者或学者。确实，其语言自成一格，意象独特，然而她缺乏伟大小说家的视野与野心，故而造成其小说的重复与片面。这也就是《红楼梦》及其家庭背景所给予她的"红楼梦魇"。

---

① 魏绍昌编：《吴趼人研究资料》，上海：上海古籍出版社 1980 年版，第 46 页。

第六章　经典移植，阐扬传统：
金庸武侠小说中的"隐型结构"及启蒙传承

一、西潮的冲击及其影响

二十世纪的中国遭受全球化的冲击，如饥似渴地吸收不同国家的文学、文化以至于林林总总的思想及主义。此中包括"五四"时期的多元吸收，五十年代大陆对苏联文学、文化的输入，"文革"之后，八十年代初的大陆又大量接受西方思潮，可谓"五四"之后的另一高潮。至于香港地区、台湾地区方面，则在英、美文学及思想的译介以至于比较文学方面，掀起一阵文学热潮，从六十年代至九十年代，可谓乃其鼎盛时期。这一切的文学吸收与思想启蒙，对于出生在二十年代并以武侠小说崛起于五十年代的金庸，均有莫大的冲击。

"五四"时期，英美及日本思想深深地吸引了当时的文人学者，例如胡适对杜威（John Dewey）"实用主义（Pragmatism）"的推崇，对自由主义的信仰；徐志摩对英国雪莱（Pescy Bysshe Shelley）的接受，对印度诗人泰戈尔的引进；梁实秋等人对《莎士比亚》的翻译；吴宓为首的学衡派对白璧德（Irving Babbit）的人文主义（Humanism）的推崇以及中、西文化的比较论述；鲁迅、周作人两兄弟对日本文学及文化的介绍，对域外小说的译介，对希腊文化的追溯。郁达夫小说所受日本私小说的影响；曹禺的《雷雨》，更是移植了易卜生（Henrik Johan Ibsen）的《群鬼》（Ghosts），在巴金的《家》《春》《秋》之外，以戏剧的形式响应了"五四"的激烈反传统思潮，揭露了"家"的黑暗，从而获得了巨大的成功。易卜生透过曹禺的《雷雨》，影响了金庸的武侠小说。因此之故，方有金庸《天龙八部》中，萧峰在雷雨之夜以降龙十八掌犹如闪电般击杀他心中的仇人段正淳，不料却是恋人阿珠易容代父受罚，而此中隐藏的便是《雷雨》中的血缘纠缠。同样，金庸《雪山飞狐》中众人上山说出胡一刀被杀的始末，正是乔万尼·薄伽丘（Giovanni Boccaccio）《十日谈》（Decameron）

的翻版。《雪山飞狐》中胡斐的举刀杀或不杀苗人凤，《神雕侠侣》中杨过犹豫于杀或不杀郭靖，正是莎士比亚《王子复仇记》（或译为《哈姆雷特》）（Hamlet）中哈姆雷特的著名挣扎："to be, or not to be."西班牙的《小癞子》（La Vide de Lazarilla de Tormes），乃比较文学中的"成长小说"（Bidungsroman）的源头，《小癞子》或英国狄更斯（Charles John Huffam Dickens）的《苦海孤雏》（David Copperfield）在金庸笔下最为典型的影响就是《鹿鼎记》以及《侠客行》。丹尼尔·笛福（Daniel Defoe）的《鲁滨逊漂流记》（Robinson Crusoe）中的孤岛漂流，一再影响了金庸的《射雕英雄传》与《倚天屠龙记》的书写，洪七公、郭靖及黄蓉在孤岛上智斗欧阳锋与欧阳克，在风浪孤舟中大显神通，而张无忌与金毛狮王谢逊在其笔下，更两度漂流孤岛。印度史诗《罗摩衍那》的神猴哈奴曼（Hanuman），透过吴承恩《西游记》而影响了金庸的《神雕侠侣》的创作。至于中国古典小说对金庸武侠小说的影响，则更为具体而深入。

二、"隐型结构"的定义

金庸武侠小说中一直有一个令研究者忽有所思却又百思不得其解的谜团，这就是其结构的问题。陈墨指出：

> 《连城诀》、《侠客行》、《天龙八部》、《笑傲江湖》、《鹿鼎记》等小说，都在离奇情节的背后，有一个完整的形而上结构。而在其它的小说中，虽未必有完整的形而上结构，但每有离奇处必有寓言却是事实。传奇使金庸小说情节博大，而寓言使金庸小说意义精深。①

在此，论者并没指出何以在以上几部小说中有"完整的形而上结构"，而"完整的形而上结构"指的又是什么。由此，金庸小说情节的博大、意义的精深，也就无从说起。有论者则指出金庸"以套式反应为出发却又不为

---

① 陈墨：《金庸小说与二十世纪中国文学》，刘再复、葛浩文、张东明等编：《金庸小说与二十世纪中国文学》，香港：明河社出版有限公司2000年版，第83页。

情节套式所囿的艺术处理"，而称之为"乱套结构"①。又有论者指出：

> 过分的离奇和巧合，为了渲染和烘托环境气氛，枝蔓也过于
> 繁复，使人物命运对角色的性格揭示作用有所降低。但金庸用精
> 心构思的情节高潮或小高潮去突出人物形象，展示角色的性格，
> 相当程度弥补了上述缺失。②

所谓的离奇和巧合，事实上均其来有自，至于所谓的"形而上结构"或
"过分的离奇和巧合"的奇特现象，实乃基于金庸所设置的"隐型结构"
所造成的必然结果。

事实上，金庸武侠小说中的长篇中几乎全都具有"隐型结构"，这并
非简单的"原型"（archetype），③ 而是金庸几乎将很多古典小说中的主角
及配角以至于情节及对话等细节，全都搬进自己的小说中，因此以"隐型
结构"称之，金庸的小说基本与中西小说形成"文本互涉"（inter-
texuality）。"文本互涉"，乃保加利亚裔的文学理论家克丽丝蒂娃（Julia
Kristeva）将其所提出的"正文"（text）和另一文学理论家，俄罗斯的巴
赫金（M. M. Bakhtin）的小说理论中的"对话性"（dialogicality）与"复调"
（polyphony）两种理论融汇而形成。④ "正文"本身亦具有不断运作的能
力，这是作家、作品与读者融汇转变的场所，即所谓的"正文"的"生产
特性"（productivity）。故此，"正文"便是各种可能存在意义的交汇场所，
打破了传统文学批评单一性的意义概念。而就在这"正文"的"生产特
性"的场所中，透过符表的分解与重组，所有的"正文"都是其他"正

---

① 吴秀明、陈择纲：《金庸：对武侠本体的追求与构建》，《当代作家评论》，1992 年第
2 期。

② 林岗：《江湖·奇侠·武功——武侠小说史上的金庸》，刘再复、葛浩文、张东明等编：
《金庸小说与二十世纪中国文学》，第 130 页。

③ Guerin, Labor, Morgan, Reesman, Willingham, *An Handbook of Critical Approaches to
Literature*. New York：Oxford University Press，1992，p. 147-150.

④ 见 Michael Holquist, ed., *The Dialogic Imagination：Four Essay*, trans. Caryl Emerson & Michael
Holquist. Austin：University of Texas Press，1981. 介绍性的论著可阅：Michael Holquist，*Dialogism：
Bakhtin and his World*. London：Routledge，1990. Tzvetan Todorov，*Mikhail Bakhtin：The Dialogical Principle*，
trans. *Wlad Godzich*. Minneapolis：University of Minnesota Press，1984；Caryl Emerson，ed. *Problems of
Dostoevsky's Poetics*，trans. Caryl Emerson. Manchester：Manchester University Press，1984.

文"的"正文"，互为"正文"成为所有"正文"存在的基本条件；在这种基础上，克丽丝蒂娃借巴赫金理论称为的"文本互涉"。① "文本互涉"这一概念包括具体与抽象的相互指涉。具体指涉指的是陈述一具体的、容易辨别出的文本和另一文本，或不同文本间的互涉现象；而抽象指涉则是一篇作品之朝外指涉着的，包括更广阔、更抽象的文学、社会和文化体系，则完全视乎创作者的阅历与学养以及社会环境所决定。据考察金庸小说中，至少有 6 部长篇小说的人物、情节以至于结构均源自中国古典及现代小说以至于外国小说，甚至金庸这几部小说之间又形成彼此的文本互涉。

金庸武侠小说的隐型结构，方式大致如下：一、人物移植；二、情节及结构嵌置；三、在一与二的基础上再加上金庸的创造性，此中包括武功与爱情以及历史。以下例子，足以印证以上三项特征的存在。《鹿鼎记》第二十回中，神龙教教主洪安通及夫人在教韦小宝武功时，透露了金庸小说创作中的想象资源：

> 洪安通微笑道："好，我来想想，第一招是将敌人举了起来，那是临潼会伍子胥举鼎，叫做'子胥举鼎'。"洪夫人道："好，伍子胥是大英雄。"洪安通道："第二招将敌人倒提而起，那是鲁智深倒拔垂杨柳，叫做'鲁达拔柳'。"洪夫人道："很好，鲁智深是大英雄。你这第三招虽然巧妙，不过有点儿无赖浪子的味道，似乎不大英雄……"

又：

> 洪安通笑道："对，不过关云长的赤兔马本来是吕布的，秦琼又将黄骠马卖了，都不大贴切。有了，这一招是狄青降龙驹宝马，叫做'狄青降龙'，他降服的那匹宝马，本来是龙变的。"②

洪安通在此提到了古典小说的《水浒传》《说唐》以及《五虎平西》。又：

---

① Julia Kristeva, "Word, Dialogue, And Novel", *Desire In Language*, trans. Thomas Gora Alice Jardine & Leon S. Roudiez. New York: University of Columbia Press, 1980, p. 36 & p. 66.

② 金庸:《鹿鼎记》，香港：明河出版社 2006 年版，第 2 册，第 20 回，第 840 页。

韦小宝取钱赏了太监，心想："倒便宜了吴应熊这小子，娶了个美貌公主，又封了个大官。说书先生说精忠岳传，岳飞爷爷官封少保，你吴应熊臭小子如何能跟岳爷爷相比？"①

《说岳全传》的痕迹，在此原形毕露。在此，伍子胥、鲁智深、张敞、关羽、吕布、秦琼、狄青、岳飞等人物，拔柳、举鼎、画眉等细节，赤兔马与黄骠马等道具，金庸无一不了然于胸，熔铸一炉，幻化万千，重新结构，以莫测的情节，奇诡的武功，以及催人泪下的爱恨情仇，从而震撼万千读者，风靡海内外。

三、"隐型结构" 三重奏

1. 中西古典小说的移植

金庸武侠小说，曾大量移植古典小说中的人物及情节以作为其基本的结构。例如，《天龙八部》中移植了《水浒传》的武松作为萧峰的原型，此中细节如下：一、自幼父母双亡，稍为不同的是，萧峰之父萧远山仍然在世，只是萧峰不知自己的身世而已；二、外貌特征相近，身躯魁伟、浓眉大眼、气宇轩昂，乃两人之共同特征，一个是人间太岁神，② 一个是悲歌慷慨的燕赵壮士；③ 三、酒量与食量均惊人：萧峰的酒量约 20 斤，金庸对其酒量的把握，前后丝毫无误，其酒量明显地比武松的 18 碗的酒量有过之而无不及；④ 四、打虎：武松与萧峰均有打虎的经历，⑤ 场面几乎一致，

---

① 金庸：《鹿鼎记》，第 3 册，第 29 回，第 1231 页。
② ［明］施耐庵、罗贯中：《水浒全传》，香港：中华书局 1965 年版，第 1 册，第 23 回，第 340~341 页。
③ 金庸：《天龙八部》，香港：明河出版社 2005 年版，第 2 册，第 14 章，第 592 页。
④ 分别见施耐庵、罗贯中：《水浒全传》，第 1 册，第 23 回，第 343~344 页。金庸：《天龙八部》，第 2 册，第 14 章，第 592~596 页；第 3 册，第 21 章，第 890 页。
⑤ 有论者误将《书剑恩仇录》中陈家洛智斗群狼比附为《水浒传》中的武松打虎。详见何求斌：《析〈书剑恩仇录〉对〈水浒传〉的借鉴》，《湖北师范学院学报》（哲学社会科学版），2005 年第 5 期。《书剑恩仇录》无疑对《水浒传》是有所借鉴，而若就武松的人物形象以及打虎的细节而言，萧峰与武松两者如出一辙，而绝非文质彬彬、优柔寡断的陈家洛可作比附。

而处理老虎的方式却略有不同。① 两人将要闭眼睡觉之际，老虎便出现。武松听到虎啸是大惊，萧峰听到虎啸却大喜并立刻想到有虎肉可吃。武松所面对的老虎，虎尾一扫，威力无比，而萧峰竟拉住虎尾而令"虎身直飞向半空"。很明显，萧峰的打虎要比武松干脆、省时且不累，甚至立刻将老虎的血与肉物尽其用地就地解决。五、封官：武松在阳谷县景阳冈赤手空拳打死一只猛虎，因此，被阳谷县令任命为都头。② 后来，武松犯案后投奔二龙山，成为该支"义军"的三位主要头领之一。③ 萧峰则在长白山空手打死老虎，并救了女真英雄完颜阿骨打，后来又救了大辽国皇帝耶律洪基并助其重夺帝位而被任命为楚王，官居南院大王。④ 六、雪夜情挑：（1）奸情：《天龙八部》中的康敏乃以《水浒传》中的潘金莲为原型。⑤《水浒传》中武松的兄长武大郎是一个丑陋的侏儒，其美貌妻子潘金莲试图勾引叔叔武松而被拒，后被当地富户西门庆勾引，奸情败露后，两人与王婆一起合谋毒死了武大郎。而《天龙八部》中的丐帮副帮主马夫人康敏则在洛阳牡丹会上一见萧峰而倾心，因不获其青睐而怀恨在心，遂设计伺机报复，先是色诱丐帮的白长老、徐长老及全冠清，并毒杀丈夫，再揭发萧峰的契丹身份，将其逐出丐帮，从而掀起江湖的一场腥风血雨。（2）潘金莲情挑武松乃《水浒传》中的重要一幕，⑥ 金庸在《天龙八部》中对这一幕的挪用与改编则更是大肆渲染。情挑的场景，主要有酒、火以及酥胸，这一切均出现于《天龙八部》之中，而人物关系却略作调整，而几乎令读者浑然不觉。《天龙八部》中，金庸则以马夫人康敏情挑旧情人段正淳，而萧峰此刻则成为窃听者以获取破案真相。⑦ 七、合谋：《水浒传》

---

① 分别见［明］施耐庵、罗贯中：《水浒全传》，第 1 册，第 23 回，第 346~347 页；金庸：《天龙八部》，第 3 册，第 26 章，第 1138~1139 页。

② ［明］施耐庵、罗贯中：《水浒全传》，第 1 册，第 23 回，第 350 页。

③ ［明］施耐庵、罗贯中：《水浒全传》，第 3 册，第 57 回，第 963 页。

④ 金庸：《天龙八部》，第 3 册，第 27 章，第 1185 页。

⑤ 有论者看不出康敏乃以潘金莲为原型，却从其疯癫行为而作出论述，并涉及金庸自身的情感与工作态度，由此而"发现金庸自身的人格或精神分裂"。详见许兴阳：《嗜血的自恋者：金庸〈天龙八部〉中康敏行为分析》，《皖西学院学报》，2012 年第 1 期。

⑥ ［明］施耐庵、罗贯中：《水浒全传》，第 1 册，第 24 回，第 361~362 页。

⑦ 金庸：《天龙八部》，第 3 册，第 24 章，第 1030~1036 页。

中，潘金莲既与西门庆通奸，为成其好事与阴谋得逞，王婆遂以"长做夫妻"为饵，并要潘金莲以"毒药"杀害武大郎。《天龙八部》中，金庸则透过丐帮的吴长老与白世镜的对质，道出马夫人的奸情、"长久夫妻"之词及毒计。八、结局却颇为不同。《水浒传》中，武松为报仇而先杀潘金莲再杀西门庆，因此获罪而被流放孟州。《天龙八部》中，萧峰虽查获马夫人康敏谋杀亲夫马大元而却没有杀害她，而康敏却阴差阳错地被阿紫虐待，划花了她一向自负的容颜，最终是被镜中自己的丑陋吓死。

金庸以《红楼梦》中的贾宝玉作为段誉的原型，又再以《水浒传》中的鲁智深作为虚竹的原型。关键如下：一、名字：宝玉即"饱欲"，段誉则有"断欲"之意；二、两人都是痴情之人；三、两人都违抗父命，前者不爱读书，后者不爱练武；四、才华：贾宝玉为花园命名而大显才华，[①]段誉则在"曼陀山庄"中大炫茶花知识；[②] 五、两人同样整天周旋于不同女子而烦恼不休；六、段誉与宝玉最终也是完婚后再出家为僧。

第三个主角虚竹则以鲁智深为原型：一、《水浒传》中的鲁智深又名"花和尚"，嗜酒好肉；[③] 金庸则同样安排《天龙八部》中的少林和尚虚竹吃肉。[④] 二、鲁智深一再犯戒之后被派往相国寺看守田园，在当地收服意欲欺凌他的众泼皮；[⑤]《天龙八部》中的虚竹犯戒后上少林寺自首，被罚于少林寺菜园中干活，也被菜园中的管事和尚缘根欺负，而惩罚缘根的（泼皮）则是灵鹫宫的人。[⑥] 三、鲁智深大闹五台山，[⑦] 虚竹则力战鸠摩智以挽救少林。[⑧] 四、《水浒传》中的鲁智深先上了二龙山当了首领，[⑨] 虚竹则成为逍遥派掌门。[⑩] 当然，鲁智深最终还是上了梁山，成为一员战将，最终

---

① [清] 曹雪芹著，俞平伯校订，王惜时参校：《红楼梦八十回校本》，北京：人民文学出版社 1993 年版，上册，第 17 回，第 163~171 页。

② 金庸：《天龙八部》，第 2 册，第 12 章，第 500~505 页。

③ [明] 施耐庵、罗贯中：《水浒全传》，第 1 册，第 4 回，第 71~72 页。

④ 金庸：《天龙八部》，第 4 册，第 32 章，第 1402~1404 页。

⑤ [明] 施耐庵、罗贯中：《水浒全传》，第 1 册，第 7 回，第 110~111 页。

⑥ 金庸：《天龙八部》，第 4 册，第 39 章，第 1658~1663 页。

⑦ [明] 施耐庵、罗贯中：《水浒全传》，第 1 册，第 4 回，第 71~72 页。

⑧ 金庸：《天龙八部》，第 4 册，第 40 章，第 1688~1690 页。

⑨ [明] 施耐庵、罗贯中：《水浒全传》，第 1 册，第 17 回，第 247 页。

⑩ 金庸：《天龙八部》，第 4 册，第 37 章，第 1593 页。

是征方腊后圆寂，而虚竹则在成为逍遥派掌门之后，还娶了"梦姑"，成为西夏驸马。

在《射雕英雄传》中，金庸则移植了《说岳全传》中的岳飞与陆文龙及其故事分别作为郭靖与杨康的原型及结构。郭靖与岳飞部分的互涉如下：一、身世、结义及婚姻均有雷同的遭遇，郭靖与岳飞两人均自幼丧父，与母亲相依为命：郭靖之父郭啸天死于金兵之手，岳飞之父岳和则死于洪水。① 郭靖与母亲自幼寄居于蒙古铁木真的部落中，岳飞及其母则寄居于河北麒麟村员外王明村中。② 岳飞与师父周侗结为父子之外，又与王贵、张显及汤怀结为兄弟；③ 而郭靖则与拖雷结义为兄弟。④ 在婚姻方面，岳飞获县令李春将女儿许配；⑤ 而郭靖则获铁木真封为金刀驸马。⑥ 当然，郭靖的金刀驸马并没有成为事实，自他回了中原便自由恋爱，喜欢上了黄蓉；而岳飞则与李小姐结为夫妇。二、奇遇：郭靖获蒙古神箭手哲别授予箭术，因一箭双雕而名震大漠。⑦ 其实，郭靖一箭双雕这一幕主要来自《说唐》第八回的"叔宝神箭射双雕"。⑧ 两段文字的分别只在于郭靖射黑雕而秦叔宝射黑鹰而已，而一箭双雕（鹰）则如一。而《说唐》中的鹰所捕抓的小鸡则改为《射雕英雄传》中郭靖所保护的一对小白雕。至于郭靖的神射功夫，则乃撷取自《说岳全传》中岳飞的神射功夫的部分材料。岳飞获师傅周侗传授的十八般武艺中，其中一项便是能于二百四十步之外左右开三百斤的"神臂弓"，并借此于县考中夺冠。⑨ 双雕与郭靖如影相随，其重要性可见一斑，原因便在于《说岳全传》中的岳飞便是大鹏金翅明王（大鹏鸟）之化身。⑩ 岳飞乃大鹏鸟投胎，又以"鹏举"为字；而郭靖则

---

①　［清］钱彩：《说岳全传》，台北：桂冠出版社1994年版，第2回，第10页。
②　［清］钱彩：《说岳全传》，第2回，第12页。
③　［清］钱彩：《说岳全传》，第2回，第23~24页。
④　金庸：《射雕英雄传》，香港，明河出版社2003年版，第1册，第3回，第132页。
⑤　［清］钱彩：《说岳全传》，第5回，第33~34页。
⑥　金庸：《射雕英雄传》，第1册，第6回，第260页。
⑦　金庸：《射雕英雄传》，第1册，第5回，第202页。
⑧　无名氏编撰，王秀梅点校：《说唐》，北京：中华书局2001年版，第8回，第55~56页。
⑨　［清］钱彩：《说岳全传》，第5回，第33页。
⑩　［清］钱彩：《说岳全传》，第1回，第2~6页。

救白雕而结伴行走江湖。后来，郭靖获得岳飞的《武穆遗书》，白雕又背负郭靖远离险境，并以传承岳飞驱除鞑虏的遗志为己任。金庸在此已非简单的挪用《说岳全传》作为《射雕英雄传》的创作资源，而几乎是把两部小说融为一体。三、坐骑方面，岳飞获岳父李春赠予来自北方的雪白良驹。① 郭靖则驯服从西域来到蒙古的汗血宝马并以此为坐骑。② 四、岳飞与郭靖均获赠宝剑与金刀。岳飞因道出龙泉剑之典故，而获周三畏赠予宝剑。③ 郭靖则因战功而获铁木真赠予金刀。④ 五、郭靖与岳飞均与蛇有缘。岳飞获蟒蛇化身之蘸金枪。⑤ 后来，岳飞以此枪枪挑小梁王而夺魁，但因杀死了小梁王而未获封武状元，日后又凭借此枪屡败金兵，保卫南宋江山。郭靖则喝了梁子翁的蟒蛇宝血，而百毒不侵。⑥

《神雕侠侣》则移植了《西游记》中唐僧与孙悟空师徒及部分情节作为小龙女与杨过的原型与发展情节，猪八戒、沙僧、白龙马、佛祖、观音、托塔天王以及其他人物均无所遗漏地以另一种姿态出现，并构成故事的各个环节。猪八戒与周伯通的原型移植关系如下：一、"盘丝洞"是中国四大名著之一的《西游记》第七十二回中出现的一个地名，这一回中记述了唐僧师徒四人西行途中，遇七只蜘蛛化作的美女。唐僧被骗进盘丝洞中面临杀身之祸。猪八戒也被迷惑而被擒，最后被孙悟空搭救出来的故事，体现了佛教中"戒"的思想，说明了摆脱七情的迷惑，戒则不迷的深意。盘丝洞便是绝情谷中的网，小龙女（唐僧）与老顽童（猪八戒）均陷于网中而被捕。⑦ "欲网"与"情牢"，在《神雕侠侣》中主要是写杨过与小龙女，当然猪八戒也是有情有欲，至于金庸笔下的周伯通与情人瑛姑也是在情感上纠缠了大半辈子。二、猪八戒原是天庭中统领十万天河水兵的天蓬元帅，在蟠桃会上喝酒醉后调戏月宫仙女嫦娥，被打了两千锤后贬下

---

① ［清］钱彩：《说岳全传》，第 5 回，第 35 页。
② 金庸：《射雕英雄传》，第 1 册，第 5 回，第 213~216 页。
③ ［清］钱彩：《说岳全传》，第 11 回，第 80 页。
④ 金庸：《射雕英雄传》，第 1 册，第 5 回，第 204 页。
⑤ ［清］钱彩：《说岳全传》，第 4 回，第 26 页。
⑥ 金庸：《射雕英雄传》，第 1 册，第 9 回，第 363 页。
⑦ ［明］吴承恩：《西游记》，北京：人民出版社 2008 年版，下册，第 72 回，第 652~653 页。

凡，又投错胎变成猪模样。① 猪八戒便是老顽童周伯通的原型，他本是全真派掌门王重阳的师弟，武功极高，外号老顽童，却在大理皇宫中令段王爷的妃子瑛姑怀孕产子，终生不安，此犹如猪八戒的"情劫"。三、此外，猪八戒拜唐僧为师，周伯通亦拜小龙女（唐僧）为师，而且有具体的课程，学习的是控制玉蜂之术。② 沙僧与孙婆婆的原型移植关系如下：一、沙僧实为古墓派的照顾小龙女的孙婆婆的原型。沙僧丑陋无比；③ 救杨过的孙婆婆，金庸一再强调其丑陋。④ 正如《西游记》里的沙僧的角色功能不多，孙婆婆只出现在第五回中，所占篇幅极少，她除了拯救杨过之外，还在断气之前也做了一件重要的事，便是央求小龙女照顾杨过。白龙马与瘦黄马原型移植关系如下：白龙马是龙太子的化身，自然是神骏非凡。金庸则塑造了一匹瘦而丑的黄马，而且这马还会喝酒，连喝十余碗，疾奔如龙。⑤ 至于唐僧与孙悟空原型移植关系如下：一、命名：在命名上，金庸在《神雕侠侣》中可谓对《西游记》亦步亦趋。《西游记》中三星洞的菩提祖师为欲望极炽的美猴王取名"悟空"，⑥ 谓了然于一切事物由各种条件和合而生，虚幻不实，变灭不常。在《神雕侠侣》中，杨过一出生则获黄蓉取名为"过"，表字"改之"。⑦《西游记》中以"悟空"命名，亦是对充满欲望的美猴王的一种启悟，什么"美猴王""弼马温"以至于"齐天大圣"，一切皆空。《神雕侠侣》中杨过之由叛逆而走向皈顺，信服名教的是非对错的儒家观念，实亦即如孙悟空之逃不出如来佛祖的五指山般的宿命。杨过的一生，从命名之际，便早已被作出限制，而这一切都是因为金庸采纳了《西游记》中的孙悟空作为杨过的原型所致。二、成长经历：《神雕侠侣》中的杨过上桃花岛学武不成后则西上全真派学艺，学了全真口诀后被师父赵志常虐待而被逼逃走，⑧ 变相被逐。杨过的这种经历实即

---

① ［明］吴承恩：《西游记》，上册，第19回，第163页。
② 金庸：《神雕侠侣》，香港：明河出版社2003年版，第4册，第32章，第1359页。
③ ［明］吴承恩：《西游记》，上册，第22回，第190页。
④ 金庸：《神雕侠侣》，第1册，第5回，第168页。
⑤ 金庸：《神雕侠侣》，第2册，第11回，第446页。
⑥ ［明］吴承恩：《西游记》，上册，第1回，第10页。
⑦ 金庸：《射雕英雄传》，第4册，第40章，第1627页。
⑧ 金庸：《神雕侠侣》，第1册，第4回，第155，175页。

《西游记》中，孙悟空前往西牛贺洲灵台方寸山斜月三星洞拜菩提祖师为师，学得七十二变后却被师父所逐。[①] 杨过在比武时大闹全真教，[②] 实即孙悟空在蟠桃会上的大闹天宫。大闹天宫后，孙悟空被佛祖镇于五行山下，[③] 而杨过大闹全真教后则被小龙女收留于古墓之中，实亦即山下。[④] 后来，孙悟空拜唐僧为师，一路斩妖除魔护送他上西天取经。杨过则拜小龙女为师，且多次保护并拯救她，此中包括小龙女于古墓前练玉女心经受甄志丙、赵志常的干扰，后来小龙女在绝情谷中陷于公孙止手上以及在终南山的大战过程中，杨过均及时出现而拯救了陷于濒危状态的小龙女。《西游记》中，孙悟空数次被师父唐僧误解，两次被驱逐；而金庸在《神雕侠侣》中则略施变化，改为以唐僧为原型的小龙女三次主动离开以孙悟空作为原型的杨过：第一次是失身于甄志丙之后怀疑乃杨过的始乱终弃，第二次是因为黄蓉以师徒之恋有违背礼教大防而令她主动离开，第三次是为解杨过的情花之毒而跳入碧水潭中。[⑤] 三、紧箍咒与情花痛：金庸既以孙悟空作为杨过的原型，孙悟空受到佛祖的惩罚以收其叛逆，[⑥] 杨过亦必须面对。《西游记》中，孙悟空一旦不受唐僧的管束，便受到紧箍咒的惩罚。[⑦] 而《神雕侠侣》中绝情谷中的情花的灵感，实即《西游记》中五庄观的人参果。绝情谷中的情花被杨过等人烧灭，而五庄观的人参果树则被孙悟空推倒。[⑧] 孙悟空之偷吃人参果是出于猪八戒的贪吃及引诱所致，而其动怒推动人参果则为野性未驯。杨过深受情花之苦尤如孙悟空的紧箍咒之痛，则在于其骨血中流淌着其父杨康之叛逆与风流，而其烧灭情花则为戒其滥情而归于对小龙女的专一。四、火焰山与碧水潭：《神雕侠侣》中杨过在

---

① ［明］吴承恩：《西游记》，上册，第2回，第16~17页。

② 金庸：《神雕侠侣》，第1册，第4回，第157~163页。

③ ［明］吴承恩：《西游记》，上册，第7回，第61页。

④ 金庸：《神雕侠侣》，第1册，第5回，第186页。

⑤ 分别见金庸：《神雕侠侣》，第1册，第7回，第304页；第2册，第14回，第591页；第4册，第32回，第1374页。

⑥ 刘登翰指出："郭靖是一个合规合矩的英雄，杨过则是一个反叛的英雄。"见刘登翰：《香港文学史》，北京：人民文学出版社1999年版，第273页。

⑦ ［明］吴承恩：《西游记》，上册，第14回，第125页。

⑧ ［明］吴承恩：《西游记》，上册，第25回，第218页。

绝情谷上落泪。① 杨过对小龙女这摧心倾情的一幕，实即《西游记》中第五十一回描写孙悟空对师父唐僧的思念之情。② 孙悟空的“师父啊！指望和你——”后，几乎便任由金庸自由想象，亦即转为杨过口中的“小龙女啊小龙女！是你……？”金庸为了突出杨过与小龙女之一往情深，方有跳入碧水潭之安排。孙悟空保护唐僧过了火焰山（第五十九至六十一回），杨过则于绝情谷悬崖下之碧水潭下的“广寒宫”中救出居于其中十六年的小龙女。③ 在金庸《神雕侠侣》中碧水潭中的“水”，在《西游记》中则为火焰山的“火”，水火对衬。④ 五、不同的归宿：《西游记》中的孙悟空一路保护唐僧直至西天取经完成，终获佛祖封为斗战胜佛。⑤《神雕侠侣》中的杨过则一直保护、拯救小龙女，师徒最终在襄阳大战一役中救得郭襄并击毙蒙古大汗蒙哥，由此而获得郭靖与黄蓉等卫道者之认可。⑥ 因此，在华山论剑时，杨过获黄蓉封为“西狂”。⑦

至于《倚天屠龙记》则更为复杂，此长篇移植了《说唐》《瓦岗英雄》《白娘子永镇雷峰塔》《白蛇传》及《后白蛇传》以至于《雷雨》等人物及情节作为张无忌及其他人物的原型及故事结构。张无忌的原型移植如下：一、侠义有源：张无忌的侠义行径基本源自《说唐演义全传》（即《说唐全传》《说唐》）中的秦琼。金庸常以古典小说中的某一人物的外貌、身份或际遇在其武侠小说中分饰不同的人物。秦琼之父为隋朝“靠山王”杨林所杀，成年后却又因缘际会地成为杨林的义子。⑧ 张无忌的父母张翠山与殷素素因不肯透露获得屠龙刀的谢逊的所在而被中原武林所逼，

---

① 金庸：《神雕侠侣》，第 4 册，第 38 回，第 1631~1632 页。

② ［明］吴承恩：《西游记》，下册，第 51 回，第 465 页。

③ 金庸：《神雕侠侣》，第 4 册，第 39 回，第 1670~1676 页。曾昭旭先生认为小龙女乃从“广寒宫下凡”。见曾昭旭：《金庸笔下的性情世界》，余子等：《诸子百家看金庸》，香港：明窗出版社 1997 年版，第 1 册，第 33 页。

④ ［明］吴承恩：《西游记》，下册，第 51 回，第 599 页。这一回的回目便正是“心猿巧用千般计，水火无功难炼魔”。金庸在《神雕侠侣》中之以碧水潭之“水”对火焰山之“火”的灵感，亦由此获得。

⑤ ［明］吴承恩：《西游记》，下册，第 100 回，第 899 页。

⑥ 金庸：《神雕侠侣》，第 4 册，第 39 回，第 1699 页。

⑦ 金庸：《神雕侠侣》，第 4 册，第 40 回，第 1707 页。另可参阅何求斌：《论“华山论剑”的文化渊源》，《湖北师范学院学报（哲学社会科学版）》，2013 年第 6 期，第 8~10 页。

⑧ 无名氏编撰，王秀梅点校：《说唐》，第 1 回，第 2 页；第 23 回，第 158 页。

亦可谓间接被身为明教四大法王之一的"金毛狮王"谢逊害死，同样张无忌亦是谢逊的义子。① 武器方面，杨林使用的是"水火囚龙棒"。② 杨林的"水火囚龙棒"在《倚天屠龙记》中，则化为谢逊先后使用的两种武器，先是使用"狼牙棒"。③ 后来谢逊使用的则是"屠龙刀"。杨林"黄眉"，谢逊"黄发"，前者使用"水火囚龙棒"，后者使用"狼牙棒""屠龙刀"，妙合无痕。至于杨林作为"靠山王"掌管兵马四处平乱的功能，金庸在《倚天屠龙记》中则又将此角色功能及身份配予元朝的汝阳王察罕特穆尔，此人官居太尉，执掌天下兵马大权，智勇双全，乃朝廷中的第一位能人，江淮义军起事，屡起屡败，皆因其统兵有方之故。④ 隋朝的靠山王杨林十分赏识秦琼而收他为养子，元朝汝阳王则因女儿绍敏郡主赵敏倾心张无忌，遂于日后成为张无忌的岳父，虽名分不同，而却均是主人公的敌人。由此可见，金庸在杨林此人物之挪用上，乃分而化之，点滴不漏。秦琼及朋友于正月的长安观赏花灯；⑤ 张无忌、周芷若及韩林儿则在大都（北京）观看皇帝的"大游皇城"。⑥ 秦琼为登州捕头，义释劫皇纲的绿林好汉，而受众好汉所推崇。⑦ 因此义举，秦琼后来成为瓦岗寨"大魔国"的"大元帅"。⑧ 张无忌则于光明顶勇救明教中人，后来被推举为"魔教"（明教）的"教主"。张无忌在《倚天屠龙记》第二十二章中的光明顶上的"群雄归心约三章"，实即源自《说唐》第二十四回中秦琼与众好汉的"歃血为盟"。此后，秦琼率领瓦岗寨兵马对抗隋朝，张无忌则率领明教抗击元朝。由此可见，秦琼实为张无忌在身世、义举及成为领袖的历程上的原型人物。

二、神力与神功：张无忌神力盖世，实源自《说唐》中的裴元庆与雄

① 金庸：《倚天屠龙记》，香港：明河出版社2005年版，第1册，第7章，第254页。
② 无名氏编撰，王秀梅点校：《说唐》，第1回，第1页。
③ 金庸：《倚天屠龙记》，第1册，第5章，第193页。
④ 金庸：《倚天屠龙记》，第3册，第26章，第1080页。
⑤ 无名氏编撰，王秀梅点校：《说唐》，第12回，第79~84页。
⑥ 金庸：《倚天屠龙记》，第3册，第34章，第1398~1402页。
⑦ 无名氏编撰，王秀梅点校：《说唐》，第24回，第166页。
⑧ 无名氏编撰，王秀梅点校：《说唐》，第28回，第193页。

阔海。《瓦岗英雄》第五十三回《裴元庆力举千斤鼎　鱼皮国派使送怪兽》，裴元庆以千斤大鼎砸向宇文化及。① 这一幕，在《倚天屠龙记》中便是张无忌在光明顶上以巨石力战六大派中的高矮二老。② 裴元庆扔的是大鼎，张无忌扔的是大石，前者的大鼎陷地"半尺来深"，后者的大石陷泥地"几有尺余"。可以印证金庸在此塑造张无忌之神力乃源自裴元庆此人物，还有以下的另一幕，同是《瓦岗英雄》第五十三回《裴元庆力举千斤鼎　鱼皮国派使送怪兽》中鱼皮国王奉献异兽。③ 裴元庆指出此乃"出生于昆仑山顶""异常凶猛，很难驯服"的怪兽"一字墨角赖麒麟"。④ 张无忌则在昆仑山为"昆仑派"掌门何太冲的小妾五姑治病，找出致病之源在于中了"金银血蛇"之毒。"一字墨角赖麒麟"与"金银血蛇"均为红色，且同为昆仑山产物。此外，张无忌与裴元庆操控两物的方法均很接近。⑤ 而装此二物的分别，只是铁笼与竹筒而已。

另一展示张无忌神力的是他以"乾坤大挪移"接着从高塔跳下的众多武林中人。《瓦岗英雄》第七十八回《十八国联军兵败四平山　程咬金单骑勇闯扬州城》，十八路反王尽为隋军所败，程咬金遂只身前往扬州行刺隋炀帝。⑥ 此即《倚天屠龙记》第二十六章《俊貌玉面甘毁伤》与第二十七章《百尺高塔任回翔》中，张无忌只身前往营救被赵敏所率领的元蒙人马困于万安寺中十三级的高塔之上的各派掌门及高手，于是乎才有张无忌以一人之力搭救从塔上跃下的众高手，⑦ 而这一幕实即源自雄阔海力捍千斤巨闸，令众英雄逃出隋炀帝所设于比武场之阴谋。⑧ 神功与神力虽有所不同，张无忌本无神力，却是以"乾坤大挪移"之力量转移而有异曲同工

---

　　① 单田芳、王樵改编：《瓦岗英雄》，太原：山西人民出版社1985年版，第53回，第408页。

　　② 金庸：《倚天屠龙记》，第3册，第21章，第871，872页。

　　③ 单田芳、王樵改编：《瓦岗英雄》，第53回，第410页。

　　④ 单田芳、王樵改编：《瓦岗英雄》，第53回，第411页。

　　⑤ 金庸：《倚天屠龙记》，第2册，第14章，第554，555页。

　　⑥ 单田芳、王樵改编：《瓦岗英雄》，第78回，第588~594页。

　　⑦ 金庸：《倚天屠龙记》，第4册，第27章，第1128页。

　　⑧ 无名氏编撰，王秀梅点校：《说唐》，第41回，第285页。此场景又出现于《飞狐外传》中的第四章"铁厅烈火"。详见金庸：《飞狐外传》，香港：明河出版社2004年版，上册，第4章，第166~167页。

之妙。

三、两代情缘：金庸评价张无忌时说："张无忌的性格之中，似乎少了一些英雄豪杰之气。"① 究其原因，其实便在于金庸将《白娘子永镇雷峰塔》与《白蛇传》中两位优柔寡断的男主角的遭遇及性格的神话结构，② 亦移植到了张无忌及其父张翠山身上，作为父子两代的情爱历程。《白蛇传》最早的成型故事，见于冯梦龙的《警世通言》第二十八卷《白娘子永镇雷峰塔》。清初黄图珌的《雷峰塔》乃最早流传的戏曲，然只写至白蛇被镇压于雷峰塔下，并没有产子、祭塔。后来出现的梨园旧抄本，白蛇生子的情节则广为流传。乾隆三十六年，方成培改编为《雷峰塔传奇》，共分四卷、三十四出。《白蛇传》故事的架构，至此大致完成。嘉庆十一年（1806）与十四年（1809），玉山主人又分别出版了中篇小说《雷峰塔奇传》与弹词《义妖传》。及至1956年，赵清阁创作了《白蛇传》。此中关键之处在于，白娘子的形象乃从《白娘子永镇雷峰塔》中的邪恶形象而至《白蛇传》则转为善良的一个过程。在《倚天屠龙记》中，金庸乃以冯梦龙的《警世通言》中《白娘子永镇雷峰塔》与赵清阁的《白蛇传》作为张翠山、张无忌父子两代情缘的纠葛及女主角改邪归正的过程作为创作蓝本。

《白娘子永镇雷峰塔》中的男主角许宣其时年方二十二岁，白娘子十八岁；③ 张翠山"是个二十一二岁的少年"，殷素素十九岁；④《白蛇传》中的男主角名为"许仙"，年方十八，而白素贞则自称年方十九；张无忌与周芷若重逢时也是"约莫十八九岁年纪"。⑤《白娘子永镇雷峰塔》中的许宣与白娘子相遇在"清明节将近"之际；⑥《白蛇传》中的许仙与白素贞相遇于清明节；⑦《倚天屠龙记》中的张翠山"得到临安府时已是四月三

---

① 金庸：《后记》，《倚天屠龙记》，第4册，第1723页。
② 有关神话文学批评，可参阅 Guerin, Labor, Morgan, Reesman, Willingham, *An Handbook of Critical Approaches to Literature.* New York：Oxford University Press，1992 p. 147-166.
③ 分别见 [明] 冯梦龙编著：《警世通言·白娘子永镇雷峰塔》，香港：中华书局1958年版，第421页。赵清阁：《白蛇传》，上海：上海文化出版社1956年版，第9页，第10页。
④ 金庸：《倚天屠龙记》，第1册，第3章，第111页，第164页。
⑤ 金庸：《倚天屠龙记》，第2册，第17章，第674页。
⑥ [明] 冯梦龙编著：《警世通言·白娘子永镇雷峰塔》，第421页。
⑦ 赵清阁：《白蛇传》，第5页。

十傍晚"。① 《白娘子永镇雷峰塔》许宣借雨伞予白娘子，《白蛇传》中许仙借伞予白素贞，② 而《倚天屠龙记》中则是殷素素借雨伞予张翠山。③ 《白娘子永镇雷峰塔》中的许宣与白娘子初见时正际大雨。④ 《白蛇传》中乃白素贞与小青跟踪许仙，并以法术呼风唤雨，制造与他同舟的机会；⑤ 《倚天屠龙记》中的张翠山与殷素素第二次在西湖见面时，亦突然下起雨来，从"斜风细雨"而至"狂风暴雨"。⑥ 《白娘子永镇雷峰塔》中的白娘子自称"亡了丈夫"；⑦ 《白蛇传》中的白素贞则"幼年原已许配人家，只是不幸那位公子一病身亡"；⑧ 《倚天屠龙记》中的张翠山初见殷素素时，殷素素没婚史亦没婚约，张无忌初遇的周芷若更只是一个"约莫十岁左右"的小丫头。⑨ 在两代男女主角的邂逅时间上，几乎一致。⑩ 《白娘子永镇雷峰塔》中的许宣与白娘子相逢于雨中的西湖渡头，并同舟而行；⑪ 《白蛇传》中乃白素贞与小青跟踪许仙，制造与他同舟的机会；⑫ 《倚天屠龙记》中的张翠山与殷素素同样在西湖之雨夜相逢，并在舟上渐生情愫；⑬ 而张无忌与周芷若则在汉水舟中相遇，⑭ 结下情缘。白娘子与白素贞均"如花似玉"，殷素素貌美如花，两者名字中均有"素"字，⑮ 前者为"白"蛇，而后者也"手白胜雪"；⑯ 周芷若早在十岁左右时已"容颜秀丽，十足是个绝色的美人胚子"，及至十八九岁重逢时更是"清丽秀雅，姿容甚美"，⑰ 其名

---

① 金庸：《倚天屠龙记》，第 1 册，第 4 章，第 136 页。

② ［明］冯梦龙编著：《白娘子永镇雷峰塔》，《警世通言》，第 423 页；赵清阁：《白蛇传》，第 10 页。

③ 金庸：《倚天屠龙记》，第 1 册，第 5 章，第 157 页。

④ ［明］冯梦龙编著：《白娘子永镇雷峰塔》，《警世通言》，第 421~422 页。

⑤ 赵清阁：《白蛇传》，第 6 页。

⑥ 金庸：《倚天屠龙记》，第 1 册，第 5 章，第 157 页。

⑦ ［明］冯梦龙编著：《白娘子永镇雷峰塔》，《警世通言》，第 425 页。

⑧ 赵清阁：《白蛇传》，第 15 页。

⑨ 金庸：《倚天屠龙记》，第 2 册，第 11 章，第 422 页。

⑩ 金庸：《倚天屠龙记》，第 1 册，第 4 章，第 136 页。

⑪ ［明］冯梦龙编著：《白娘子永镇雷峰塔》，《警世通言》，第 422~423 页。

⑫ 赵清阁：《白蛇传》，第 6 页。

⑬ 金庸：《倚天屠龙记》，第 1 册，第 4 章，第 151~152 页。

⑭ 金庸：《倚天屠龙记》，第 2 册，第 11 章，第 422 页。

⑮ 赵清阁：《白蛇传》，第 4 页。

⑯ 金庸：《倚天屠龙记》，第 1 册，第 4 章，第 152 页。

⑰ 金庸：《倚天屠龙记》，第 2 册，第 11 章，第 422 页，第 674 页。

字中的"芷"与"若"均为香草，"芷"指的是白芷，夏天开的白色小花。

《白娘子永镇雷峰塔》中的白娘子曾两次犯盗窃之案，均连累许宣吃了官司；① 《倚天屠龙记》中的殷素素暗算俞岱岩而夺取屠龙刀，复杀害龙门镖局数十口性命，屠龙刀的下落与龙门镖局的命案同样亦连累了张翠山而导致他后来自杀身亡。② 《白娘子永镇雷峰塔》中的白娘子所赠予许宣的五十两银子印有"字号"；③ 《白蛇传》中盗官府银子的是小青，而所赠予许仙的两锭白银上亦印有"钱塘县"的官印，④ 许仙因而被"配往镇江，流徙一年"；⑤ 《倚天屠龙记》中的俞岱岩被人折断全身筋骨的线索是一只金元宝，上面有"少林派的金刚指功夫"的五个指印；⑥ 周芷若成魔的印证也是以九阴白骨爪的"五指"插入赵敏右肩近颈之处，同时又以五指抓破张无忌胸口衣衫。⑦ 许宣因白娘子赠所盗库银之累而"配牢城营（苏州）做工"，⑧ 张翠山因殷素素的屠龙刀之累而流落冰火岛（第7章）；张无忌中周芷若之计而丢失倚天剑与屠龙刀（第31章）。白素贞与许仙产下一子；⑨ 殷素素与张翠山亦在冰火岛生下张无忌。⑩ 白素贞在端午节因喝了雄黄酒而现出白蛇真身，许仙因而被吓死；⑪ 殷素素在张三丰寿诞当天向俞岱岩坦承了所犯的一切，张翠山羞愧自杀，殷素素随之殉夫；⑫周芷若则在少林寺英雄大会上使用"白蟒鞭"，泄露了其犹如毒"蛇"的身份。⑬

此外，《说唐》中的秦琼在隋军三打瓦岗寨时，请来罗成大破杨林设下的"一字长蛇阵"；⑭《倚天屠龙记》中的张无忌则三打少林三高僧以长

---

① ［明］冯梦龙编著：《白娘子永镇雷峰塔》，《警世通言》，第427页，第433页。
② 金庸：《倚天屠龙记》，第1册，第10章，第397页。
③ ［明］冯梦龙编著：《白娘子永镇雷峰塔》，《警世通言》，第426页。
④ 赵清阁：《白蛇传》，第20页，第23页。
⑤ 赵清阁：《白蛇传》，第31页。
⑥ 金庸：《倚天屠龙记》，第1册，第3章，第110页。
⑦ 金庸：《倚天屠龙记》，第4册，第34章，第1419页；第38章，第1589页。
⑧ ［明］冯梦龙编著：《白娘子永镇雷峰塔》，《警世通言》，第428页。
⑨ 赵清阁：《白蛇传》，第114页。
⑩ 金庸：《倚天屠龙记》，第1册，第7章，第254页。
⑪ 赵清阁：《白蛇传》，第53页，第54页。
⑫ 金庸：《倚天屠龙记》，第1册，第10章，第397页。
⑬ 金庸：《倚天屠龙记》，第4册，第38章，第1601页，第1604页。
⑭ 无名氏编撰，王秀梅点校：《说唐》，第29回，第200页。

鞭组成的"金刚伏魔圈"。① 周芷若已练成九阴白骨爪，招招阴狠，而罗成则从定彦平处学成绝招，并以此打败定彦平。《瓦岗英雄》第五十九回《杨林大摆一字长蛇阵　罗成设计夜奔瓦岗山》与第六十一回《罗少保甜言探听白蛇阵　侯君基盗图夜入麒麟山》中的"蛇"与"白蛇"，② 则应是令金庸联想以白蛇的不同故事版本，以结构并衍生《倚天屠龙记》中之两代情缘纠葛及情节发展的关键。

　　殷素素的手下有一位是玄武坛坛主白龟寿，③ "白龟寿"即《白蛇传》前生为千年老龟的法海的化身，但此人物在小说并没有起到关键的作用，真正扮演阻拦、破坏张翠山与殷素素两人关系的一如法海的功能的先是金毛狮王谢逊，后乃成昆，即后来混进少林成为和尚的"圆真"。白娘子为救许仙，冒着生命危险去峨嵋盗取仙草救活许仙，④ 重生的许仙被法海囚禁在镇江金山寺。⑤ 法海以禅杖变成"张牙舞爪的青龙"，以蒲团化作冲天"火焰"，⑥ 力斗白素贞与小青；张翠山与殷素素同样面对谢逊的屠龙刀，又在岛上经历"火山"。⑦ 许仙后来逃脱，而白娘子却被法海镇于雷峰塔之中；张翠山与殷素素一同被金毛狮王谢逊挟持而困于冰火岛（第7章）；张无忌与谢逊、赵敏、周芷若以及殷离亦同样受困于孤岛之上（第31章）。在弹词《绣像义妖传》中，20年后白素贞之子许梦蛟高中状元，回到金山寺，打败法海，并从雷峰塔中救出了白娘子。其时水淹金山寺，西湖水干，身穿黄色僧衣的法海无处可逃而遁入蟹腹，成为蟹黄；张无忌则上少林寺拯救被囚于地牢的义父金毛狮王谢逊，而整个阴谋的主角成昆则摇身一变为"圆真"而隐匿于少林寺中，后来被谢逊废掉双目，伤筋断脉，几成废人。⑧

---

① 金庸：《倚天屠龙记》，第4册，第36章，第1483页。
② 单田芳；王樵改编：《瓦岗英雄》，第59回，第454~461页；第61回，第470~477页。
③ 金庸：《倚天屠龙记》，第1册，第5章，第177页。
④ 赵清阁：《白蛇传》，第57~62页。
⑤ 赵清阁：《白蛇传》，第80页。
⑥ 赵清阁：《白蛇传》，第92页。
⑦ 金庸：《倚天屠龙记》，第1册，第7章，第245页。
⑧ 金庸：《倚天屠龙记》，第4册，第39回，第1636页。

四、奇遇、江山及美人：张无忌手下有个滑稽的周颠，实即秦琼身边诙谐的程咬金，而金庸又将程咬金的某些性格特征及际遇用来塑造张无忌。张无忌无意中进入明教光明顶秘道一幕，实源自程咬金之进入地宫。《说唐》中，程咬金进入瓦岗寨地下秘宫（"寒冰地狱"）而发现皇帝衣冠履带、拜匣，此中刻有"程咬金举义兵，为三年混世魔王，搅乱天下"，因而被推举为"皇帝""混世魔王""大德天子"。① 《瓦岗英雄》中第五十回《程咬金冒险探地穴　瓦岗军正式举义旗》，程咬金进入地穴而获得"混世魔王、大德天子"的大印以及冠袍履带而获推举为"魔王"。② 而《瓦岗英雄》第八十回《李世民正气拒萧后　程咬金二次探地穴》则写程咬金由地道而通往隋炀帝"养心宫龙床床下"，③ 意图行刺。《倚天屠龙记》第二十章，张无忌因追击成昆，获小昭告知"通道在床里"，④ 从而进入光明顶秘道而获阳顶天的"乾坤大挪移"心法及教主遗命，出了秘道后便以"乾坤大挪移"打败六派高手而为明教解围，因而被推举为明教教主，本来亦可以在事成之后登上帝位。至于张无忌不爱江山爱美人，将皇帝大位拱手让与朱元璋之抉择，实又源自《瓦岗英雄》第八十二回《瓦岗山魔王禅让　大魏国李密称王》，程咬金不愿当"魔王"，说："这几年的魔王把我折腾苦了"，⑤ 于是将王位禅让与李密，⑥ 而张无忌则将江山让与朱元璋。⑦

至于《笑傲江湖》与《鹿鼎记》则挪用了笔记小说《世说新语》中的精神及理念及部分具体故事作为书写的方向及场景设置，金庸在此两部小说中开始逐渐有个人的创造性在其中。金庸在移植中国古典小说的原型结构时，幻化无端，非常复杂，以上只是举其大要而已。

此外，西方小说如《十日谈》（*Decameron*）、《鲁宾逊漂流记》

---

① 无名氏编撰，王秀梅点校：《说唐》，第 28 回，第 192~193 页；单田芳、王樵改编：《瓦岗英雄》，第 50 回，第 385 页。

② 单田芳、王樵改编：《瓦岗英雄》，第 50 回，第 384~386 页。

③ 单田芳、王樵改编：《瓦岗英雄》，第 80 回，第 601 页。

④ 金庸：《倚天屠龙记》，第 2 册，第 20 章，第 796 页。

⑤ 单田芳、王樵改编：《瓦岗英雄》，第 82 回，第 616 页。

⑥ 单田芳、王樵改编：《瓦岗英雄》，第 82 回，第 616~617 页。

⑦ 金庸：《倚天屠龙记》，第 4 册，第 36 章，第 1528 页。

（*Robinson Crusoe*）、《顽童历险记》（*Adventures of Huckleberry Finn*）、《基度山复仇记》（*Le Comte de Monte-Cristo*）、《块肉余生录》（*David Copperfield*）等等，亦在不同层次影响或出现于金庸的武侠小说中。在基本设置了原型人物及隐型结构之外，剩下的便是爱情与武功元素的输入，以及为各部小说的主旋律定调的工作了。

此外，穿梭于各书中的还有以《十日谈》的"说故事模式"与《三岔口》中的"黑暗"空间，作为"混合结构"贯穿于金庸所有的长篇小说之中，从而淡化了移植的痕迹。

2. 《三岔口》与《十日谈》的混合结构

此外，金庸又于各部小说中大量运用《三岔口》与《十日谈》的混合结构穿插其中。《三岔口》的故事发生于北宋之际，杨六郎（杨延昭）手下的大将焦赞因打死奸臣王钦若女婿谢金吾而被发配沙门岛，杨延昭命任堂惠于途中暗中保护焦赞。焦赞与解差夜宿于三岔口店中，任堂惠跟踪而至，同住一店。店主刘利华夫妇怀疑任堂惠欲暗中谋害焦赞，于是深夜潜入卧室欲杀任堂惠，在黑暗中二人展开剧斗，焦赞闻声赶来参战，混战连场，后经刘氏妻取来灯火，彼此说明详情，始释误会。直接的影响便是《射雕英雄传》中的牛家村密室的设计，很多真相唯有密室中的郭靖与黄蓉才知道。而《十日谈》的故事发生于1348年的佛罗伦萨，七位姑娘与三个男子在面对瘟疫时一起上山避难，其中有三位美丽的少女乃三位男士的情人，十天中他们共讲了一百个故事，直接影响金庸作品的便是《雪山飞狐》，一大批人千山万水跋涉上山讲述杀害胡一刀的不同版本的故事。事实上，在金庸很多的小说中均重复将《三岔口》与《十日谈》的混合结构套用于其小说中，既有匿藏起来或黑暗中打斗的情节，亦复有不同版本的故事的悬疑而令真相悬宕，待主角慢慢揭开。混合结构的设置令情节复杂莫测，扣人心弦，同时亦由此而淡化了其挪用古典小说资源的痕迹，其书写策略亦因此而几乎天衣无缝。

3. 自我繁衍

此外，金庸又大量地将自己的武侠小说中的人物、情节以及道具，经改造后再以崭新的方式呈现于不同的武侠小说之中，《神雕侠侣》中的双足折断，胁下撑着一对六尺来长的拐杖的尼摩星,① 便是《天龙八部》中段延庆的原型，这是一个经改造后获得成功的绝佳例子。除了人物之外，在武功方面亦一直延伸，并有所发展，如《天龙八部》中段誉的凌波微步，便是源自《射雕英雄传》中黄蓉的功夫：

> 但见黄蓉上身稳然不动，长裙垂地，身子却如在水面飘荡一般，又似足底装了轮子滑行，想是以细碎脚步前趋后退。②

《天龙八部》中的段誉以北冥神功的方法，不停吸收别人的内功，乃来自《倚天屠龙记》中的张无忌："他体内有一股极强的吸力，源源不绝地将四人内力吸引过去。"③《天龙八部》中虚竹之名来自《射雕英雄传》中黄蓉为洪七公下厨的"好逑汤"中的其中一个典故"竹解心虚，乃是君子"。④ 虚竹被天山童姥携带于树上飞行，即《鹿鼎记》中韦小宝被白衣尼"提着疾行，犹似腾云驾雾一般，一棵棵大树在身旁掠过"。⑤ 例子众多，在此不赘。

四、历史时空的传承结构

金庸在其武侠小说的创作上很明显经过一番精心策划，企图将各部长篇小说贯穿起来，造成在故事上的血脉相连。有论者指出：

> 《书剑恩仇录》因是长篇处女作，结构较为零乱。《射雕英雄传》《神雕侠侣》《倚天屠龙记》这三个互有关连的长篇，采用的是一种既有牵连，又各自有中心的"关系结构"，较之《雪山飞狐》《飞狐外传》这一对似乎更为成功，而《天龙八部》《鹿鼎记》《笑傲江湖》均是可圈可点的巨构之作，却能回应接合，

---

① 金庸：《神雕侠侣》，第 4 册，第 35 回，第 1511 页。
② 金庸：《射雕英雄传》，第 1 册，第 9 回，第 362 页。
③ 金庸：《倚天屠龙记》，第 3 册，第 22 章，第 913 页。
④ 金庸：《射雕英雄传》，第 2 册，第 12 章，第 488 页。
⑤ 金庸：《鹿鼎记》，香港：明河出版社 2006 年版，第 3 册，第 26 回，第 1111 页。

不相抵触，可见作者构思的成熟。①

事实上，《天龙八部》《射雕英雄传》《神雕侠侣》《倚天屠龙记》《笑傲江湖》及《鹿鼎记》均有传承关系，金庸以降龙十八掌、九阴真经、九阳神功、倚天剑、屠龙刀、《武穆遗书》以及"魏晋风度"②贯穿了这几部长篇小说。在历史事件上，金庸从《天龙八部》中的北宋积弱、《射雕英雄传》与《神雕侠侣》中的南宋抗击外敌，下及《倚天屠龙记》中的明教抗击元蒙，从黑暗而渐至光明，还我河山，再至《碧血剑》中明末的1644年的"甲申之变"，③再至《鹿鼎记》《书剑恩仇录》《雪山飞狐》《飞狐外传》的反清复明。事实上，金庸在《鹿鼎记》中亦不忘上溯《碧血剑》：

> 这黄衫女子，便是当年天下闻名的五毒教教主何铁手。后来拜袁承志为师，改名为何惕守。明亡后她随同袁承志远赴海外，那一年奉师命来中原办事，无意中救了庄家三少奶等一群寡妇，传了她们一些武艺。④

金庸又在其他武侠小说中尝试建立各部小说在历史上的血脉相连。例如，《鹿鼎记》白衣尼（长平公主）回到皇宫，见到昔日自己的卧床而忆起远在异域的袁承志，⑤又以袁承志获金蛇郎君《金蛇秘诀》的方法找出藏于《四十二章经》中的羊皮碎片；⑥凭着韦小宝的"化尸粉"，便上溯至《射雕》《神雕》中的西毒欧阳锋。⑦同样，《笑傲江湖》中的风清扬道：

> 我本在这后山居住，已住了数十年，日前一时心喜，出洞来授了你这套剑法，只是盼望独孤前辈的绝世武功不遭灭绝而已。⑧

---

① 孙立川：《金庸对中国传统小说的改造和发展》，刘再复、葛浩文、张东明等编：《金庸小说与二十世纪中国文学》，第111页。

② 相关论述可参阅陈岸峰：《醍醐灌顶：金庸武侠小说中的思想世界》，香港：中华书局2014年版，第154~175页。

③ 金庸：《鹿鼎记》，第5册，第41回，第1772页。

④ 相关论述可参阅陈岸峰：《甲申诗史：吴梅村书写的一六四四》，香港：中华书局2014年版。

⑤ 金庸：《鹿鼎记》，第3册，第26回，第1040页。

⑥ 金庸：《鹿鼎记》，第3册，第26回，第1057页。

⑦ 金庸：《鹿鼎记》，第3册，第26回，第1111页。

⑧ 金庸：《笑傲江湖》，中国香港：明河出版社2006年版，第10回，第425页。

由此，《笑傲江湖》又上溯至《神雕侠侣》。此外，反清复明亦乃隐型的结构脉络，基本由此而贯穿了《鹿鼎记》《书剑恩仇录》《飞狐外传》及《雪山飞狐》。由各部长篇小说在历史时空上的一脉相承，金庸以武侠小说的方式，重新诠释中国历史。

五、移植与创造

移植与创造，究竟如何区分？又何谓"文学考古"？三者又有何关系？

首先，移植（transplantation）源自"文本互涉"（intertextuality）。"文本互涉"的概念，实又颇类同于北宋江西诗派宗师黄庭坚诗论中的"夺胎换骨""点铁成金"，① 此亦即模仿（imitation）而至于创造（creation）的过程，实即由明代复古诗派中前七子的李梦阳与何景明所论争的模拟从"临模古帖"以至于"达岸则舍筏"的过程，② 亦基本尽呈现于金庸的武侠小说的创造历程之中。金庸大量移植了中、外小说中的人物及情节，在挪用、改编之后加以镕铸，真正地做到了如黄庭坚诗论中的"夺胎换骨"与"点铁成金"，或何景明所谓的舍筏登岸。事实是，读者反应已说明了一切，金庸是一个绝妙的调酒师及酿酒师，他所酿造的酒瓶美观大方而富有传统风格，他所酿造的佳酿，味道独特，芬芳馥郁，醉倒海内外无数饮者。这就在于其博采众家之长而自成一家风格，这便是他的创造力之所在。

六、启蒙传承

金庸武侠小说之所以风靡天下，实乃其在武侠境界上有所突破所致。有论者指出清末以来武侠小说的桎梏在于"理性化倾向"：

---

① ［宋］释惠洪：《冷斋夜话》卷一；黄庭坚：《答洪驹父书》。分别见吴文治编：《宋诗话全编》，南京：江苏古籍出版社 1998 年版，第 3 册，第 2429 页；第 2 册，第 944 页。

② 前七子乃以李梦阳与何景明为首，此外尚有徐祯卿、边贡、康海、王九思及王廷相；后七子乃以李攀龙与王世贞为主，此外尚有谢榛、宗臣、梁有誉、徐中行及吴国伦。因为彼等提倡"文必秦汉，诗必盛唐"的复古文学观念，故此一般文学史与文学批评史对这一流派也以"复古诗派"视之。李、何两人之论争，分别见李梦阳：《答周子书》；何景明：《与李空同论诗书》，分别见郭绍虞编：《中国历代文论选》，上海：上海古籍出版社 1990 年版，第 3 册，第 51 页，第 38 页。

　　清代是武侠小说鼎盛期，理性化倾向更为严重。《三侠五义》
《施公案》中，侠客变成皇家鹰犬，立功名取代了超逸人格追求，
武侠小说甚至蜕变为公案小说。历史经验证明，古典武侠小说循
着偏重社会理性一途走到了尽头。①

即是说，在清廷的高压下，侠客难以有所作为，甚至沦为官府的鹰犬，武
侠小说的发展备受压抑，也是现实的反映。故此，民国初年的武侠小说偏
向于情而非义：

　　民国初年开始了这种转向，情取代义成为侠客人格的主导方
面；江湖成为侠客主要活动场景，不是替天行道，而是情仇恩怨
成为主题。《江湖奇侠传》是这种转变的标志，它开辟了武侠小
说的新天地，带来了本世纪上半叶武侠小说鼎盛期。②

民国时期，武侠小说突然"转变"，以至于"鼎盛"，亦属必然。杜心五、
王五、霍元甲等大侠的出现，正是时代剧变的征兆。③在此关键时刻，金
庸在武侠小说中借易鼎之际的书写而令武侠摆脱沦为朝廷鹰犬，豪气重
现。此中，《书剑恩仇录》《碧血剑》《射雕英雄传》《神雕侠侣》《倚天屠
龙记》《天龙八部》及《鹿鼎记》等长篇的背景均属易鼎时代。《天龙八
部》乃以北宋末年宋、辽及西夏争持的场域为背景，《射雕英雄传》《神雕
侠侣》及《倚天屠龙记》则从宋、金对峙写起，历元蒙勃兴以至于元末群
雄并起，《碧血剑》写"甲申之变"，《鹿鼎记》与《书剑恩仇录》则述天
地会之反清复明故事。故有论者指出金庸武侠小说之突破在于：

　　金庸以及他所代表的新派武侠小说沿着民初武侠小说道路发
展，并有所突破，它真正对侠进行了现代阐释，完成了古典武侠

　　①　杨春时：《侠的现代阐释与武侠小说的终结——金庸小说历史地位评说》，刘再复、葛浩
文、张东明等编：《金庸小说与二十世纪中国文学国际学术研讨会论文集》，第181页。
　　②　杨春时：《侠的现代阐释与武侠小说的终结——金庸小说历史地位评说》，刘再复、葛浩
文、张东明等编：《金庸小说与二十世纪中国文学国际学术研讨会论文集》，第181页。
　　③　刘登翰先生将新派武侠小说的发展分为三个时期：1912年至1922年为萌芽期；1923年至
1931年为繁荣期；1932年至1949年为成熟期。关于派武侠小说的发展的论述，可参阅刘登翰：
《香港文学史》，第265页。

小说向现代武侠小说的转化。①

所谓的侠的"现代阐释"，实即指金庸武侠小说传承了"五四"文学中"感时忧国"②的历史意识，在中华民族的各个转折时代均作出想象的书写之外，同时面对当代的政治人物以及历史事件，均成为其笔下的隐喻及批判所在。故此，有论者指出：

> 他写着武侠，写着政治，又不时透出对武侠愚昧的叹惋和对中国政治文化传统的根本上的鄙弃。正因为这样，金庸的小说才拓出了武侠的新境界，成为二十世纪里真正有现代意义的作品之一。③

金庸武侠小说中的主人公均是武功盖世且心存天下苍生。例如，郭靖从懵懂少年，及至中原后便深受范仲淹、岳飞的心系天下苍生的思想所感召，从而投身于保家卫国之行列；杨过更是舍小我之仇恨，承传嵇康之"魏晋风度"，最终亦追随郭靖抗击蒙古大军；张无忌在张三丰的精神感召之下，负起抗击元蒙之重担，最终又顾全大局而甘愿飘然远去。即是说，金庸确是既写武侠，复写政治，而主要的是凸显侠之正义与忘我，实乃对侠魂之召唤，而非"武侠愚昧的叹惋"，至于"中国政治文化传统"，亦不能做到"根本上的鄙弃"，只是让侠客在历史的时空中参与演出，却无法逆转既定的历史现实。

金庸武侠小说的另一创造性突破更在于融入个人的历史诠释。从司马迁《史记·侠客列传》中，最早关于侠所记载的"侠以武犯禁"④，侠之使命由此凝定，没有特定的历史时空，侠的"以武犯禁"亦必将落空而失去其存在的价值。金庸的历史意识于晚年的修订本中益发深入，除了在有历史证据之处作出说明之外，甚至将具体的年代标示出来或增入史料，如

① 杨春时：《侠的现代阐释与武侠小说的终结——金庸小说历史地位评说》，刘再复、葛浩文、张东明等编：《金庸小说与二十世纪中国文学国际学术研讨会论文集》，第181页。

② 夏志清：《爱情·社会·小说》，中国台北：纯文学出版社1985年版，第80页。

③ 吴予敏：《金庸后期创作的政治文化批判意义》，刘再复、葛浩文、张东明等编：《金庸小说与二十世纪中国文学国际学术研讨会论文集》，第346页。

④ ［汉］司马迁著，马持盈注：《史记今注》，台北：台湾商务印书馆1979年版，第6册，第124卷，第3219页。

《天龙八部》的《释名》中，旧版（1963 年香港武史出版社）原无"据历史记载，大理国的皇帝中，圣德帝、孝德帝、保定帝、宣仁帝、正廉帝、神宗等都避位为僧""本书故事发生于北宋哲宗元祐、绍圣年间，公元1094 年前后"，旧版的《射雕英雄传》原仅有"山外青山楼外楼"一诗引首，略叙其历史背景，而修订版中则改为"张十五说书"，以引出其时宋、金的局势。金庸在中国历史的各个转折点上均予以省思，实乃传承自鲁迅以降的对国民性的拷问，例如：《天龙八部》中的胡汉之分与萧峰的"舍身喂鹰"；《神雕侠侣》中杨过与小龙女的抗议名教与抗击蒙古之后返回古墓隐居；《倚天屠龙记》中的复仇与宽恕；《笑傲江湖》中的正邪之辩。这一切有关国家民族生死存亡，武侠所捐起的铁闸及彼等对强权的抗争，均是对清末以降梁启超章太炎等人的武侠救国的具体回应。

七、结语

文学创作中多有意识的移植，纯粹的移植不足称道，而金庸在其武侠小说的移植中，对中、西小说中的原型、情节以及故事结构及道具，均作了很大程度的改造以至于创造，甚至同一人物同一情节亦多有衍变，虽可谓千头万绪，错综复杂，然却仿如山阴道上行，令人目不暇给，叹为观止。由此，我们看到了金庸武侠小说与中国古典小说以至于现代小说的传承关系，同时亦揭示了其与西方小说的渊源。

第七章　追溯传统，批判当下：
寻根小说的理念及其省思

一、前言

　　自二十世纪七十年代末期开始，当代小说呈现百家争鸣的局面，流派既多，作品亦繁富多姿，可谓极一时之盛。众多流派当中，"寻根小说"一派，声势浩大，然又颇具争议性。究竟，寻根小说的崛起与当时的政治态势有何关系？寻根派所持的是什么理念？其理念有何值得肯定或批判之处？在寻根小说的实践中，传统与现代、政治与文化的关系又是如何？寻根小说能否负载对传统文化的批判及省思？

二、寻根小说的崛起背景

　　自 1976 年邓小平再度复出后，在其政策的推动之下，人们逐渐在昔日的创伤中康复过来。新的政治态势必然对文学的发展有决定性的影响，开放政策也影响了文艺的创作自由。1978 年 12 月，中共十一届三中全会提倡思想解放。翌年 8 月 18 日，邓小平在"第四次文代会"上的祝辞提出对文艺创作与批评不要横加干涉。这一时期的文艺思潮，"伤痕文学""反思文学""暴露文学"此起彼落，各擅胜场，其中以"伤痕文学"较为瞩目。1984 年，胡启立在作协第四次会员代表大会上明确提出："创作是自由的。"①

　　新时期所出现的"伤痕文学"与"改革文学"，李陀认为无论就艺术形式的通俗化来说，还是就作品中蕴含的价值取向而言，两者与"工农兵文艺"没有根本性的差异，甚至可以说是"工农兵文艺"的一个新阶段而已。当然，这一评价是颇值得商榷的。他又认为"工农兵文学"

---

① 中国作家协会编：《"作协"第四次会员代表大会文集》，北京：作家出版社 1985 年版，第 4 页。

主导大陆文坛的现象，一直要到 1985 年才为寻根小说的崛起有所动摇，他指出："处于这种文化的中心的'工农兵文学'也不再是占据文学叙事领域的唯一的叙事话语。"①陈晓明也认为：

> 八十年代中期，文学界已经无法在意识形态推论实践中完成那些历史的和现实的神话叙事，……意识形态共同想象关系在这里已经露出困境，意识形态权威话语已经难以全力支撑文学艺术创作。②

"工农兵文学"自始至终都是宣传官方意识形态的另一种"样板文学"，而非自由创作所形成的一股潮流，在表面上虽是主导了整个文坛多年，而其实际的作用则只是营造群众的政治认同而已。由于作品的面貌均千篇一律，成就乏善可陈。

然而，自从二十世纪八十年代实施对外开放之后，官方亦开始了思想解放，作家开始各展所长，敢于突出自己的主体性，文坛亦出现了百花齐放的现象，正是创作自由开始的迹象。杜迈克（Michael S Duke）认为80年代小说的特色是政治限制的逐步消减，作家开始依据他们自己的"个体的道德视野"（individual moral vision）与"个人的审美标准"（personal aesthetic standard）出发。③这便是作家的主体性，也是别具个人面目的作品的开始。与此同时，在市场经济与思想日趋自由化的冲击下，④ 以及官方意识形态与文艺政策上的松缚之后，"工农兵文学"自难再独尊于百家之上。

寻根小说的作家大多是知青出身。"知青"这一历史烙印，正是"寻根"之动力所在。关于"知青"与"寻根"的关系，黄继持有如下观察：

> 寻根论主要由三四十岁的新一代作家带动起来的。他们青少

① 李陀：《1985》，《今天》，19991 年第 3/4 期合刊，第 66 页。另可参 Duke, Michael S, *Reinventing China：Cultural Exploration in Contemporary Chinese Fiction*, *Issues and studies*, 25.8, August 1989, p. 29.
② 陈晓明：《仿真的年代》，太原：山西教育出版社 1999 年版，第 140 页。
③ Duke, Michael S, *Issues and studies*, 25.8, August, 1989, p. 29.
④ 美国学者杜迈克也认为 1980 年代中国大陆的小说与政治及经济的剧烈转变有极大的关系。详见 *Issues and studies*, 25.8, August, 1989, p. 29.

年期正当"革文化之命"的文革十年，有较长时期乡居野处的经历，尝过生活的困顿翻腾而对生命、土地、人情较有真切的体会。他们本于生活实感而冲开一般的教条成见，痛感文化的欠缺而思作文化之追寻，想在文学上闯出一条真实而创新的道路。①

"文革"是中国人的一次严重的"创伤性经历"（traumatic experience），这对于充满乌托邦理想的知青来说，上山下乡既是切身感受政治运动的难得机会，亦不失为认识传统文化与乡土风俗的契机。故此，这一代作家便借着他们上山下乡的经验，以文学的形式表达他们对理想的追求与失落，以及"文化大革命"对传统文化的破坏所产生的危机意识及省思。②

三、寻根派的"寻根"理念及其反响

1. 寻根小说的缘起

寻根小说缘起于 1984 年底《上海文学》与"浙江作协"在杭州召开的"新时期文学：回顾与预测"。当时参与的作家包括韩少功、阿城、郑义、李杭育、郑万隆、王安忆等；而评论家则有李庆西、李陀、陈思和、黄子平等人。③后来，参与者纷纷各自发表个人关于"寻根"的理念或实际创作。其中包括韩少功在 1985 年 4 月发表于《作家》的《文学的"根"》；郑义在 1985 年 7 月 13 日发表于《文艺报》的《跨越文化断裂带》；李杭育在 1985 年发表于《作家》该年第 9 期的《理一理我们的"根"》；李庆西在 1986 年发表于《当代文学思潮》该年第 3 期的《谈点儿"文化"，谈点儿"寻根"，再谈点儿别的》；而阿城则于 1985 年 7 月 6 日在《文艺报》上发表了《文化制约着人类》，等等。由寻根派中人的理

---

① 黄继持：《中国当代文学的"根"讨论述评》，《文学的传统与现代》，香港：华汉文化事业公司 1988 年版，第 178 页。

② 有关这方面的论述，可参李欧梵：《文化的危机》，《现代性的追求——李欧梵文化评论精选集》，台北：麦田出版股份有限公司 1996 年版，第 449~474 页。

③ 这只是其中的一部分较为人熟知的参与者，他们在上海出发到杭州前曾拍照留念，由此可见，这是一群极具明确意识的作家所欲推动的新文学风潮。照片见陈思和主编：《中国当代文学史教程》，上海：复旦大学出版社 1999 年版，第 278 页。

念与创作所引发的反响，亦随之而至，这包括韩抗发表于《芙蓉》1986年第1期的《文学寻"根"之我见》、陈骏涛在1985年发表于《青春》第11期的《寻"根"，一股新的文学潮头》等一系列的相关文章。以下就他们论争的几个相关问题，逐一分析。

2. 中心与边缘："规范文化"与"不规范文化"

中原文化与边缘文化的异同及其关系便是围绕寻根小说的论争焦点之一。韩少功将中原文化视为"规范文化"，中原之外的，亦即其所谓的"不规范文化"。对于两者之别及其关系，他有如下描述：

> 乡土中所凝结的传统文化，更多地属于不规范之列。俚语，野史，传说，笑料，民歌，神怪故事，习惯风俗性爱方式等等，其中大部分鲜见于经典，不入正宗，更多地显示出生命的自然面貌。它们有时可以被纳入规范，被经典加以肯定……反过来，有些规范的文化也可能由于某种原因，从经典上消逝而流入乡野，默默潜藏，默默演化。……这一切，像巨大无比、暧昧不明、炽热翻腾的大地深层，潜伏在地谷之下，承托着地谷——我们的规范文化。在一定的时候，规范的东西总是绝处逢生，依靠对不规范的东西进行批判地吸收，来获得营养，获得更生再生的契机。[①]

在他看来，"不规范文化"的潜能极大，而"规范文化"与"不规范文化"的关系是彼此互动的，如此看来，韩少功并不排斥"规范文化"。"规范文化"借对"不规范文化"加以批判性吸收而获得再生；后者则承托前者，是其取之不尽的资源所在。李庆西亦指出：

> "寻根"当然不是展览旧的文化形态，更不是以嗜痴成癖的态度去收寻那些愚昧、落后的东西。这里边诚然含有暴露和鞭挞国民劣根性的意思，而从更为积极的意义上说，"寻根"乃是从

---

① 韩少功：《文学的根》，《韩少功作品自选集》，桂林：漓江出版社1997年版，第357页。

民间生活和传统文化中寻找我们民族的思维优势。①

然而，另一寻根派作家李杭育却大肆鞭挞传统，他宣称：

> 有时我真万分痛恨我们的传统。平心而论，中国文学的传统
> 并不很好。……儒家的哲学浅薄、平庸却非常实用。②

又说：

> 总而言之，我以为我们民族文化之精华，更多地保留在中原
> 规范之外。规范的，传统的"根"，大都枯死了。"五四"以来我
> 们不断地在清除着这些枯根，决不让它复活。规范之外的，才是
> 我们需要的"根"，因为它们分布在广阔的大地，深植在民间的
> 沃土。③

任何传统都有不少糟粕，我们的传统亦不例外。然而，中国文学的传统并
不见得"不很好"，儒家的哲学更非"浅薄"与"平庸"。既然像李杭育
宣称的"民族文化之精华"更多地保留在中原规范之外，纵使是保存于中
原的规范之外，那亦应是属于传统的"根"。传统的根有可能都枯死吗？
一个传统的根都枯死的国家，真的是令人难以想象的。至于讲求实际的民
族，其文学也不一定"干巴"。④再且，在"规范文化"之内成长的他们，
对"不规范文化"究竟真正有多少认识呢？这似乎是韩少功以至于李杭育
等人都没有考虑过的。故此，对于寻根派中人关于文化的意见，韩抗便有
如下批评：

> 一些青年文友从文学本身着眼，单谈什么"规范文化"和
> "非规范文化"，虽然独具只眼，却显得目光不够开阔。……而不
> 少青年作家虽对哲学比较关注，却很难数得出有几人已经经堂
> 入室。⑤

---

① 李庆西：《谈点儿"文化"，谈点儿"寻根"，再谈点儿别的》，《当代文学思潮》，1986
年第 3 期，第 67 页。

② 李杭育：《理一理我们的"根"》，《作家》，1985 年第 9 期，第 76 页。

③④ 李杭育：《理一理我们的"根"》，《作家》，1985 年第 9 期，第 78 页。

⑤ 韩抗：《文学寻根之我见》，《芙蓉》，1986 年第 1 期，第 135 页。

这应该是对韩少功等寻根派的文化素养的质疑。此外，韩抗又指出：

> 在探索中可虑的不是一时的步子不稳，而是对于传统文化习惯性的缺乏分析，往往满足于道听途说，一知半解。假若东鳞西爪地捡到几片零碎玩意，便以为已独得奥秘精髓，到头来不但贻笑大方之家，而且将会落得个南辕北辙的结果。[①]

韩抗所针对的亦正是怀疑寻根派究竟对"规范文化"与"不规范文化"的认识是否足够深入，这疑虑是恰当的。否则，对传统的认识不足而高谈"寻根"，岂非无根之谈?!

3. 从"文学""文化"至"民间"

在寻根派关于寻根的众多论述当中，韩少功《文学的"根"》一文，对寻根理念的阐述似乎较为全面与明确。而且，态度也没有后来其他寻根派中人如李杭育般激烈。然而，韩少功此文却招来相当多的非议。韩少功在文中指出，有别于黄河流域的"龙的传人"的中原文化，楚文化是"鸟的传人"，带有楚辞中的神秘、奇丽、狂放、孤愤的境界;[②] 而文学有"根"，这"根"便是深植于民族传说文化的土壤里。他认为，"根不深，则叶难茂"。[③]这里有两个问题值得讨论：一、提倡注重传统文化的神话与传说；二、语言、地方色彩所造成的特殊氛围与语感。我们在寻根小说中大都能发现这两项元素。然而，有批评者便认为他所说的是寻文化的根而非文学的寻根，如陈晓明便对此作出如下批评：

> 八〇年代中期，中国当代文学急于寻找突破口，拉美魔幻现实主义的成功例子摆在面前，如何以民族化的感觉方式进入到民族内心，写出它的历史的和文化的积蕴，正是它的出路。这是文学之"根"，而不是"文化"之根，"寻根派"的谬误正在于把二者混为一谈。[④]

---

① 韩抗：《文学寻根之我见》，《芙蓉》，1986 年第 1 期，第 136 页。
②③ 韩少功：《韩少功作品自选集》，第 354 页。
④ 陈晓明：《寻根的谬误》，《文学超越》，北京：中国发展出版社 1999 年版，第 47 页。

然而，陈晓明似乎忽略了韩少功在《文学的"根"》一文中还指出：

> 这里正在出现轰轰烈烈的改革和建设，在向西方"拿来"一切我们可用的科学和技术等等，正在走向现代化的生活方式。但阴阳相生，得失相成，新旧相因。万端变化中，中国还是中国，尤其是在文学艺术方面，在民族的深层精神和文化特质方面，我们有民族的自我。我们的责任是释放现代观念的热能，来重铸和镀亮这种自我。①

其实，韩少功之意即是以传统文化（如楚地的神话与传说与语言）来重新创造一代的新文学：即借寻文化的根，以滋润干枯的文学。虽既要向西方文学学习，但基本上应以中国的民族文学艺术为本位，强调的是中国文学的主体性。又说"释放现代观念的热能，来重铸和镀亮这种自我"，即是说现代与传统不相悖。汪曾祺也认为寻根小说的目的就在于"企图疏通中国当代文学和传统文化的血脉"②。但是，现代观念真的能镕铸入传统文化而无碍吗？这有待在彼等的实际创作中验证。

寻根派中人对传统文化与"五四"新文化运动有激烈的批判，以至各自对中国文化的出路均有独特的表述，然而大致上都是指向非规范文化。从文学的探索而批判文化并指导文化的出路，"五四"新文化运动已有前例可循，故此他们的做法并没有什么不妥。招人诟病的是他们对文化的批判以及文化出路上的观点。阿城便认为：

> 真要寻根，应该是学术的本分，小说的基本要素是想象力，哪里耐烦寻根的束缚？……③

话虽如此，然而他接着又谈起文学与文化的关系：

> "寻根"则是开始有改变自身的欲望。文化构成对文学家是一个非常重要的事。④

---

① 韩少功：《韩少功作品自选集》，第359页。
② 汪曾祺：《序》，李陀编：《中国寻根小说选》，香港：三联书店1993年版，页1页。
③④ 阿城：《闲话闲说：中国世俗与中国小说》，台北：时报出版1994年版，第7~8页。

同样是寻根派中人的郑义则似乎对寻根小说中的"文化"表现有点嘲讽：

> 最近的一些作品，在历史感上，表现出一种强烈的寻根倾向。我所熟悉的一些青年作家，在文化感上（我杜撰之词）上，也正酝酿着一种强烈的寻根倾向。聚在一起，言必称诸子百家儒禅道，还有研究易经八卦的，新鲜得很，有一点百家争鸣的味道了。久而久之，便愈感自己没有文化，只是想多读一点书，使自己不至过于浅薄。①

寻根派的背景多是知青，他们是失落的一代，在精神与文化程度上均难以与"五四"文人相提并论。故此，个别作家往往便有一些似是而非的玄谈倾向。但是，这并不足以否定寻根派在文化方面的探讨。文化究竟在寻根派来说有何特别的意义呢？黄继持有如下较为客观的观察：

> 寻根既与"文化"相关，然而"文化"又是个比较宽泛而边界模糊的概念，鼓吹者之间，也未必有明确一致的看法。但共通之点是，他们要求突破中国文学多年来局限于政治社会斗争的题材和直接的社会可能要求之束缚。他们用"文化"一词来比对当前的社会政治事物。在直接的社会功利考虑之外，指向更深层的人性人情人生意蕴，由历史时空凝聚积淀所成的文化心理结构。②

那么，为什么寻根派要以"文化"相对于"社会政治事物"，甚至深入"文化心理结构"呢？可见，寻根派乃借着对"文化"的探讨以挣脱"工农兵文学"素材的局限，甚至以"民间""民俗"抗衡1949年以来无益于文学创作的政治话语。

寻根派之转向民间文化，并非出于觉得"社会伦理关系"与"民族的道德水平"的下降，③其实是边缘消解中心的一种策略。如南帆便对于"民间"与政治话语之间的关系有如下见解：

① 郑义：《跨越文化断裂层》，《文艺报》，1985年7月13日。
② 黄继持：《文学的传统与现代》，第175页。
③ 王涌正：《中国大陆"寻根文学"之研究》，《复兴岗论文集》，1994年第16期（6月），第167页。

政治权力对于民间的强大控制同时体现为政治话语的无限扩张。1949 年之后，政治辞令播种于现代汉语的所有角落，持续不断地占据民间的传统区域。这样的政治话语将自上而下地封锁存放于民间的价值体系。①

他在《文学的维度》中又指出：

密集的政治术语无疑为人们制造出一个相应的人文环境。有关人的所有解释都将是政治定位。人的精神单一地镶在了政治维面之上。②

寻根派的文化探索、对民间文化（边缘文化）的重视乃是一种抗衡以官方意识形态取代文化的策略。③ 这正是 1980 年代初期知识分子所面对的重要命题。正如周英雄便认为，寻根者的理念虽是因人而异，然而他们的共通点便是"希望藉寻根的过程，来确定自己的边缘身分"④。确为的论。

4. 反思与批判：从"五四运动"到"文化大革命"

有关寻根小说的讨论当中，另一个特征便是寻根派中人均不约而同地从对文化的探讨，转而对"五四运动"与"文化大革命"作出强烈的批评。上述李杭育对"五四"的清除枯根似乎颇有肯定之意。然而，其他寻根作家则认为传统的根已经被"五四"与"文革"所摧毁，故此而有文化断层的危机意识。郑义便愤慨地指出：

"五四运动"曾给我们民族带来生机，这是事实。但同时否定得多，肯定得少，有隔断民族文化之嫌，恐怕也是事实？"打倒孔家店"，作为民族文化之最丰厚积淀之一的孔孟之道被踏翻在地，不是批判，是摧毁不是扬弃，是抛弃。痛快自是痛快，文化却从此切断。儒教尚且如此不分青红皂白地被扫荡一空，禅道

---

① 南帆：《民间的意义》，《隐蔽的成规》，福州：福建教育出版社 1999 年版，第 237 页。

② 南帆：《民间的意义》，《隐蔽的成规》，第 237 页。

③ Duke, Michael S, *Issues and studies*, 25.8, August, 1989, p.31. 此外可参阅李欧梵：《在中国话语的边缘》，《现代性的追求——李欧梵文化评论精选集》，第 475~497 页。

④ 周英雄：《中国当代作家怎么看自己》，《文学与阅读之间》，中国台北：允晨实业股份有限公司 1994 年版，第 106 页。

二家更不待言。①

以上的见解与忧虑恐怕只是对"五四运动"有所不知而已。"五四"新文化运动中人，固有"打倒孔家店"（吴虞）、"不读古书"（鲁迅）之见。然而，这只是口号而已。实际上，"五四"新文化运动中人既饱读古书，亦熟悉传统的优良一面。故而，尽管他们努力攻击传统的糟粕，但他们更积极地落实重新整理传统文化，以求去芜存菁。胡适在《国学季刊发刊宣言》中便提出三个方向整理国故：第一，用历史的眼光来扩大国学研究的范围；第二，用系统的整理来部勒国学研究的资料；第三，用比较研究来帮助国学的材料的整理与解释。② 而郑振铎则认为新文学运动先要从整理国故开始：一方面要打破旧的文艺观，以便新文学的输入；其二是重新估定或发现中国文学的价值，把金石从瓦砾堆中搜找出来，把传统的灰尘，从光润的镜子上拂拭下去。③顾颉刚也说要看出国故原有的地位，"还给他们原有的价值"。④ 而且，他们的实绩是有目共睹的。如胡适的《中国哲学史大纲》便开创了新的哲学研究方法；无论其后的《白话文学史》是多么的值得商榷，他的确花了不少功夫勾勒出新的文学传统出来。他的学生顾颉刚以及其他学者更在《古史辩》上发表了不少令人耳目一新的文章，掀起重检古籍之风，开创疑古史学。至于鲁迅的叫青年人不必读古书，实是意气之说，虽然他对野史、笔记兴趣极大，可是亦钟情于古籍的校勘与考订。针对这种以一知半解而批评"五四运动"者，被视为寻根派先声的资深老作家汪曾祺便有如下较为客观的见解：

> 有人说"五四"是中国文化的断裂。未必是这样。"五四"
> 时期，对文化问题有过一些偏激的提法，但是事实上"五四"运
> 动的主将并没有彻底否定传统文化。真正的断裂可能是从四十年
> 代起。相当长时期以来，我们只是强调一定的文化是一定的政治

---

① 郑义：《跨越文化断裂层》，《文艺报》，1985 年 7 月 13 日。

② 胡适：《国学季刊发刊宣言》，张若英编：《新文学运动史料》，上海：光明书局 1936 年版，第 206 页。

③ 郑振铎：《新文学之建设与国故之新研究》，见张若英编：《新文学运动史料》，第 207～208 页。

④ 顾颉刚：《我们对于国故应取的态度》，张若英编：《新文学运动史料》，第 211 页。

经济的反映，而比较忽视文化的相对的独立和继承性。对于传统
文化多谈批判，少谈继承。……三十多年的文学不重视传统文化
对现实生活的影响，在人物心理上，在生活场景的表现上。这是
事实。这就使一些作品停留在外部事件的表述上，削弱了作品的
深度。这是四十、五十年代的文学的一个缺陷。①

汪曾祺当然较清楚"五四运动"对传统的真正态度，其意见也相当中肯，
但对于后来所谓"四十、五十年代的文学"的批评则又似乎显得欲言又
止。他说"真正的断裂可能是从四十年代起"，言下之意即指真正摧毁中
国传统文化的是"文化大革命"。阿城虽也认为"五四运动"造成"民族
文化的断裂"，但他更坦然地指出：

"文化大革命"更其彻底，把民族文化批判给阶级文化，横
扫一遍，我们差点连遮羞布也没有了。②

韩抗亦认为：

发生在二十世纪六十——七十年代的文化禁锢，曾使我国的
文学陷入"无坐标"的困境。③

这的确是事实。对于"五四"时期向外国文学取经，有别于其他作家，韩
少功却持肯定的态度，④ 然而他却有如下担忧：

我们读外国作品，而被译的多是外国的经典作品、流行作品
或获奖作品，即已入规范的东西。从人家的规范中来寻找自己的
规范，模范翻译作品来建立一个中国的"外国文学流派"，想来
前景黯淡。⑤

他虽不赞同"模仿翻译作品"，但并不表示不学习外国文学作品的表现方

---

① 汪曾祺：《序》，李陀编：《中国寻根小说选》，第 2 页。
② 阿城：《文化制约着人类》，《文艺报》，1985 年 7 月 6 日。
③ 韩抗：《文学寻根之我见》，《芙蓉》，1986 年第 1 期，第 134 页。
④ 韩少功：《韩少功作品自选集》，第 358 页。黄继持也认为："……所以'寻根'文学，与'现代派'文学似相反而实相成，甚至可视为广义的'现代派'文学的一部份，绝对不是对外来文化的盲目抗拒。"见黄继持：《文学的传统与现代》，第 178 页。
⑤ 韩少功：《韩少功作品自选集》，第 357 页。

法。有论者认为："寻根文学的界定应在文学的内容题材，而非形式技巧。"① 其观点实在值得商榷。寻根派的创作应是以边缘文化为创作的资源，以西方的形式技巧为借镜。寻根小说在当代文学史上的成就，既在题材上的突破，亦在技巧上的移植。如韩少功与莫言便是深受西方的"魔幻写实"所影响，② 莫言更宣称：

> 对我影响最大的西方加西尔·马尔克斯的《百年孤寂》和福克纳的《喧哗与骚动》……我认为他（马尔克斯）是用一颗悲怆的心灵，去寻找拉美迷失的精神家园。③同样地，我们可以断言，寻根派亦是以一颗悲怆的心灵，去寻找迷失了的中华民族的文化。④

总括而言，寻根派所面对的文化危机与"五四"时代的知识分子所不同的是：前者乃处于一个摧残传统文化的疯狂时代，而后者则有感传统文化的过于保守、压抑，故而有重估传统文化价值的责任感，重估即是去芜存菁，而非一味打倒。至于寻根派作家，他们所面向的则是一个文化的废墟，不少论者误将"五四新文化"运动的重估传统文化等同于"文革"的摧毁传统文化。其实，两者的性质与动机，截然不同。

由以上的讨论可得见，寻根派转向民间，写具有地方色彩的小说实有两重意义：其一是在文化上的探索之旅，呈现、吸收地方色彩的传统，借此以弥补"文革"对传统的破坏；其二是以地方话语消解抗衡意识形态。

以下，我们将挑选一些较为有代表性的寻根小说作具体的分析，以探讨彼等之理念能否付诸实践，而更重要的是借对作品的分析，以呈现寻根小说在实践的过程中衍生出的问题是否其理念本身所能涵蕴，以及由此而引发的进一步省思。

---

① 宋如珊：《大陆的"寻根文学"及其起因》，《中国大陆研究》，1993 年第 11 期，第 63 页。

② 黄继持在《中国当代文学的"根"讨论述评》中便指出："（拉丁美洲）魔幻现实主义文学的本土性与原始生活气息，为中国作家提供榜样。"见黄继持：《文学的传统与现代》，第 177 页。

③ 王国华、石挺：《莫言与马尔克斯》，《中国现代、当代文学研究》，1987 年第 7 期，第 215 页。

④ 陈骏涛也认为："对文学作品的文化内涵的追求，正是这一阶段文学的最主要的特点之一。"见陈骏涛：《寻"根"，一股新的文学潮头》，《青年》，1985 年第 11 期，第 56 页。

四、民间神话与当代神话的紧张关系

寻根小说中的一项特征便是在发掘民间文化时，出现了民间神话与官方所建构的神话之间的紧张关系。黄子平先生在《语言洪水中的坝与碑——重读〈小鲍庄〉》一文中对"神话"的功能有如下描述：

> 神话是凝聚——家族——部落——民族之大希望和大恐惧的一整套象征体系。有关神话解释了人们的来源、生存的合理性、活下去和繁衍下去的根据。有关罪与救赎的神话则解释了人们所面对的种种困境、必须在这些困境中生存的理由和可能摆脱困境的允诺。无论原始神话还是当代神话，都具有这两方面的功能，以维持一个社会体系的运转。①

黄子平在此将"神话"分为"原始神话"与"当代神话"。然而，"原始"与"当代"之指称似乎过于狭窄，神话的意义是一直繁衍的，故"原始"与"当代"并不足以涵蕴其生生不息之意，正如王安忆的《小鲍庄》中所言，小鲍庄的神话在一代传一代之后，生出了不少枝节；而且黄子平并没有对两者的义涵作清晰的界定。

王安忆的《小鲍庄》如黄子平上述所言，是一则关于罪与救赎的神话故事。小鲍庄的祖先传说中是大禹的后人。但是，这位祖先并没有像大禹般虔诚，因"不得大禹之精神"，故而治水失败而被龙廷黜了官。他便携带妻儿，在鲍家坝下最洼的地点安家落户，作为"赎罪"。② 小说一开始便以戏仿神话传说的叙事方式与语调为其故事揭开序幕，在"引子"之后的"还是引子"中道出：

> 小鲍庄的祖上是做官的，龙廷派他治水。用了九百九十天九的时间，九千九百九十九个人工，筑起了一道鲍家坝，围住九万

---

① 黄子平：《语言洪水中的赤坝与碑》，王晓明主编：《二十世纪中国文学史论》，上海：东方出版中心 1997 年版，第 3 卷，第 289 页。

② 李陀编：《中国寻根小说选》，第 244 页。

九千九百九十九亩好地，倒是安乐了一阵。不料，有一年，一连
下了七七四十九天的雨……①

叙事者自言："这已是传说了，后人当作古来听，再当作古讲与后后人，
倒也一代传一代地传了下来，并且生出好些枝节。"②故而，这篇小说也只
能以民间神话的方式解读。

小鲍庄的这一辈人排"仁"字辈，更是自称是"讲究仁义"的，即儒
家所谓的"仁、义、礼、智"，四端之中已占其二。可是，这个讲"仁义"
的鲍庄对寡妇二婶的艰苦生活却不闻不问。到了拾来入赘二婶家中时，却
又群情激愤，以为是玷污了鲍庄。对于乞食到捞渣家门口的小翠母女的表
现则更是难以印证鲍庄的"仁义"。捞渣的母亲收留小翠是为了长子建设
子的婚姻设想，而将她收为童养媳，并非"讲究仁义"。故此可说，作者
乃在"仁义"这一传统儒家观念上作一次寻根之旅，借此以检验传统的根
如何植根于现代，传统的观念在当代社会有何发展。

《小鲍庄》这篇小说乃多线发展，然而只有一个轴心人物将所有似乎
不相关的线索紧扣一起，而且彻底扭转了小鲍庄的基本朴实精神，那就是
力仿"工农兵文学"的"文疯子"鲍仁文。小说中，鲍仁文一手为鲍庄缔
造了四个神话。其一：以《鲍山儿女英雄传》为曾追随陈毅打过天下的老
革命家鲍彦荣立传。当文疯子问及其英勇杀敌的动机时，他只是说杀红了
眼，并没有什么惊天地、泣鬼神的伟大革命理念。这确实令文疯子大失所
望，故只好自己润色一番，将平凡的士兵塑成"英雄"。在他笔下，真是
屡屡出英雄，个个是典型。第二篇杰构则以"阶级感情深似海"还是"阶
级情义比海深"之类的题名写鲍秉德不离不弃他疯了的妻子的感人故事。
鲍秉德口头上虽说什么"一夜夫妻百夜恩""不能不仁不义"③之类的话，
但事实上其妻之所以发疯乃因为"生了个死孩子"而经常被虐待毒打所
致。最重要的是不尽不实的神话为各人都带来烦恼。鲍仁文虽然出了名，
但是鲍秉德因为名声而不便离婚，故而有点恨鲍仁文。第三个神话乃以
《崇高的爱情》讴歌拾来与二婶的婚姻。然而，他夫妻两人的矛盾多得不

---

　　①② 李陀编：《中国寻根小说选》，第244页。
　　③ 李陀编：《中国寻根小说选》，第257页。

得了，经常吵架。可是，自从鲍仁文将他俩的婚姻美化并在县广播站广播之后，他俩自觉实际上并非如此而有点不好意思，只是成了名人也觉得非常得意。因为成了名人，再打闹时便只好关上门以及降低声浪。对于鲍仁文来说，他的责任只是美化别人的故事，至于拾来与二婶在家中关门打架就不关他的事了。文疯子的最大贡献以及最为关键性地扭转朴实的小鲍庄的举动，乃在经历了百年大水灾之后，以《鲍山下的小英雄》将捞渣（鲍仁平）塑造成一位舍身救人（五保户鲍五爷）的小英雄。事实上，这个"赚人热泪"的辉煌故事，并不是他所写的，"文章里没有一句是他写的"，①只是地区《晓星报》的记者老胡，在其文稿的基础上"润色"，并且"加强捞渣几年如一日照顾五保户这一情节"，② 再加上广泛的采访与资料搜集而写成的。更重要的是，政府的目的是将捞渣舍身救人的事件写成"典型"，以配合三月份"礼貌月"的"五讲四美的宣传"。③

从整个故事来看，捞渣固然与鲍五爷感情挺深，也经常照顾他；但小说的暧昧之处便是由始至终均未明确地透露捞渣乃为救鲍五爷而被淹死，就连鲍五爷也并未明确说出这个小孩子究竟是怎样被淹死的。④但是，"工农兵文学"的特征便是"假大空"与"高大全"互为表里，捞渣的事迹被"润色"一番之后，连他的父母也"好像在听一个别人的故事似的"。⑤因为，这已超乎他们对儿子的认识，那个捞渣其实已不是以前的捞渣，而是神话化了的光辉人物。后来，省里又决定对捞渣的事迹大肆宣传。于是乎，便有记者问："他的行为是受了谁的影响呢？"他爹便说：

> 咱这庄上哩，自古是讲究仁义，一家有事大家帮，方圆几十
>
> 里都知道。这孩子，就是受了这影响。⑥

捞渣父母在此拈出常挂在嘴边而不知真义的"仁义"，实则是信口雌黄。然而，就这样，儒家的"仁义"便融入缔造的捞渣神话中。反讽之处在

---

① 李陀编：《中国寻根小说选》，第 334 页。
②③ 李陀编：《中国寻根小说选》，第 328 页。
④ 黄子平也认为捞渣的死因是模糊的。见王晓明主编：《二十世纪中国文学史论》，第 3 卷，第 291 页。
⑤ 李陀编：《中国寻根小说选》，第 335 页。
⑥ 李陀编：《中国寻根小说选》，第 336 页。

于，"仁义"的真义已荡然无存，而且在神化捞渣的过程中，益发暴露其虚妄。

在《幼苗新风，记舍己为人小英雄鲍仁平》《小英雄的故事》的宣传攻势底下，表扬、学习捞渣的英雄事迹如火如荼地展开，本来仍对宣传中的小英雄有点陌生的亲人以及村民的疑惑，此刻全已释然，全情投入沸沸扬扬的运动当中。县委书记走访捞渣的家，一见他爹即握手道贺："鲍仁平被评为少年英雄，光荣啊！"[1] 虽然，"他不明白，少年英雄究竟意味着什么"，[2] 总之，捞渣家人从中得到不少好处：他家盖了新房，又让他大哥建设子转吃商品粮。自此向他大哥提亲者络绎不绝。

此中，变化最大的人物是拾来，是他下水拉出已被淹死的捞渣，因此，亦成为采访的焦点。本来因为入赘寡妇二婶家的拾来，无论在家中还是庄上的地位都甚为低微，然而自从成为新闻的焦点人物之后，本来常呼喝他的妻子以及曾经要驱逐他出村的村民，此际也已对他刮目相看。由于来村里上捞渣的墓的人一日比一日多，地方政府要征用拾来家的一垄菜地，拾来一家连赔偿也不愿收，原因是："我要收了这钱，我的人，就没了。"[3]

鲍庄中人虽然自动为捞渣扫墓，但因为觉得用自家的扫帚扫坟头"不大吉利"，故而要求村长买把公用扫帚。这是多么的反讽！村民的热情被煽动起来了，全情投入做戏的行列当中。讽刺的是，作者在"尾声"中对"讲究仁义"的鲍庄有如下描写：

> 碑（墓碑）后面是一片新起的瓦房，青砖到顶，瓦房后面是
> 鲍山，青幽幽的，蒙在雾里似的，像是很远，又像是很近。[4]

捞渣的巨墓自此便屹立于鲍庄中央，成为鲍庄的荣誉?! 还是一个时代的政治闹剧的纪念碑?!

传统的"仁义"，"像是很远，又像是很近"。从传说到现代神话这一

---

①② 李陀编：《中国寻根小说选》，第341页。
③　李陀编：《中国寻根小说选》，第343页。
④　李陀编：《中国寻根小说选》，第344页。

历史探索，立在鲍庄中央的捞渣之墓，象征昔日的"仁义"、朴实的小鲍庄已不复存在，现存的是虚荣与虚假。

寻根小说的另一名篇乃郑义的《老井》，其中充满了有关老井的神话与宗教仪式。这篇小说乃由四个"民间神话"贯穿而成。第一个神话是，传说老井村的孙氏一族的祖先逃亡至此并与女井神成婚。奇怪的是，属于井神后裔的老井村民竟然饱受缺水的惩罚。其二是主人公孙旺泉的爹爹孙万水，早年因为震怒于父亲在"恶祈"① 中死亡而吊起"黑龙王"，却奇迹地下起雨来，故而被村人视若神灵。第三个神话则是旺泉的疯二叔，为了达成恋人父亲的要求而扳倒井水，正好实现了有关宋太祖赵匡胤的神话传说。而孙旺泉因为胸前的胎记与他的异梦，因而被认为（自己也默认）是传说中掘开胸膛、以血注活赤龙的祖先孙小龙托世。后来旺泉真的也竟能为属于石灰地区的老井村定出井位，成功地为老井村的村民带来渴望已久的饮水，为这第四个神话作了最实际的脚注。

此中，孙旺泉固然是"天将降大任于斯人"的神话人物。然而，不可忽略的是他同时也是"团支书"，与他关系密切的是当了十几二十几年"党支书"而一事无成甚至劳民伤财的孙福昌。孙福昌希望孙旺泉能在他下台前打成一眼井，目的是：

> 给咱老井的儿孙后辈留下件产业，积阴德，心安，别叫人至死戳后脊梁骨，我也算好歹没白来这人世上走一遭。②

不久，他便退居副支书，让孙旺泉当上党支书。即是说，原来作为党支书的孙福昌之所以打不成井，便是因为他没有孙旺泉的神话背景，故而其愿望之实现唯有依赖象征小龙托世的孙旺泉了。当旺泉当了支书之后，在掘井期间，孙福昌之子旺才因意外而死于井中，村民因而认为乃惹怒龙王而不肯再掘。在束手无策之下，副支书孙福旺乃以打压牛鬼蛇神的运动威吓神婆子三婶，代替"龙王爷"以说服群众，他对她说：

---

① 关于"恶祈"的用意及其形式，详见郑义：《老井》，李陀编：《中国新写实小说选》，第32~35 页。在这里，李陀将《老井》选入"中国新写实小说"实令人费解，依据大陆很多批评家有关新写实小说的特征描述，《老井》似乎都不应属于此列。而很多有关寻根派的论述，均将《老井》视为成功的寻根小说。

② 李陀编：《中国寻根小说选》，第87~88 页。

　　哪回来运动能跑了你？反正你也是个"老运动员"了。孙福昌沉吟一会儿，给旺泉使了个眼色，说，"你去吧，就是今黑夜，就是你，就是龙王爷！……去吧去吧，别再麻缠咧，咱心里有数。"①

在此，群众的迷信思想没法铲除，而且更要借助龙王爷/神婆子三婶的祭祀仪式，以说服村民继续掘井。最终，工程得以继续，"小龙托世"的孙旺泉竟能在石灰地区的老井村打出水来，完成了老井村世世代代的渴求，亦印证了他爷爷视他为神/小龙托世的推测。《老井》这篇小说的寓意在于，老支书孙福昌打井的梦想乃寄托于"民间神话"（孙旺泉）与民间巫术（神婆子三婶）之上。②

五、作为启蒙者的知青与传统的冲突

　　另一寻根作家阿城以其《树王》《棋王》及《孩子王》而享誉海内外。王德威指出：

　　他（阿城）的独到之处，在于能够唤起一种神话式的节奏，兼有抒情的余韵。哀而不怨，他的小说不直接触及政治抗争或人世变迁的主题，但读者却可自其中的历史视境抽离出一准哲学式的感叹……③

在《树王》这篇小说中，乡人眼中的"树王"，既是指山上的参天巨木，也意指擅于砍树的萧疙瘩；与之对立的是热血知青李立，代表的是"人定胜天"的革命意识。李立砍树为的是破除村民对树木的迷信陋习，他说：

　　重要的问题是教育农民。旧的东西，是要具体去破的。树王砍不砍，说到底，没什么。可是，树王一倒，一种观念就被破除了，迷信还在其次，重要的是，人在如何建设的问题上将会思想

---

① 李陀编：《中国寻根小说选》，第125页。
② 李陀编：《中国寻根小说选》，第131页。
③ 王德威：《当代大陆作家"写"历史》，《众声喧哗》，台北：远流出版社1988年版，第156~157页。

为之一新，得到净化。①

改变传统信仰，意在革命，罗兰·巴特指出：

> 革命被定义为一种净化感情作用的行为，要透露世界的政治负载：它制造世界；而它的语言，所有的语言，被功能性地吸收在此制作当中。②

"革命"对"语言"的策略性运用，是"当代神话"的一大特征。革命的"净化感情作用的行为"，以达至对革命的认同。李立与萧疙瘩的分歧在于：李立是官方意识形态的象征，而萧疙瘩恪守的则是传统的尊天敬神的观念。李立砍树是一种象征性行为，借此以净化自己以及农民的感情，故而两者是势不两立的。李立的砍树是为了"破旧立新"，在疯狂的神话背后，李立们需要的是有所"寄托"。③ 至于萧疙瘩力阻则是为了"证明老天爷干过的事"④。在两极之间，乡人乃站在萧疙瘩一边，支书与队长虽也上山，然却不带刀，遑论砍树。

然而，树王最终都被砍掉，有"树王"之称的萧疙瘩也随之而一卧不起。作者对"树王"萧疙瘩与树王之间的关系处理似乎有某种暗示：树王的神性就是萧疙瘩的精神支柱、力量的根源，树王既倒，他的生命也失去所依。萧疙瘩懂功夫，曾为侦察队的尖兵。他一生可能有两个遗憾：一、从军时误伤战友而令他终生残废；二、在乡间他虽懂得珍爱山林而家中不置家具，但是由于好杀之心未泯，他忍不住教晓了知青"我"磨刀与砍树的正确方法。故此，他实际上是摧毁山林的帮凶。他的死，既有与山林共存亡之意，亦不无愧疚之心。知青终于成功砍树烧山，似乎战胜了萧疙瘩所代表的传统信仰。然而，小说中频频出现、生活于象征传统的山林中的麂子却自投火海，与其相依的山林共存亡，也与萧疙瘩之为传统信仰被摧残而郁郁而终遥相呼应。山火的疯狂震慑人心，昔日神秘茂密的丛林

---

① 李陀编：《中国寻根小说选》，第 125 页。

② 罗兰·巴特著；许蔷蔷、许绮玲译：《神话——大众文化诠释》（*Mythologies*），上海：上海人民出版社 1999 年版，第 207 页。

③ 李陀编：《中国寻根小说选》，第 132 页。

④ 李陀编：《中国寻根小说选》，第 127 页。

变得悲愤，这场大火却"烧失了大家的精神"，"队上的人都有些异样"，狂热者李立也"渐渐有些发颠"。① 这场大火，是否是对"文化大革命"之摧毁传统文化的影射？至此，作为知青之一的叙事者"我"感慨地说："我这才明白，我从未真正的见过火，也未见过毁灭，更不知新生。"② 言下之意，即是没有砍树与烧山，他根本不能了解这行动背后所支撑的疯狂神话，没有这破坏的行动，他根本不知何谓"火"与"毁灭"的震撼性。然而在破坏之后，会一如所言地获得"新生"吗？

灾难之后，象征传统的山林并未因此而失去生命，大雨再次滋润了土地，树木／传统再次浴火重生：

> 巨树根系庞，大失了养料的送去处，大雨一浇，根便胀发了新芽，这里土松，新芽自然长得快。③

言下之意，源远流长的传统文化并没有因一场"文化大革命"的摧残而消失；相反，它正在有待"养料"的输送，在自由的地方再次重生。

在寻根小说中，我们可见传统文化之根并未萎，而且是随处顽强地抗衡。在《棋王》中，王一生在破四旧的年代中，对下棋这一"旧"玩意却锲而不舍，以道家思想为棋术战略，而成为棋艺高手。知青们不惜劳苦，为了王一生获得比赛资格而奔波，甚至颇有背景、自称倪云林之后的倪斌，为了王一生获得比赛的资格，也甘于将祖传的明朝乌林棋行贿文教书记。知青们种种举动的目的，皆在于获取精神上的满足。在此透露的是，吃是人所必要的（小说中很强调"吃"，与当时人们吃不饱、吃不好很有关系），而更重要的是精神的满足。小说传达了一个讯息，能给予人满足的是传统文化，而非令人厌倦的政治口号。可惜的是，《棋王》这篇小说中下棋的部分过于匆促、夸张，反而小说的构思，尤其是描写吃的部分较佳，整体成就似乎不及《树王》与《孩子王》。

相对于阿城的肯定传统文化，在韩少功的《女女女》④ 中，主人公幺

---

① 李陀编：《中国寻根小说选》，第132页。
② 李陀编：《中国寻根小说选》，第131页。
③ 李陀编：《中国寻根小说选》，第135页。
④ 韩少功：《女女女》，冬晓、黄子平、李陀、李子云编：《中国小说：一九八六》，香港：三联书店1991年版，第1~51页。

姑借着一次中风的机会，重新审视了自己与他人的伦理关系。小说的前半部分讲述幺姑如何吃苦耐劳，如何为他人着想，然而，她并没有主体性。其吃苦的价值观一是出于传统中国妇女的固有观念，另一方面她努力学习模范焦裕禄。然而，自中风后，苦行者却很快变成了旗帜鲜明的享乐主义者。行将就木的恐惧令她彻底由苦行转变过来，在死亡的威胁底下，信条荡然无存。她的欲望原形毕露，需求无度。幺姑一百八十度的改变，反映了人性扭曲以及欲望过度压抑底下，一旦释放的可怕。至于作为侄儿的毛陀与幺姑的妹妹及其儿子，则被幺姑中风后的反常表现折磨得苦不堪言。渐渐地，他们唯有放弃传统"孝"的观念，而视她为一个活死人，甚至以蓄养动物的方法对待她。在此，传统的美德备受质疑。

六、现代/城市与传统/乡村的冲突

寻根作品中的乡村固然不无和谐静好的光景，但更多的是城市与乡村的文化价值的冲突。这也是改革开放中的中国乡村所面对的一个危机。现代意识最终能否与传统文化融合无碍？而两者的冲突又意味着什么呢？

在《老井》中，赵巧英与孙万水之间的冲突实乃城市/现代与乡村/传统之间的冲突。巧英原本乃孕育于城市而生于老井村，故而一心向往城市，特别是北京。她是一个追求现代化的符码，衣着趋时，言语、行为均与村人不同。更重要的是，她利用科学知识种田，付出少而收获大，令仍处于原始耕作的村民既羡慕又嫉妒，他们不能相信一个女人能"改变农民生活方式"。[1]这亦是中国人对女性生活能力的蔑视的传统观念，而赵巧英却以现代科学战胜了传统观念，令他们难以置信。

成为她与旺泉恋爱绊脚石的，乃旺泉的爷爷孙万水，他所代表的是传统的力量。孙万水曾在年青时吊起"黑龙王"，在村人眼中的他可以说近乎神人。赵巧英与孙旺泉的两次私奔都慑于其虎威，失败而返。在旺泉的婚姻上，家长主宰下一辈婚姻的传统战胜了自由恋爱的现代观念。

决定整篇小说发展的，当然是主人公孙旺泉个人在传统观念与现代意

---

① 李陀编：《中国新写实小说选》，香港：三联书店1995年版，第93页。

识之间的挣扎与转变。主人公孙旺泉是夹杂于传统与现代之间的矛盾人物。他既曾与巧英一起在县中念书，是高中毕业生，可算是有知识的人。然而，他的传统观念极浓，为了弟弟可以娶妻，竟忍痛与女友巧英分手，接受爷爷的安排而入赘寡妇段凤喜之家。他虽曾两度反抗这种违背己意的婚姻，但最终都因为他爷爷的权威与掘井的理想而放弃。

孙旺泉这一人物的复杂性在于他并没有主体性。他对自己并不了解，优柔寡断且深受家族神话的影响。身为县高中毕业生，努力学习打井技术，并且后来曾为几个村定过井位，而且在理论上有独到的己见，然而他竟然默认自己是村中的神话人物孙小龙托世：

> 我好像自小就知道哩！……爹死的那天晚上，梦梦也见过来……好像自家就是小龙，撕开胸膛还疼得喊了一声……到现在，胸前这胎记还有点疼哩……①

旺泉胸前的胎记与异梦突然令他爹爹孙万水有所领悟，认为他家攒下了运气，旺泉有文化，眼界宽，所谓三辈出一个人，十辈出一个神，他眼中的孙子旺泉恐"非常人"。② 这些异事与期许，在旺泉心中不无影响，也是他依附于传统的其中一个重要因素。他受制于传统的另一方面则是敦厚、孝顺的个性使然，而且也为曾目睹为掘井而牺牲的事迹所激发的强烈情感所驱使：

> 旺泉爹的惨死，淘西井的失败，给老井人以沉重的打击。这打击在孙旺泉心中激起以死相拼的反抗。血管里奔涌着的孙氏门宗不屈的血液，烧灼得他坐卧不宁。几日后，他串联上喜柱儿、亮公子、三则等一把后生，悄悄去淘双井。③

这是他与赵巧英两次私奔均失败的另一个重要因素，亦因如此，旺泉便丧失了成为独立主体的机会，其婚姻在传统的束缚之下失去自主。

孙旺泉的矛盾便在于在"打井"与恋人赵巧英之间徘徊，亦即家族理

---

① 李陀编：《中国新写实小说选》，第63~64页。
② 李陀编：《中国新写实小说选》，第64页。
③ 李陀编：《中国新写实小说选》，第58页。

想的传承观念与自由恋爱的现代意识之间的冲突。他对巧英说："我的心拴在你身上，又拴在水上。"① 话虽如此，当他为儿子取名时，他却又毫不犹豫地命名为"井"，而且"儿子的出生，使他的奋斗有了更为深沉的涵义"②。这种传承的意识似乎早已埋在心中了。作者在处理孙旺泉这个人物时，处处凸显他在城市与乡村、传统意识与现代观念之间不停摇摆。由始至终，他都是一个没有真正自我意识的人。故此，作者便经常借其他人物的视角，以凸显他根深蒂固地恋慕故土的"根"。首先是从一个向往城市的赵巧英着手：

> 巧英越来越觉得，旺泉是一座高高的石头山，干枯、沉默而有力量，而自己不过是一条小河，水花四溅地往前流，却是虚虚的，飘飘的，总缺少像大山那样坚如磐石的根！她深深地感到：她需要他！老天爷，救救我，给我们一条路吧！③

这是全篇小说中最矛盾甚至相当荒谬所在。由上述的分析可见，巧英一心向往的是城市、现代，一切与传统、乡村有关的事物均不入其眼帘，唯一令她恋恋不舍的便是孙旺泉。然而，她并没有打算为他而留下，也没有可能，因为他已使君有妇。她的梦想是打完井后，两人远走高飞，而最终当她知道孙旺泉不可能离开时，她也坚决为了个人的将来而离开故土与恋人。这种向往城市、追求现代生活的态度是十分坚决的。然而，作者在此显然过分地强调她对孙旺泉那"坚如磐石的根"的仰慕。在以上一段引文中，面对代表"根"的旺泉，她竟然自觉渺小。而且，自始至终，"小狐"这一象喻与赵巧英紧密相随。村人中以"狐狸精"讽刺她勾引有妇之夫孙旺泉，奇怪的是甚至连她自己也承认。④ 更奇怪的是，她甚至也怀疑旺泉是小龙的化身。⑤ 在此，作者对城市与乡村之间的褒贬意识十分明显。故而，作者在后半部分一直加强这种"根"的意识。例如在为打井捐款时，作者又再安排了旺泉之妻段喜凤说了以下一段激动村人的话：

① 李陀编：《中国新写实小说选》，第 156 页。
② 李陀编：《中国新写实小说选》，第 91 页。
③ 李陀编：《中国新写实小说选》，第 141 页。
④ 李陀编：《中国新写实小说选》，第 108 页。
⑤ 李陀编：《中国新写实小说选》，第 107 页。

几百年了，见谁走出去来？故土难离哩！咱这一茬儿人不行，等俺井儿长大了，那阵儿也四个现代化些了，叫他再接着给咱打井！总有打出水的时候，老天爷长着眼哩！①

孙旺泉听了这段话后："他做梦也没有想到，喜凤会这么知他的心事，而且想得这么远。"②旺泉之前对故乡的不舍主要是因为要完成祖先打井的宏愿，自己对城市与乡村之间的倾向意识十分朦胧，但听过他老婆这段话后，其"根"的意识似乎才被全然地唤醒。然而他又觉得，有时候故乡仿如堆着烂东西、有毒气的老井，令人"透不过气"，此时他又自觉地想走出困境；然而，他又"意识到自己的根太深了。他没有力量把它拔出来，而且，拔出来他也就死了"③。在此，我们并不见孙旺泉对故乡有任何留恋之处，与其说是自愿留下，更恰当的是他走不出去。他乃臣服于传统的宗族观念之下，而非真诚的恋慕故土与传统。这"根"只是一种血缘关系与宗族观念的联系，"根"之所系并非一块可以纵深自由伸展、富庶可爱的土壤。

对于李杭育的《最后一个渔佬儿》中的主人公福奎来说，传统的捕鱼作业与葛川江的一切，都是构成他和谐静好人生的一个重要元素。他对故土的眷恋所体现的是变动中的坚持。在现代与自由经济的冲击底下，依赖传统捕鱼方式维生的福奎的生计受到了严重的威胁。在乡人离弃故土，相继进省谋生的情况底下，福奎依然坚持与葛川江相依存，颇有"孤舟蓑笠翁，独钓寒江雪"的韵味。

在张承志的《黑骏马》中，主人公白音宝力格从繁嚣的城市返回蒙古草原，寻找他的奶奶与恋人索米娅。可是奶奶已死，他骑上连系着他三人的共同记忆的黑骏马，在漫漫的大草原、在古歌《黑骏马》的旋律中寻找昔日恋人，请求她的宽恕。他与她曾共同在奶奶的照顾下成长，然而邪恶的黄毛希拉却奸污了他心爱的索米娅。对此，主人公视为奇耻大辱，对希拉充满仇恨，对索米娅与奶奶的坦然宽恕的态度更是难以理解。在久别重逢之后，他才领悟到索米娅与奶奶对生命的珍爱与对人的宽容的可贵。为

---

① ② 李陀编：《中国新写实小说选》，第 147 页。
③ 李陀编：《中国新写实小说选》，第 165 页。

了希拉的女儿，索米娅忍受了不少的屈辱，但她并没有怨言，依然勇敢地面对生活。至此，他才明了昔日的自己是多么的幼稚与冲动。昔日已逝，追悔莫及，唯可把握的是谨记草原女性给他留下的在现代城市难以迹近的崇高人格。

七、结语

从以上的分析中，我们既可发现传统的顽强生命力与可亲之处，然而，传统的迷信与冥顽不灵的保守主义与蒙昧思想均令人震惊，《老井》中孙旺泉的悲哀正是这股蒙昧力量之下的结局；《树王》中的知青李立意图挑起启蒙的重担，可惜却走错了方向；《小鲍庄》中的文化子更是荒谬时代的悲剧。

总括而言，寻根派虽在理念上借批判传统文化、吸收民间文化以滋润自身的创作，而在实际创作中却又捎起了批判政治的担子。对于他们这一代的小说家而言，这两项元素都是必然的，文学上的创新、突破，文化上的重新认识与检讨，以至于政治上的反省与批判都是他们所必须直面的历史命题。寻根小说所呈现的，正是他们所见证的一个时代的文学、文化与政治相纠缠的烙印。

第八章　直面现实，一地鸡毛：
新写实小说中知识分子的再启蒙

一、前言

在文学史上，某类题材出现并迅速成为时代的焦点，标志着文学风尚之转移，而同时又隐伏着意识形态与经济等各个领域的变化。"新写实小说"的出现，为八十年代末期至九十年代初期渐露疲态的大陆文坛带来一股新的冲击。有关新写实小说的问题在于，很多批评家对"新写实"的理解有十分明显的分歧，可谓众说纷纭。故此，以"新写实"命名的选本，所选取的作品却截然不同。有鉴于此，重新厘定"新写实小说"的创作特征是非常必要的。以下将对新写实小说的产生背景作一概括性的探索，并对三种选本作出厘析，然后深入探讨并归纳有关"新写实主义"的理解，再落实到对实际创作的分析。

二、新写实小说的崛起背景

1. 新写实小说与八十年代的经济与政治背景的关系

新写实小说在 1987 年已崭露头角，这一年出版的新写实小说包括方方的《风景》、池莉的《烦恼人生》，以及刘震云的《单位》《新兵连》，等等。这股崭新的创作潮普遍上均表露无奈的人生，将生存的挣扎困境刻画得淋漓尽致、入木三分。故而，不少大型的报章、杂志，例如《人民日报》《文艺报》《北京文学》《上海文学》《文学评论》以及《钟山》，均刊登了不少批评家的相关讨论文章，汝南月旦，掀起一阵新写实旋风。

及至 1989 年，《钟山》在第 3 期的《新写实小说大联展》专栏上提出，在多元的文学格局中，将着重提倡新写实小说，从而将一股崭新的文学思潮定位并凸显出来。由陈思和主编的《中国当代文学史》便认为"新写实小说"的崛兴与政治有莫大的关连。① 张德祥则从整体发展作出如下的观察，他说：

> 如果说"文革"后人们经历了一次"理想主义"的幻灭，那么，数年之后，人们又经历了一次"理性主义"的幻灭——这是一次彻底的幻灭，历史从来没有象今天这样使人不存任何幻想，也从来没有象今天这样把人拖入严厉的生存困扰之中，这就是新的现实存在。……八十年代中后期，在林立的各种"主义"的夹缝中间，"新写实"悄然生发，并迅速崛起，其根本原因就是它接通了现实之源、生活之源，并有效地融化了"寻根"和"新潮"之流，吸收了新的艺术因素，开通了一条切实的文学途径。②

与其说是"理想主义"的幻灭，倒不如说人们逐渐从"集体想象"回到个人，逼近眼帘的是自由经济市场之下所产生的生活琐碎：

> 严峻的是那个日复一日、年复一年的日常生活琐事，家庭、单位、上班下班，洗衣服做饭弄孩子，对付保姆，还有如何巴结人搞到房子，如何求人让孩子入托，如何将老婆调进离家近一点的单位……③

日常琐事成为人们判断世界的标准，也就成了人们赖以生成和进行生存证明的标志。平庸与"意义"的缺席及焦虑，是新写实小说的主要特征。

2. 先锋派小说与新写实小说的关系

上述所引的张德祥认为"新写实"融化了"寻根"和"新潮"之流，吸收了新的艺术因素，开通了一条切实的文学途径，这是较为笼统地说法，有待进一步的阐释与论证。宋遂良则指出：

> "新写实小说"是在八九十年代之交的历史背景下，先锋派

---

① 陈思和主编：《中国当代文学史》，上海：复旦大学出版社 1999 年版，第 309 页。
② 张德祥：《"新写实"的艺术精神》，《文学评论》，1994 年第 2 期，第 95 页。
③ 刘震云：《磨损与丧失》，《中篇小说选刊》，1988 年第 5 期。

小说一次主动战略转移的产物。它们和先锋派小说有一种血缘关系而和传统现实主义只是一种亲戚关系。它先天不足，它找不到一种强大的、生气勃勃的理论思想来武装自己。消解意义的同时也在消解自己。它试图对四十年来的小说模式作一次反叛式的冲击，但却又随时准备和解放或随波逐流。[①]

新写实小说的确是先锋派"主动战略转移的产物"，它可能没有什么高深的理论作支撑，但它却是在消解意义的同时又证实自己的存在。新写实小说以一种叛逆的姿态，颠覆了 40 年来由现实主义的"典型"所窒息的文坛。唯有叛逆才得以描述貌似疲惫、慵懒、低俗的新写实小说，随波逐流似乎并非它的归宿。陈晓明则由新写实小说的出现而作出如下的预测：

> "新写实主义"预示当代中国文学最显著的变化，就是开始形成个人化的话语。正是因为集体想象的失落，因为文学写作不再追逐意识形态实践，F. 杰姆逊所说的那种"第三世界话语"正在退化，所谓"民族的""社会化的"寓言已经趋向改变为个人化的写作。文学的群体效应正在丧失，越来越具有个人化特征：个人化的经验，个人化的讲述，个人化的效果。文学写作寻求启示而不是教诲，摆脱八十年代后期文化危机的中国当化文学，有可能并且不得不走向一个从容启示的时代。[②]

我们在此得再补充一句，新写实小说的出现不止标志着文学不再追逐意识形态实践，更是以一种平淡无奈的姿态瓦解乌托邦想象。

从文学的发展方面而言，先锋派形形色色的尝试耗尽了文学各种形式的可能性，也耗尽了读者的阅读能力与精神。故此，先锋派不得不回归到现实的世俗人生百态。余华在玩弄血腥、暴力之后，连续推出一系列写实佳作，如《许三观卖血记》《活着》及《呼喊与细雨》。苏童的长篇小说《米》更是《钟山》在 1991 年第 3 期所发表的"新写实小说大联展"的带

---

① 宋遂良：《评几部"新写实"长篇小说》，《文学评论》，1993 年第 5 期，第 72 页。
② 陈晓明：《序——反抗危机："新写实论"》，《中国新写实小说精选》，兰州：甘肃人民1993 年版，第 26 页。

头篇。可是，这一批小说并未能完全凸显出新写实小说的本色，只能算是广义的新写实小说。新写实小说的杰出作家应是刘震云、方方、池莉及李晓，这一批后来崛起的作家的作品更具备新写实小说的特征。

三、三种新写实小说的选本

新写实小说虽然蔚然成风，然而由于对"新写实"一词的理解各异，不同的新写实小说选本所选的小说可谓相去甚远。以下将基于对"新写实"一词的厘析与理解，对李陀、陈晓明与金健人所编选的三种新写实小说选本作分析，以期对新写实小说作更进一步的理解与定位。

李陀选编的《中国新写实小说选》

作者	作品
郑义	《老井》
史铁生	《插队的故事》
曹乃谦	《到黑夜我想你没办法》
朱晓平	《桑树坪记事》
刘震云	《新兵连》
刘恒	《连环套》

陈晓明选编的《中国新写实小说精选》

作者	作品
方方	《风景》
池莉	《不谈爱情》
刘恒	《伏羲伏羲》
范小青	《杨湾故事》
刘震云	《一地鸡毛》
杨争光	《老旦是一棵树》
李晓	《相会在 K 市》
储福金	《与其同在》
周梅新	《孤乘》
廉声	《妩媚归途》

金健人选评的《新写实小说选》

作者	作品
方方	《风景》
池莉	《烦恼人生》
刘恒	《伏羲伏羲》
谌容	《懒得离婚》
刘震云	《一地鸡毛》
李晓	《机关轶事》
赵本夫	《远行》
范小青	《瑞云》
叶兆言	《绿了芭蕉》

由以上三种新写实小说选本可见，李陀的选本相对于陈晓明与金健人来说，在作品的选取上十分不同；而陈晓明与金健人的选本也只有《风景》《伏羲伏羲》及《一地鸡毛》三篇相同。究竟是什么原因导致了如此大的分歧呢？他们在选取上又孰优孰劣？他们的选本又各自反映了什么理念？

基于我们上述对新写实小说理念的阐释，李陀所编的《中国新写实小说选》这一选本中，除了朱晓平的《桑树坪记事》与刘震云的《新兵连》勉强可入选外，其他几乎没有一篇小说可以称得上是新写实小说，为此选本写序的黄子平便犀利地指出：

> 《老井》和《桑树坪记事》大约会被当作"寻根小说"的边
> 缘，《插队的故事》或会被看作"知青小说"的余绪，《到黑夜
> 我想你没办法》恐怕是"新笔记小说"里的"荞麦味"变种。
> 剩下的两位，刘恒和刘震云，或会以为有更具"主义"特性的
> "后期"作品值得选入，比如《一地鸡毛》等等。①

其实，朱晓平的《桑树坪记事》与刘震云的《新兵连》突出了人的生存困境，大抵可视作新写实小说在农村方面的发掘。尤其是朱晓平的《桑树坪记事》写得非常感人，刻画人物极为细腻动人，然而相对于描写都市的新

---

① 黄子平：《序》，李陀编：《中国新写实小说选》，香港：三联书店 1995 年版，Ⅲ~Ⅳ。

写实小说，仍是稍逊一筹，因为始终只是描写农民的生存困境，叙事者虽对政策不乏有力的质疑，可是小说中的人物大抵都是仍处于蒙昧状态，对造成他们处于水深火热之中的背后原因毫无自觉的意识。必须指出的是，新写实小说中的人物，虽庸碌无能，可是无奈与嬉笑怒骂之中，流露的是一股不忿之情。这种以自身的卑微庸俗作为无声的抗议的意识，是朱晓平以及其他被视为新写实小说作家在农村方面的作品所不见的。

李陀的选本几乎可说是相当倾向于农村，与后来的新写实小说的描摹都市生活，极为不同。黄子平先生这样指出这一选本的缺憾，他说：

> 独到，通常也就是一种偏颇。选本要有某种"代表性"，却不能面面俱到，编得极芜杂。要编得单纯，却也容易编得单调。比如李陀选的这本，"写"的全是北方黄土地里农家的"实"，……至于城镇里市井小民的油盐柴米醋茶，似乎也在李陀的"写实版图"以外。①

他指出这一选本并没有收入新写实的两个最具代表性的女作家——方方和池莉。②

然而，我们必须顾及李陀编选这一选本的背景，而对他的选取另作衡量。李陀的这一选本之所以如此大异于后来陈晓明所选的《中国新写实小说精选》与金健人的《新写实小说选》，③是因为这一选本之编选乃早于文坛上的新写实小说潮之前，正如黄子平先生指出："'新写实'而且'主义'，是李陀编定这本书之后几年里发生的事情。"④从该选本所选的小说内容来看，李陀心目中的"新写实"可能止于实实在在地写出现实的人生处境，虽然也可见其脱离现实主义那种夸张"典型"的风格的企图，但却并没有如后来新写实小说所着力描摹的无奈与卑微等特征。因此，就其选取的作品而言，我们看不到他心目中的新写实小说与八十年代的政治、经济与文学背景有任何密切的关系。

---

① 黄子平：《序》，李陀编：《中国新写实小说选》，V。
② 黄子平：《序》，李陀编：《中国新写实小说选》，III。
③ 金健人选评：《新写实小说选》，杭州：浙江文艺出版社1993年版。
④ 黄子平：《序》，李陀编：《中国新写实小说选》，III。

　　至于陈晓明所选评的《中国新写实小说精选》，他在"简要评介"中也常常对其所选的作品流露出不肯定或不满的态度，有时认为该作品并不属于新写实小说，例如：

　　　　这篇小说（《伏羲伏羲》）在"寻根"偃旗息鼓的时候面世，它既具有"反寻根"的意向，却也带有"寻根"的流风余韵。①

又：

　　　　准确地说，这篇小说（《妩媚归途》）介于"新写实"与"先锋派"之间，而事实上，它离传统小说也只有咫尺之遥……②

又或批评选取的作品写得并不太成功，如批评周梅新的《孤乘》：

　　　　伤感温情与凶狠的争斗杀戮拼合得未必妥贴……卜守如与巴庆达的感情纠葛显得空洞而落于俗套，至于她与刘镇守使的缠绵也显得生硬。刘镇守使这个一介武夫，好色之徒，何以一夜之间变得温文尔雅、温情脉脉？令人难以置信。③

新写实小说中的人物处境的尴尬与难堪与八九十年代的自由市场经济的冲击有着密不可分的关系，脱离这一经济困境的小说，不足以体现新写实小说的尴尬处境，如陈晓明《中国新写实小说精选》所选的《杨湾的故事》《孤乘》《妩媚归途》等等，因为描写的故事都是发生于是清末民初或"文化大革命"期间，因而并不能令读者感受到人物在现实生活中所饱受的煎熬。上述由陈晓明所选的几部小说甚至是追溯历史，叙事者甚至明言该小说乃由自己在历史的缝隙中加入自己的想象。这类小说或可视作新历史主义小说，与新写实小说是有绝然的分别的。

　　总括而言，陈晓明编选的《中国新写实小说精选》这一选本，除了方方的《风景》、池莉的《不谈爱情》及刘震云的《一地鸡毛》三篇小说之外，其他的都并不属于典型的新写实小说，如刘恒的《伏羲伏羲》；甚至有些是并不太成功的小说，如《相会在 K 市》《与其同在》及《孤乘》。

---

① 陈晓明选编：《中国新写实小说精选》，第 219 页。
② 陈晓明选编：《中国新写实小说精选》，第 575 页。
③ 陈晓明选编：《中国新写实小说精选》，第 526 页。

至于金健人的《新写实小说选》虽选了方方的《风景》、池莉的《烦恼人生》、刘震云的《一地鸡毛》及李晓的《机关轶事》这几篇较具新写实特征的作品，但其他作品如刘恒的《伏羲伏羲》、谌容的《懒得离婚》、赵本夫的《远行》、范小青的《瑞云》、叶兆言的《绿了芭蕉》等，当中虽不乏佳作，如一再提及的刘恒的《伏羲伏羲》与赵本夫的《远行》，然而这几篇均不具新写实的本色。其实，可选入新写实小说之列的还应有方方《行云流水》、刘恒的《狗日的粮食》、刘震云的《单位》与《官场》，此外，李晓的《继续操练》也是属于新写实的好作品。

选本可助推动文学发展，亦具备塑造经典与淘汰的重要功能。选本可以具有其特殊性或普遍性。特殊性的选本可专取具某一类型的文学作品，例如专选取新写实小说；至于其普遍性而言，可选取新写实小说中的各类风格的作品，或描写农村与都市兼备。可是，一个基本的条件就是，入选的作品固然要符合新写实的基本特征，同样重要的是，我们希望选录有水平的作品，以垂后世。然而，上述三种选本均忽略了以上的因素。

四、乌托邦想象的幻灭及其影响

1. 从乌托邦想象到享乐主义与虚无主义

新写实小说中的人物往往是耽于现实琐屑的利益，追求的是一晌贪欢，没有将来。这种现象与六七十年代的文学作品的歌颂英雄人物，刻画美好的乌托邦国度，可谓背道而驰。这种在抛却乌托邦的想象之后，进而产生极度的欲望，[①] 韩少功的《女女女》中的两位女性，主人公幺姑与干女儿老黑可为我们提供一个思考的例子。幺姑自中风后，本是朝乌托邦理想（utopianism）中迈进的苦行者的她却很快变成了旗帜鲜明的享乐主义（hedonism）者，行将就木的恐惧令她彻底由苦行转变过来，在死亡的威胁底下，昔日的信条荡然无存，她的欲望原形毕露，需求无度。幺姑的一百八十度改变，反映了教条主义对人性的扭曲以及欲望在过度的压抑底下一

---

① 这方面的论述可参考：Ci Jiwei, "*The Ascetic Pursuit of Hedonism*", *Dialectic of the Chinese Revolution：From Utopianism to Hedonism.* Standford：Standford UP, 1994, pp. 134-167.

且释放的可怕。小说中的另一人物"老黑"玩世不恭，纵情声色，她的行为在麻醉、摧毁自己。可是，她以前却曾冒雪步行十天到乡下去，为的是锻炼革命意志。可是，此刻的她却不无嘲弄地对追求意义的"我"作出质疑。① 由极端的信仰而跌入极端的失望的深渊所产生的，正是对人生与意义的彻底质疑。理性者则在乌托邦想象幻灭后，重返现实，苟活于实际生活的琐屑，而狂热者则自甘沉沦。

这种一百八十度的心理转变，基本上是绝大部分经过"文化大革命"与上山下乡的知青必然的经历。从理想的失落转而沦为纵情于享乐主义，虚无主义（nihilism）取代昔日的集体乌托邦想象。

从新写实小说的整体特征来看，政治冷感可说是所有故事的共通点，无论是小市民，还是官员。人物不再是浩然《金光大道》中的"高大泉（全）"，形象不再光辉，生活没有梦想，当下此刻仅有的是营营役役的琐屑生活。例如，刘震云的《官场》中的主人公金全礼由县委书记升地区副专员这一件事，便产生了很多人际关系上的矛盾。其中不乏对官僚作风的刻画，金全礼在县中可谓是一方之主，宾馆职员对他毕恭毕敬，可是上调为区副专员之后，在芸芸众巨头之中，他已变成小芝麻，自然受到了冷待。小说中又描写到临退休之前的官员，如何利用现职权谋取利益，抓紧为自己的豪宅施工。类似情况，在刘震云的《单位》与《一地鸡毛》中继续上演。

新写实小说虽然不乏关于农村方面的刻画，如刘恒的《狗日的粮食》、刘震云的《头人》《塔铺》，朱晓平的桑树坪系列如《桑树坪记事》《私刑》，杨争光的《老旦是一棵树》，等等，可是相对于都市的小市民与官僚机构来说，农村方面在生活上以至于意识形态上的转变并不及都市巨大。因此，最典型、最成功的新写实小说乃取材于都市，而非农村。这并非写作技巧上的优劣，而是作家对时代脉搏的把握上的敏锐与否。

新写实小说的崛兴在小说中的主要特征在于自由市场经济所带来的严重冲击，张学军指出：

---

① 韩少功：《女女女》，李子云编：《中国小说一九八六》，香港：三联书店1991年版，第48页。

　　八十年代中后期，随着改革开放的深入。商品经济的发展，个体经营者阶层逐渐兴起。这个对生活采取极为现实态度的阶层的出现，对社会结构、政治、经济、文化和人们的价值观念、生活方式产生了强有力的冲击，也逐渐形成了一种疏离社会政治、消解理想主义，关注现实人生的生活世俗化倾向。……强烈的物质欲求与难以满足这欲求的现实条件之间的矛盾，困扰着现实生活中的芸芸众生们，以至于人们不得不以全部的身心来对付日常的生活。窘迫的生活，疲惫的身心，烦恼的情绪体验，使人们感到生存的沉重。这种繁复、琐屑、沉重的生活，使人们告别了青春期的狂热和激情，放弃了对人生目的、意义的形而上的思考，纷纷踏上了应付自我生存的归程。……随着精神乌托邦的幻灭，青春的诗意已经让位于中年的务实精神，务实成为一种普遍的社会意识。新写实小说正是这一社会意识在文学上的具体体现，它密切地关注着当今国人的社会情绪、生存困境，向中国当代社会展现出人们的生存之累。①

以上关于各方面的变迁均是有目共睹的事实，张学军准确地把握到精神乌托邦的幻灭所带来的深远影响，以及新写实小说对这种时代背景上的反映。张德祥指出：

　　八十年代中后期的中国社会呈现出了非常复杂的局面。原有的经济体制和价值观念已经开始解体，人们普遍地失去了原有的心理平衡，空前的活跃和空前的紊乱使整个社会笼罩着一种困惑迷惘，历史的发展似乎越来越超出了普通人的心理承受能力和想象能力，使人们越来越被推向一种尴尬的、无能为力又无可奈何的境地，人们置身的现实已经与人们当初所憧憬的目标大异其趣。②

以上这两位学者都注意到自由经济对乌托邦想象的消解。

---

① 张学军：《中国当代小说流派史》，济南：山东大学出版社1996年版，第288页。
② 张德祥：《"新写实"的艺术精神》，《文学评论》，1994年第2期，第95页。

描摹经济压力是新写实小说的一个重要主题。在方方的《行云流水》中，大学教授高人云竟付不起八块钱的理发费，最后只能以旧上海表作抵押，在众人的嗤笑中奔出发廊，"这时，他的胃开始出血"；①跟着，高人云便晕倒在街上。高人云在小说中频频生病，那是生理上的疾病，也不无经济压力将他拖垮的象征意味。湖北的另一新写实作家池莉的《烦恼人生》中的主人公印家厚到商店买酒为岳父祝寿，可是买不起价值96元的茅台，那是他一个月的工资。在刘震云的《一地鸡毛》中，主人公小林与其妻子小李为了几分钱而偷水，小林的人生便是周而复始地排队买豆腐，甚至最后抛却自尊，代同学"小李白"卖鸭子赚取外快。在新写实小说中，"人"在金钱面前矮化、庸俗化，理想与道德，渐渐褪色。

2. 功利主义

在经济压力的冲击底下，新写实小说所描写的大多是一个个在欲望中挣扎的故事，因为实际生活的需要，欲望弥彰，往往呈现出一种赤裸裸的功利主义。昔日的传统价值观念与乌托邦想象在新写实小说中荡然无存，甚至成为被嘲弄的对象。最为刻骨的是，《一地鸡毛》中的小林在现实的折磨下，渐渐抛却人情与道德。他的老师从乡下来到北京治病，小林的妻子因为心情不佳而招呼不周，令作为学生的他与老师都非常尴尬。后来老师死了，小林为此而难过。可是，对于小林来说，若在大白菜发热将烂与老师之死的两件事摆在一起来衡量的话，还是大白菜为重，因为："死的已经死了，再想也没有用，活着的还是先考虑大白菜为好。"②

新写实小说更赤裸裸的是直指人心的欲望。方方《风景》中的七哥坦言告诉高干之女，说彼此的结合是各取所需，而非真心相爱：他娶她是为了借其父的势力向上爬，而她则是嫁不出去的不能生育的中年女人。值得注意的是，七哥的向上爬已全无为人民服务的理想；至于高干之女亦曾是乌托邦想象的狂热者，她的不育乃为抢救洪水而导致的。一个不择手段向权力靠拢，利欲熏心；一个对乌托邦理想心如死灰，生不如死。这一对男

---

① 方方：《行云流水》，武汉：长江文艺出版社1996年版，第272页。
② 刘震云：《一地鸡毛》，见毛时安、吴亮编：《中国小说一九九一》，香港，三联书店1995年版，第159页。

女的结合，正好象征了八十年代很多人的思想状况。

池莉的《不谈爱情》中的庄建非在与新婚半年的妻子吉玲吵架后，对自己的婚姻作了一番新的估价，"终于冷静地找出了自己为什么要结婚的根本原因。这就是：性欲。"①

方方《风景》中的七哥自小受尽家人的虐待，可是自他不择手段向上钻营之后，其家人对他的态度来了一百八十度的转变。他的两个组姐得知七哥的妻子不能生育，争着将儿子过继给他。家人前后截然不同的势利态度，令他不禁呕吐起来，"将心底的恐惧和寒气一起呕出去"，他想："家里过往又在什么时候承认过我这个儿子的呢？"②《白驹》中小男在车祸中丧生，男子的母亲并没有为儿子之死而悲伤，她着紧的是如果夏春冬秋将小男之死写成文章之后会否分一份稿费给她。为此，夏春冬秋：

> 一上马路，便将一胃的东西吐了个平净……夏春冬秋闭了
> 眼，心想，且将那崇高圣洁之类玩意儿留给儿子辈吧。③

"崇高圣洁"已大幅贬值。更且，其企图将小男之死想象、改编为典型的光辉人物的努力，最终也证明是枉费心思。

3. 精英主义的沦丧

陈思和指出，八十年代末之后许多知识分子逐渐放弃精英主义的意识：

> 新写实小说在这样一种特殊的背景下愈加呈现出低落的灰冷
> 色调，以及随后延伸出某些明显逃避现实生活的倾向。④

在新写实小说中，一个令人瞩目的主题便是精英主义的沦丧。人们一定从惨痛的经验中汲取教训，故此"现实主义战斗精神"也不得不靠边站。人们既不再奢求光辉的人物，这种现象具体体现在新写实小说之中。

昔日知识分子的清高形象，在新写实小说中却是斯文扫地，成为经济压力底下的可怜虫，他们的信仰与道德备受考验。刘震云的《单位》与

---

① 池莉：《不谈爱情》，《中国新写实小说精选》，第96页。
② 方方：《风景》，《行云流水》，武汉：长江文艺出版社1996年版，第148页。
③ 方方：《白驹》，《行云流水》，第226页。
④ 陈思和主编：《中国当代文学史》，第309页。

《一地鸡毛》描写的都是小林夫妇在都市挣扎求存的现象。两人都是知识分子，可是生活逐渐将这对夫妇改造，并推向不堪。他夫妻俩都是大学生，有过一番宏伟的理想，可是几年之后，他们很快便淹没到黑压压的千篇一律、千人一面的人群之中。① 小林为住房而奉承上级，扫地、搬屋、洗厕所、偷水到最后沦落街头卖鸭，甚至更学会把握仅有的一丁点儿权力而坦然受贿，小林终于堕落了。《行云流水》中的高人云所担任的大学教授，已非昔日人们眼中的高贵职业，而是贫穷与迂腐的代名词，成为发廊员工、学生与子女嘲笑的对象。在李晓的《继续操练》中，"四眼"的导师将他的论文据为己有，而且因为"四眼"对其所作所为不满，故而在论文答辩上将之置于死地，以作报复。

对于精英主义的沦丧，陈晓明在《不谈爱情》的"简要评介"中的一段话作为参考：

> 尽管她（池莉）对老辈的花楼街人的生活习性的描写不无贬意，但对日常生活的反覆强调，却也可见她对市民价值观的明显认同。……有一点是肯定的，"知识分子"的生活观念和行为准则很不足取，而市民阶层却给我们的生活提示了实在的根基和真实的安慰。不管池莉对生活的判断多么可疑，她的判断本身表明这个时代的"精英主义"已经失败，池莉确认的价值准则一如她选择的写作法则，它们是"精英文化"衰败的见证。②

这种精英主义的沦丧，市民价值的抬头，标志着社会形态的转型，陈晓明认为："一个与市场经济相适应的'民间社会（civil society）'趋于形成"。③ 昔日的意识形态对生活无孔不入，至今已全然崩溃，生活的琐屑细节在新写实小说中成为重心。

4. 都市世俗生活的勃兴

精英主义的沦丧，正是"人"向经济压力折腰。昔日强调的是大写的人，当下此刻，温饱才是当务之急。

---

① 刘震云：《一地鸡毛》，《中国小说一九九一》，第115页。
② 陈晓明选编：《中国新写实小说精选》，第137页。
③ 陈晓明选编：《中国新写实小说精选》，第2页。

　　最受经济压力的是都市中人，尤其是都市中的知识分子。他们时时刻刻为生活的点滴而烦恼，豆腐馊了（《一地鸡毛》）、厕所塞了（《官场》）、儿子跌落床（《烦恼人生》）等事件都是以上三篇新写实小说的开场。以最意想不到的寻常事件为开端，正是琐屑之始，也正是其琐屑而震撼人心。

　　在芸芸新写实作品中，池莉、方方与刘震云对都市的生活描写最成功。以池莉为例，在《不谈爱情》《冷也好热也好活着就好》《烦恼人生》中的吉玲家人，尤其是其母亲的"花楼街"市井形象；《冷也好热也好活着就好》中武汉市的热，晚上街道摆满饭桌与早上一排排的竹床的景观；《烦恼人生》中印家厚等工人挤公共汽车的苦况，等等，都是活生生的浮世绘。戴锦华指出新写实小说与现代都市的勃兴有如下关系：

> 　　如果说，现代都市始终是当代中国文化风景线中一片朦胧的雾障，那么它对池莉及新写实主义的作家们却别具一份魅力与秘密。事实上，在池莉开始自觉地营造她的沔水镇之前，其成熟期的作品深刻地萦回、迷恋于似新似旧、未死方生间的中国都市与市井生涯。或许可以说，池莉与八九十年代之交的新写实主义，意味着现代都市于当代中国文化风景线上的再度浮现。①

事实上，这种描摹都市人的生活苦况，也正标志着自由经济市场对人带来的直接冲击。故此，描摹都市的挣扎众生相，是有其必然性的。昔日，文学作品中的主人翁乃以农民作主导，夸大的是他们的吃苦耐劳，以作为学习的对象。在八十年代以后，随着文艺政策的调整，文学创作针对当下社会最值得探究的一面，那就是都市的勃兴及其中的众生相。

五、新写实小说内涵阐释

1."现实主义"略述

　　在以上对新写实小说的崛起背景及其特征进行扼要勾勒之后，以下将

---

① 戴锦华：《池莉：神圣的烦恼人生》，《文学评论》，1996年第6期，第51页。

在学理上对新写实小说作阐释。在未进入阐释新写实小说之前，我们有必要对与其有密切关系的"现实主义"作一略述。黄子平先生这样描述"现实主义"一词在中国的演变：

> "写实"而且主义，在中国，也只是七十来年的历史。初起，用来对译西文中的"Realism"，并不暗蕴什么褒贬。到了三十年代，同一个"Realism"，却译作"现实主义"。"写实"何以就不如"现实"高明，大约是前者只涉及技巧，匠气，消极摹写生活，缺乏理想主义之光的照耀；而后者，则能概括、善提炼、塑典型、有理想，不但使人认识世界，且能鼓舞大众改变世界也。其中或许有受当时苏联日丹诺夫一流的文艺理论的影响，但其时中国身处的历史情境也强化了此一时对"现实"的理解。从此罢黜百家，独尊"现实主义"。有时缀"革命"二字使之有别于欧美十九世纪以来经典名家且显示后来者已经居上；有时又与"革命浪漫主义"喜结良缘，以求左右逢源战无不胜。[1]

这是"现实主义"在中国的演变，大抵与现实政治宣传有关。正如冯雪峰便认为："现实主义的方法，在文学和艺术上，其实就是典型化方法。"[2]而且，他更明确地指出："这个典型原则和方法……和无产阶级的历史实践任务相结合，和党性原则相结合。"[3]周扬则认为，要写出典型，必须看到阶级的本质，这便必须靠"夸张"，他说："现实主义者都应该把所看到的东西加以夸张。"[4]

---

① 黄子平：《序》，见李陀编：《中国新写实小说选》，香港：三联书店 1995 年版，Ⅱ。有关"现实主义"在中国的演变过程，可参张德祥：《现实主义当代流变史》，北京：社会科学文献出版社 1997 年版；有关现实主义在五四时期的发展情况，可参 David Der-wei Wang（王德威）的 *Fictional Realism in Twentieth-century China：Mao Dun，Lao She，Shen Congwen*. New York：Columbia UP，1992；另可参阅王德威：《从刘鹗到王祯和：中国现代写实小说散论》，台北：时报出版公司 1990 年版，第 11~23 页；第 103~126 页。

② 冯雪峰：《中国文学从古典现实主义到社会主义现实主义的发展的一个轮廓》，《论文集》，人民文学出版社 1981 年版。此处乃转引自张德祥：《现实主义当代流变史》，第 57 页。

③ 张德祥：《现实主义当代流变史》，第 58 页。

④ 周扬：《在全国第一届电影剧作会议上关于学习社会主义现实主义问题的报告》（1953）。此处乃转引自张德祥：《现实主义当代流变史》，第 59 页。

2. 新写实小说的几个问题

新写实小说既标榜"新"的"写实"，那究竟它"新"在哪里？"新写实"与"写实主义"或"现实主义"又是什么关系呢？《钟山》在"新写实小说大联展"卷首语有如下说明：

> 所谓新写实小说，简单地说，说是不同于历史上已有的现实主义，也不同于现实主义"先锋派文学"，而是近几年创作低谷中出现的一种新的文学倾向。这些新写实小说的创作方法仍是以写实为主要特征，但特别注重现实生活原生形态的还原，真诚直面现实，直面人生。虽然从体的文学精神来看新的开放性和包容性，善于吸收、借鉴现代主义各种流派在艺术上的长处。新写实小说在观察生活把握世界上的另一个特点就是不仅具有鲜明的当代意识，还分明渗着强烈的历史意识和哲学意识，但它减褪了过去伪现实主义那种直露、急功近利的政治色彩，而追求一种更为丰厚更为博大的文学境界。①

根据以上的这段文字可对"新写实小说"归纳出以下两点特征：一、"原生形态的还原"，这说来有点玄，但已近乎惯用的概念，说得白点，便是真真正正地描摹生活，不夸张夸大；二、直接将过去的"写实主义"或"现实主义"定义为"伪现实主义"，且直接贬其具有"直露、急功近利的政治色彩"；三、鲜明的当代意识以及历史与哲学意识。在此即将新写实小说拔高到崭新的历史与哲学意识的层次了。这只是整体观而已，并不代表所有的新写实小说都是具备以上的各种意识。② 以下将从叙事角度与"典型"的转移与细节描写两方面，对新写实小说作进一步的讨论。

3. 叙事角度与"典型"的转移

上述三点关于新写实小说的特征，其实只是《钟山》杂志的观点而已，不少批评家便对以上的观点有不少不同的见解。例如，第一点所说的

---

① 《钟山》，1989 年第 3 期。

② 《钟山》，1989 年第 3 期指出："新写实小说的特点在于这些作家没有遵循一个共同方向发展。"《〈新写实小说大联展〉卷首语》，见马相武编：《东方生活流：新写实小说精选》，中国人民大学出版社 1993 年版，第 1 页。

"原生形态的还原"似乎牵涉到作家的"零度介入"，宏达便认为：

> 从创作过程看，新写实小说奉行"感情的零度介入"和"中止判断"，以避免对本体还原的干扰，叙述主体的态度极为客观、冷静，以至表现出一种令人吃惊的冷淡、冷漠。[①]

王干也认为：

> （新写实小说的叙述）也就是中止判断，不但是中止判断，而且是避免叙事人对故事的介入，叙事人只讲别人，不谈自己。[②]

张学军则认为"还原生活本相""中止价值判断"，摒弃了作家的主观倾向是不可能的，他认为池莉的《烦恼人生》、刘震云的《一地鸡毛》、方方的《一唱三叹》这些作品的题目本身就是一个人的价值判断；而且，"情感的零度"的写作更是不可能存在的，他认为作家的创作总是在一定激情的驱使下进行的，激情的节制和倾向性的隐蔽、冷静客观地描写生活、反映现实并非感情的零度。[③] 其实，所谓的"还原生活本相""中止价值判断"及"零度介入"只是相对于现实主义的"夸张"而言，至于作家能否真的一丁点儿判价也没有呢？那是不可能的。二十世纪六七十年代的文艺作品，几乎是千篇一律的歌功颂德，即使到了"四人帮"下台之后所出现的伤痕文学，也仍未能摆脱那种讴歌的腔调。例如，伤痕文学中的名篇刘心武的《班主任》虽然脍炙人口，可是叙事者经常宏论滔滔，夸张性的赞美与感叹句子所占的篇幅特别大。故事是在叙事者的完全主导下告诉读者，仿佛他就是感受最深似的。而且，在篇幅上，叙事者的感受甚至多于故事本身。相对而言，新写实小说中的叙事者绝大部分是隐匿的，即使叙事者出场时，也是冷静地作出叙述，将事件呈现于读者面前，让读者自己感受并作出评判。然而，这并不代表作家没有自己的立场。新写实小说并没有摒弃典型，只是与现实主义各有不同的偏重而已。张德祥指出：

> 很显然，"新写实"并没有丢弃"典型化"的艺术原则，它

---

① 宏达：《新写实主义与自然主义》，《当代文坛》，1991年第2期，《东方生活流：新写实小说精选》，第2页。

② 王干：《新写实小说的位置》，《钟山》，1990年第4期，同上诠，第2页。

③ 张学军：《中国当代小说流派史》，第296~297页。

所丢弃的只是好人一切都好，坏人一切皆坏，黑白分明、两极对举的"简单化"手段，丢弃了长期以来盛行的、甚至在八十年代前期仍然流行的形而上学的艺术思维方式，使思维真正切入美丑一体、善恶互动的存在本体。历史的蜕变、社会的转型、价值的冲突、欲望与烦恼共生、怀旧与鹜新齐临，面对这样一种复杂的社会情势和现实情境，任何一种非此即彼的思维方式和简单化的艺术手段，都不能适应这个特定时代的需要。因此，"新写实"在怎样写上抛弃了两极对举的方式，而且对传统现实主义的"典型化"原则作为相应移动，这就是把创造"典型环境中的典型性格"推衍为创造典型性格的典型处境、把强调的重心移到了人赖以生存的社会环境上、移到了人的特定境遇上，以达到对特定历史时代的社会存在和人的现实处境的典型再现。①

新写实小说作家的立场乃透过他所选择的典型事件而表露出来，例如刘震云在《一地鸡毛》中对小林的堕落虽没有直接作出判价，可是一句"死的已经死了，再想也没有用，活着的还是先考虑大白菜为好"，已立场鲜明。

因此而言，现实主义的"典型"，乃着重于人物的刻画上；相对而言，新写实小说则偏重于描写外在环境对人物的考验。张韧指出：

新写实追求的不是典型环境中典型人物的现实主义原则，它常常突现生存环境的巨大压力与莫可名状的吞噬力，而小说里的人物大多是生存困境的被动存在体。②

陈美兰也认为，新写实小说所沿用的基本上还是现实主义方法，即"通过典型化手段再现生活的真实"③。

4. 细节描写

马克思的亲密战友恩格斯曾对"现实主义"作出如下定义，他说：

---

① 张德祥：《"新写实"的艺术精神》，《文学评论》，1994 年第 2 期，第 92 页。
② 张韧：《寻找中的过渡性现象——新写实小说得失论》，《文学评论》，1992 年第 2 期，第13 页。
③ 陈美兰：《"文学新时期"的意味——对行进中的中国文学几个问题的思考》，见李复威编选：《世纪之交文论》，北京：北京师范大学出版社 1999 年版，第 53~54 页。

"除细节的真实外，还要真实地再现典型环境中的典型人物。"① 新写实小说与现实主义小说的"典型"的分别在于，现实主义所写的是近乎史诗式的光辉人物的奋斗史，而新写实小说则更多地呈现人间性、世俗性，特别则重于"细节"的描写。《风景》中详细描写七哥拾野菜与睡在潮湿的床下，《烦恼人生》更将印家厚的一日琐事尽现眼前。张德祥指出：

> 这种现实处境的典型化，恰恰是通过强化细节的功能而实现，细节在作品中不仅具有真实性，而且使这种真实性获得了一种典型意味。②

即是说，新写实小说的注重细节是另一种"典型"。陈晓明则认为新写实主义之异于写实主义乃前者远离社会中心化价值体系，确立了个人化的写作立场，故而其艺术手法因此具有了与传统现实主义根本不同的意义。③ 陈晓明则指出，新写实小说与经典现实主义迥然不同之处在于前者是一种本体意义上的文学，而后者则是意识形态实践意义的文学。④ 可以说，现实主义小说是一种官方文学，而新写实小说则已回归到文学的独立自主。

六、知识分子的无措

从伤痕小说到新写实小说崛兴这段时间，可以得见小说中对信仰的明显转变：即是从不无怨怼、怀疑，然而又无法不得不赞颂的态度到毫不在乎或一点正经也没有的嘲弄。卢新华的《伤痕》脍炙人口，这篇小说深深打动人心，并且成为一股创作潮流之名称。女主人公王晓华为被打为叛徒的妈妈而遭受不少牵连，她毅然与妈妈脱离关系，上山下乡的壮举。虽则如此，因为母女的关系，纵使她多么积极，也始终备受歧视。为了入团，她甘愿与母亲脱离关系。然而，在离别八年之后，王晓华才接获母亲的来

---

① 中共中央马克思、恩格斯、列宁、斯大林著作编译局编：《马克思恩格斯选集》，北京：人民出版社1972年版，第4卷，第462页。

② 张德祥：《"新写实"的艺术精神》，《文学评论》，1994年第2期，第92页。

③ 陈晓明：《序——反抗危机："新写实论"》，《中国新写实小说精选》，第3页。

④ 陈晓明：《序——反抗危机："新写实论"》，《中国新写实小说精选》，第24页。

信，说她已获平反。这个消息对于一颗幼稚的心灵来说是多么的难以置信。可是，她们始终相见无期。在王晓华回家探望身心备受摧残的母亲之际，母亲却在前一天撒手人寰。在她悲悔交集的情绪波动之中，我们并未能感受到当事人有多少的理性的反省。

在新写实小说中，有不少人物为了生存而卑躬屈膝的描写。刘震云的《单位》中，为了奉承上级，小林卖力为局长老张搬家之余更自告奋勇留下洗厕所。① "洗厕所"的低下卑微，确实与知识分子的身份形成巨大的反差。同样地，方方《风景》中的七哥为了出人头地，不惜抛弃自己的女友而与高官之女结婚。他所借鉴的，也是同学"苏北佬"田水生的卑劣手段。田水生写了几篇文章宣扬公社书记而被保送上北大；入学后又挑选患了癌症而半年后死亡的清洁女工结婚，他因此而成为英雄，未来的事业自也是指日可待。七哥从中得到了启示。事实正如他所预料的一样，自他甘愿与大他八岁、眼角已叠起鱼尾纹而又丧失生育能力的高干之女结婚后，他一帆风顺，扶摇直上，上调团省委，享尽他本永不不能得到的名与利。

在新写实作家笔下，过往的乌托邦想象全然消失，取而代之的是世俗生计的因素。② 张学军这样批评新写实小说：

> ……（新写实小说）困惑于形而下的世俗生活，放弃了对人
> 生终极目的的思考，迷失在散文化的生活流中。③

所谓的"困惑""放弃""迷失"恐怕是对新写实小说的不理解，因为作家写的是现实。张学军又指出：

> 新写实小说敢于正视和表现那些不合理的外在环境对人的价
> 值的窒息和扼杀，是它的贡献。然而一味地展示平庸暗淡的生
> 活，被环境消蚀磨损的被扭曲变形的人物和心态，没有远大崇高
> 的理想，没有对生存环境的变革和改造，给人的审美却是心灰意

---

① 刘震云：《单位》，见黄子平编：《中国小说一九八九》，第 123 页。
② 这方面的论述可参 Ci Jiwei, *Meaning and Fatigue*, *Dialectic of the Chinese Revolution*: *From Utopianism to Hedonism*, pp. 108-206.
③ 张学军：《形式的消解与意义的重建》，见李复威编选：《世纪之交文论》，北京：北京师范大学出版社 1999 年版，第 41 页。

懒、垂头丧气，甚至使人陷入逆来顺受的悲观宿命的泥淖之中。这是有愧于我们这个时代对文学的要求的。[①]

"远大崇高的理想""生存环境的变革和改造"是曾经的幻想，早已被证明枉费心血。陈晓明则从文学与政治的关系作出理解：

> 面对着社会的"中心化"价值趋于解体，文学再也无法讲述理想化的故事，再也不可能充当历史主体去构造现实神话。……当人们普遍指责"新写实主义"缺乏"理想"，缺乏"深邃的文化哲学"时，切不可忘记了历史唯物主义的基本原理：社会存在决定社会意识。当社会的中心价值体系及其符号系统陷入危机时，当社会的"精英化"的人文观念不再起规范作用时，我们又怎么能要求我们时代的作家操持理想主义的盾牌或挥舞英雄主义的长矛去和风车搏斗呢？"理想化"的失落正是"新写实主义"的显著特征，如果要改变它的这一特征，不就是要剥夺它的本质吗？作为"文化失落"的产物，"新写实"的那些富有"革命性"的写作法则，不过是面对文化成（文学）危机而寻求的新的适应方式而已。[②]

陈晓明的以上文字正是对张学军对新写实小说的批评的最佳回应。陈晓明认为，新写实的"理想化"的失落以及其富有"革命性"的写作法则正是社会中心价值体系陷入危机的体现。故而，新写实小说的出现似乎具有一种必然性。

七、结语

对新写实小说出现的背景进行探索、区分"新写实"与"写实主义"及对新写实小说的文本分析作印证之后，我们可以得出如下结论：一新写实的范围很广，其中包括都市与农村的描写，可是较为成功的是描写都市

① 张学军：《中国当代小说流派史》，济南：山东大学出版社1996年版，第325页。
② 陈晓明：《序——反抗危机："新写实论"》，《中国新写实小说精选》，兰州：甘肃人民出版社1993年版，第3页。

的琐碎、无奈及庸俗人生；二、新写实小说的出现是对乌托邦想象的消解，精英主义沦丧、欲望弥彰及功利主义的特征可反映一股享乐主义与虚无主义思想的存在；三、新写实小说偏重细节与琐屑的描写，是对现实主义的夸张典型的消解；四、新写实小说并非摒弃典型，亦非"零度介入"，而是转移典型，撷取人生无奈的一面，而在"典型"的选取上已体现了作者的评价。整体而言，这时的生活压力已几乎令知识分子迷失于生活琐屑，忘却昔日启蒙的责任。

第九章　总　　结

　　从鲁迅先生的《呐喊》开始，现代小说即负起启蒙的重任，历时百年，众声喧哗，回响至今。

　　启蒙需要"立人"，启蒙由"疯癫"开始，指向对传统文化的反思、批判，并在一定程度上构想新文学与新文化的集体认同——"人的文学"。从《狂人日记》开始，鲁迅的小说中充斥着各种"疯癫"因素，其小说基本形成一个"疯人"群体。不同的"疯癫"类型，在作家不同的心理倾向与启蒙指向上，也被赋予了不同的隐喻意义及功能。"疯癫"是一种文明的产物，既处在与理性对立的边缘位置，又与文化、信仰、禁忌、伦理道德和政治权力构成的理性之网有密切的关系。

　　《药》中的夏瑜因"革命"而身陷牢狱，而对其"疯癫"的指认是由茶馆里的看客们完成的。《长明灯》中的"疯子"执意要吹熄吉光屯城隍庙里从梁武帝时就燃起的一直未熄灭过的"长明灯"，借此中断统治者愚弄百姓的把戏。当他被禁闭、压制，发现自己无法熄灯时，仍然高喊"我放火"，企图用毁灭的方式熄掉稳固秩序的象征物。即使被告知"就算熄灭了灯也不能怎么样"，他仍旧没有就此作罢，而是"姑且这么办"地战斗下去。相比"狂人"来说，"疯子"将内省的启蒙意识转化为更激烈的行动而持续战斗下去。革命者夏瑜（秋瑾）被庸众认为是"疯子"，被自己的母亲认为"被冤枉"，都是民众对革命的无知。夏瑜的鲜血竟然成了"药"，华老栓夫妇企望以这鲜血蘸的人血馒头救活痨病儿子华小栓。"狂人"被关进黑屋中，"疯子"被关进庙里，夏瑜被关进牢里而被处死。"祝福"的祭奠仪式，乃以集体迫害一可怜的妇人作为代价，将这不洁者扫地出门。禁闭的目的在于压制"疯癫"，清除一种与现存社会秩序对抗的"异己"，鲁迅小说以"疯子""狂人""吃人者""看客""梦醒者""庸众"以及对无能的知识分子的自我鞭挞，不断强化当下的危机意识，让读者长时间暴露在最恐惧、最黑暗的阅读之中，从而释放对社会及人生的不确定性，借此引发对生命脆弱与不安的恐惧，企图达成精神的启蒙。

老舍《断魂枪》中一介武师沙子龙比当时的"遗老""遗少"更知悉局势之大变。这批留着辫子的"遗老""遗少"，不正是鲁迅《头发的风波》《阿Q正传》中所描绘的愚民吗？鲁迅与老舍代表的是南北的不同风格，前者沉郁苍凉，后者平淡幽默。这种南北风格的不同，同样出现于韩少功与阿城的小说中，前者类近魔幻写实，后者是儒、释、道的融合与智者的沉思。寻根小说与新写实小说的先后崛起，将当代小说对传统文化的省思，推至新的高峰。

《祝福》中呈现的三角的对峙状态，启蒙者、被启蒙者、压迫者，最终都是启蒙者逃离现场。《断魂枪》中呈现个体的觉醒与群众的昏睡。《倾城之恋》中呈现个体面对大传统，无论如何挣扎，个体都是伤痕累累，张爱玲的小说写尽人间之恶。寻根思潮中的知青下放乡野，回到愚昧的现场，探寻原始的根源。

在男性作家群所代表的"感时忧国"之外，我们同样重视以女性视野而独树一帜的张爱玲。王安忆在寻根时期的创造力值得重视，而湖北的方方与池莉在新写实小说中，骤然崛起，代表的是一种俗世日常的书写。在五十年代的香港，金庸武侠小说的崛起，既是对人性的召唤与传统价值的重建，更是新文化运动期间"理想国语"的现践。

知识分子在真正的愚昧之前，能承担得起启蒙的角色吗？企图启蒙的知青，沦为农民眼中的对立面，或沦为农民的玩物。知识分子有能力抗衡政治力量吗？知识分子在狂潮之前，有足够的清醒吗？新写实的市场经济底下，知识分子能守得住道德底线、甘于清贫吗？大众还需要知识分子的启蒙吗？还是知识分子被启蒙了？甚至，讨论启蒙者，真的在从事启蒙？还是以启蒙话语作为工具，另有所图？现、当代小说是停留于学院？还是能真正地走向民间？这些都是关键问题。

二十世纪的中国，经历过两次革命、三次启蒙，知识分子的启蒙姿态尽见于斯。然而，自十九世纪中叶以至当下，我们只能以康德在形容欧洲启蒙运动的十八世纪作出结束："这是一个启蒙的时代（an age of enlightenment），虽然并不是一个民智大开的时代（an enlightened age）。"①

---

① ［德］康德：《什么是启蒙》，詹姆斯·施米特编，徐向东、卢华萍译：《启蒙运动与现代性》，上海：上海人民出版社2005年版，第256页。

参 考 文 献

(本书目只包括正文及注释曾征引的书籍和论文。中文资料排列,以著、编者等姓氏第一字笔画为序;若笔画数目相同,则再以部首先后次序排列)

一、中文专著

[1] 三毛等:《诸子百家看金庸(肆)》,香港:明窗出版社1997年版。
[2] 中共中央马克思、恩格斯、列宁、斯大林著作编译局编:《马克思恩格斯选集》,北京:人民出版社1972年版。
[3] 马相武编:《东方生活流:新写实小说精选》,北京:中国人民大学出版社1993年版。
[4] 王国芳、郭本禹:《拉岗》,台湾:生智文化事业有限公司1997年版。
[5] 王润华:《老舍小说新论》,台北:东大图书公司1995年版。
[6] 王德威:《从刘鹗到王祯和:中国现代写实小说散论》,台北:时报出版公司1990年版。
[7] 王德威:《华丽与苍凉:张爱玲纪念文集》,香港:皇冠出版社1996年版。
[8] 王德威:《众声喧哗》,台中:远流出版社1998年版。
[9] 王友贵:《翻译家鲁迅》,天津:南开大学出版社,2005年版。
[10] 无名氏编撰,王秀梅点校:《说唐》,北京:中华书局2001年版。
[11] 中国史学会编:《戊戌变法》,上海:神州国光社1953年版。
[12] 中国作家协会编:《"作协"第四次会员代表大会文集》,北京:作家出版社1985年版。
[13] 毛时安、吴亮编:《中国小说一九九一》,香港:三联书店1995年版。
[14] 方方:《行云流水》,武汉:长江文艺出版社1996年版。
[15] 北京师范大学中文系现代文学教改小组编:《中国现代文学史参考资料》,上海:高等教育出版社1959年版。
[16] 冬晓、黄子平、李陀、李子云编:《中国小说一九八六》,香港:三联书店1991年第2版。
[17] [明]冯梦龙编著:《警世通言》,香港:中华书局1958年版。
[18] 冯雪峰:《论文集》,北京:人民文学出版社1981年版。
[19] [汉]司马迁著;马持盈注:《史记今注》,台北:台湾商务印书馆1979年版。
[20] 老舍:《老舍全集》,北京:人民文学出版社1999年版。
[21] 丁锡根:《中国历代小说序跋集》,北京:人民文学出版社1996年版。
[22] [清]世铎:《奏为遵旨会议筹办海防等情事(光绪元年二月二十七日)》,《中国第一历史档案馆藏光绪朝军机处录副奏折》,档号03-9381-015。
[23] [日]竹内好著,李冬木等译:《近代的超克》,北京:三联书店2005年版。
[24] 平江不肖生:《近代侠义英雄传》,长沙:岳麓书社2009年版。

[25] 余子等：《诸子百家看金庸(壹)》，香港：明窗出版社 1997 年版。

[26] 老舍：《老舍文集》，北京：人民文学出版社 1989 年版。

[27] 刘再复、葛浩文、张东明等编：《金庸小说与二十世纪中国文学国际学术研讨会论文集》，香港：明河社出版有限公司 2000 年版。

[28] 刘德隆、朱禧、刘德平等编：《刘鹗及〈老残游记〉资料》，成都：四川人民出版社 1985 年版。

[29] [奥]弗洛伊德著，林克明译：《日常生活的心理分析》，台北：志文出版社 1970 年版。

[30] 许寿裳：《我所认识的鲁迅》，北京：人民文学出版社 1978 年版。

[31] 池莉：《池莉文集》，南京：江苏文艺出版社 1995 年版。

[32] 吴义勤：《解读老舍经典》，石家庄：山花文艺出版社 2004 年版。

[33] 吴文治编：《宋诗话全篇》，南京：江苏古籍出版社 1998 年版。

[34] [明]吴承恩：《西游记》，北京：人民出版社 2008 年版。

[35] 吴晓东、计璧瑞编：《2000'北京金庸小说国际研讨会论文集》，北京：北京大学出版社 2002 年版。

[36] 吴福辉：《都市漩流中的海派小说》，长沙：湖南教育出版社 1995 年版。

[37] 谷声应、陈利民编：《伤痕》，北京：中国文学出版社 1993 年版。

[38] 汤志钧：《章太炎政论选集》，北京：中华书局 1977 年版。

[39] 李陀编：《中国实验小说选》，香港：三联书店 1995 年版。

[40] 李陀编：《中国寻根小说选》，香港：三联书店 1993 年版。

[41] 李欧梵：《现代性的追求——李欧梵文化评论精选集》，台北：麦田出版股份有限公司 1996 年版。

[42] 李欧梵著，尹慧珉译：《铁屋中的呐喊》，香港：三联书店 1991 年版。

[43] 李复威编选：《世纪之交文论》，北京：北京师范大学出版社 1999 年版。

[44] [清]李鸿章著；顾廷龙：《李鸿章全集》，合肥：安徽教育出版社 2008 年版。

[45] 汪晖：《反抗绝望：鲁迅及其〈呐喊〉〈彷徨〉研究》，台北：久大文化股份有限公司 1990 年版。

[46] [清]宝鋆等：《筹办夷务始末》，北京：故宫博物院影印本，1930 年版。

[47] [日]近代日本思想史研究会著，马采译：《近代日本思想史》，北京：商务印书馆 1983 年版。

[48] 单田芳，王樵改编：《瓦岗英雄》，太原：山西人民出版社 1985 年版。

[49] [美]费正清、刘广京编撰，郭沂纹译：《剑桥中国晚清史》，北京：中国社会科学出版社 1985 年。

[50] 赵清阁：《白蛇传》，上海：上海文化出版社 1956 年版。

[51] 南帆：《隐蔽的成规》，福州：福建教育出版社 1999 年版。

[52] 周英雄：《文学与阅读之间》，台北：允晨实业股份有限公司 1994 年版。

[53] [美]周蕾：《妇女与中国现代性：东西方之间阅读笔记》，台北：麦田出版社 1995 年版。

[54] 杨牧编，周作人著：《周作人文选》，台北：洪范书店有限公司 1984 年版。

[55] 杨仪：《中国现代小说史》，北京：人民文学出版社 1999 年版。

[56] 杨扬编：《莫言研究资料》，天津：天津人民出版社 2005 年版。

[57] 林非：《中国现代小说史上的鲁迅》，西安：陕西人民教育出版社 1996 年版。

[58] 阿城：《闲话闲说：中国世俗与中国小说》，台北：时报出版公司 1994 年版。

[59] 阿英：《晚清文学丛钞：小说二卷》，北京：中华书局，1960 年版。

[60] 阿英：《晚清文学丛钞：小说戏曲研究卷》，北京：中华书局 1960 年版。

[61] 陈信元、栾梅健编：《大陆新时期文学概论》，嘉义：南华管理学院 1999 年版。

[62] 陈岸峰：《甲申诗史：吴梅村书写的一六四四》，香港：中华书局 2014 年版。

[63] 陈岸峰：《醍醐灌顶：金庸武侠小说中的思想世界》，香港：中华书局 2014 年版。

[64] 陈平原、夏晓虹编：《二十世纪中国小说理论资料》，北京：北京大学出版社 1989 年版。

[65] 陈思和主编：《中国当代文学史教程》，上海：复旦大学出版社 1999 年版。

[66] 陈晓明：《仿真的年代》，太原：山西教育出版社 1999 年版。

[67] 陈晓明：《文学超越》，北京：中国发展出版社 1999 年版。

[68] 陈晓明编：《中国新写实小说精选》，兰州：甘肃人民出版社 1993 年版。

[69] 陈炳良：《张爱玲短篇小说论集》，台北：远景出版事业有限公司 1985 年版。

[70] 陈炳良主编：《中国现当代文学探研》，香港：三联书店 1992 年版。

[71] 金健人选评：《新写实小说选》，杭州：浙江文艺出版社 1993 年版。

[72] 金庸：《倚天屠龙记》，香港：明河出版社 2005 年版。

[73] 金庸：《天龙八部》，香港：明河出版社 2005 年版。

[74] 金庸：《射雕英雄传》，香港：明河出版社 2003 年版。

[75] 金庸：《神雕侠侣》，香港：明河出版社 2003 年版。

[76] 金庸：《笑傲江湖》，香港：明河出版社 2006 年版。

[77] 金庸：《飞狐外传》，香港：明河出版社 2004 年版。

[78] 金庸：《鹿鼎记》，香港：明河出版社 2006 年版。

[79] 上海人民出版社编：《章太炎全集》，上海：上海人民出版社 1984 年版。

[80] 郁达夫：《郁达夫文集》，香港：三联书店 1982 年版。

[81] [明]施耐庵、罗贯中：《水浒全传》，香港：中华书局 1965 年版。

[82] 唐弢主编：《中国现代文学史》，北京：人民文学出版社 1998 年版。

[83] 唐文标：《张爱玲研究》，台北：联经出版事业公司 1986 年版。

[84] 夏志清，刘绍铭等译，《中国现代小说史》，台北：友联出版社有限公司 1979 年版。

[85] 夏志清：《爱情·社会·小说》，台北：纯文学出版社 1985 年版。

[86] [德]康德著，何兆武译：《历史理性批判文集》，北京：商务印书馆 1990 年版。

[87] 张学军：《中国当代小说流派史》，济南：山东大学出版社 1996 年版。

[88] 张德祥：《现实主义当代流变史》，北京：社会科学文献出版社 1997 年版。

[89] 张枬，王忍之：《辛亥革命前十年间时论选集》，北京：生活·读书·新知三联书店 1977 年版。

[90] 张爱玲：《倾城之恋》，香港：皇冠出版社 1998 年版。

[91] 张爱玲：《半生缘》，香港：皇冠出版社 1996 年版。

[92] 张爱玲：《怨女》，香港：皇冠出版社 1996 年版。

[93] 张爱玲：《流言》，香港：皇冠出版社 1996 年版。

[94]　张爱玲：《第一炉香》，香港：皇冠出版社 1996 年版。

[95]　张芝联：《关于启蒙运动的若干问题》，《东方文化》，2001 年第 5 期。

[96]　张若英编：《新文学运动史料》，上海：光明书局 1936 年版。

[97]　韩少功：《韩少功作品自选集》，桂林：漓江出版社 1997 年版。

[98]　曹聚仁：《鲁迅评传》，香港：新文化出版社，出版年份不详。

[99]　[清]曹雪芹：俞平伯校订；王惜时参校，《红楼梦八十回校本》，北京：人民文学出版社 1993 年版。

[100]　梁启超：《中国之武士道》，北京：中国档案出版社 2006 年版。

[101]　莫言：《天堂蒜苔之歌》，台北：洪范书店 1989 年版。

[102]　黄修己：《中国现代文学发展史（修订本）》，香港：中国图书刊行社 1994 年版。

[103]　黄子平编：《中国小说一九八九》，香港：三联书店 1990 年版。

[104]　黄继持：《文学的传统与现代》，香港：华汉文化事业公司 1988 年版。

[105]　[清]钱彩：《说岳全传》，台北：桂冠图书公司 1994 年版。

[106]　钱理群：《返观与重构——文学史的研究与写作》，上海：上海教育出版社 2000 年版。

[107]　鲁迅：《鲁迅全集》，北京：人民文学出版社 1982 年版。

[108]　谭嗣同：《仁学—谭嗣同集》，沈阳：辽宁人民出版社 1994 年版。

[109]　[唐]魏征等：《隋书》，台北：洪氏出版社 1978 年版。

[110]　魏绍昌编：《李伯元研究资料》，上海：上海古籍出版社 1980 年版。

[111]　周令飞主编：《鲁迅社会影响调查报告》，北京：人民日报出版社 2011 年版。

二、期刊论文

[1]　天僇生：《论小说与改良社会之关系》，《月月小说》，1907 年第 9 号。

[2]　王干：《新写实小说的位置》，《钟山》，1990 年第 4 期。

[3]　王安忆：《隔代的惋惜》，《明报月刊》，1995 年 10 月号。

[4]　王国华，石挺：《莫言与马尔克斯》，《中国现代、当代文学研究》，1987 年第 7 期。

[5]　王晓明：《张爱玲文学模式的意义及其影响》，《明报月刊》，1995 年 10 月号。

[6]　王涌正：《中国大陆"寻根文学"之研究》，《复兴岗论文集》，1994 年，第 16 期。

[7]　许兴阳：《嗜血的自恋者：金庸〈天龙八部〉中康敏行为分析》，《皖西学院学报》，2012 年第 1 期。

[8]　严家炎：《新派武侠小说的现代精神》，《明报月刊》，1996 年 2 月号。

[9]　何求斌：《析〈书剑恩仇录〉对〈水浒传〉的借鉴》，《湖北师范学院学报（哲学社会科学版）》，2005 年第 5 期。

[10]　何求斌：《论"华山论剑"的文化渊源》，《湖北师范学院学报（哲学社会科学版）》，2013 年第 6 期。

[11]　佚名：《要看小说最好看侦探小说与侠义小说》，《新闻报》，1922 年 3 月 9 日。

[12]　汪晖：《中国现代历史中的"五四启蒙"运动》，《文学评论》1989 年第 3 期。

[13]　宋如珊：《大陆的"寻根文学"及其起因》，《中国大陆研究》，1993 年第 11 期。

[14]　宋遂良：《评几部"新写实长篇小说"》，《文学评论》，1993 年第 3 期。

[15]　宏达：《新写实主义与自然主义》，《当代文坛》，1991 年第 2 期。

［16］ 迅雨(傅雷)：《论张爱玲的小说》,《万象》,1944 年第 3 期。

［17］ 李庆西：《谈点儿"文化",谈点儿"寻根",再谈点儿别的》,《当代文学思潮》,1986 年第 3 期。

［18］ 李陀：《1985》,《今天》,1991 年第 3/4 期合刊。

［19］ 李杭育：《理一理我们的"根"》,《作家》,1985 年第 9 期。

［20］ 李欧梵：《时代是仓促的,更大的破坏将到来——张爱玲与世纪末》,《明报月刊》,1994 年 1 月号。

［21］ 吴秀明,陈择纲：《金庸：对武侠本体的追求与构建》,《当代作家评论》,1992 年第 2 期。

［22］ 尾崎文昭,薛羽：《战后日本鲁迅研究——尾崎文昭教授访谈录》,《现代中文学刊》,2011 年第 3 期。

［23］ 南方朔：《从张爱玲谈到汉奸论》,《明报月刊》,1995 年 10 月号。

［24］ 阿城：《文化制约着人类》,《文艺报》,1985 年 7 月 6 日。

［25］ 郑义：《跨越文化断裂层》,《文艺报》,1985 年 7 月 13 日。

［26］ 陈骏涛：《寻"根",一股新的文学潮头》,《青年》,1985 年第 11 期。

［27］ 梁启超：《记东侠》,《时务报》,1897 年第 39 期。

［28］ 谈虎客：《东欧女豪杰》,《新小说》,1902 年第 2 号。

［29］ 张德祥：《新写实的艺术精神》,《文学评论》,1994 年第 2 期(3 月)。

［30］ 张韧：《寻找中的过渡性现象——新写实小说得失论》,《文学评论》,1992 年第 2 期。

［31］ 商务印书馆主人：《启事》,《本馆编印绣像小说缘起》,《绣像小说》,1903 年第 1 号。

［32］ 韩抗：《文学寻根之我见》,《芙蓉》,1986 年第 1 期。

［33］ 蒙树宏：《在日本留学的鲁迅》,《云南社会科学》,1982 年 12 月。

［34］ 戴锦华：《池莉：神圣的烦恼人生》,《文学评论》,1996 年第 6 期。

三、外文资料

［1］ Caryl Emerson, ed. *Problems of Dostoevsky's Poetics*, trans. Caryl Emerson. Manchester：Manchester University Press, 1984.

［2］ Ci Jiwei, *Dialectic of the Chinese Revolution：From Utopianism to Hedonism*. Standford：Standford University Press, 1994.

［3］ Duke, Michael S, "Reinventing China：Cultural Exploration in Contemporary Chinese Fiction", *Issues and studies*, 25.8, August 1989, p.29.

［4］ David Der-wei Wang, *Fictional Realism in Twentieth-century China：Mao Dun, Lao She, Shen Congwen*. New York：Columbia University Press, 1992.

［5］ E. M. Forster, "The Plot", *Aspects of the novel*. San Diego：Harcourt Brace Jovanovich, 1985.

［6］ Guerin, Labor, Morgan, Reesman, Willingham, *An Handbook of Critical Approaches to Literature*. New York：Oxford University Press, 1992.

［7］ Hao Ch'ang: *Liang Ch'i-ch'ao and Intellectual Transition in China, 1890—1907*, Cambridge, Mass：Harvard University Press, 1971.

[8] Joseph R. Levenson：*Liang Ch'i-ch'ao and the Mind of Modern China. Berkeley*：The University of California Press, 1967.

[9] Lacan, Jacques. *ECRITS*, Translated by Alan Sheridan. New York：W. W. Nortan & Company, Ltd, 1977.

[10] Lacan, Jacques. *The Four Fudamental Concepts of Psycho-Analysis.* Translated by Alan Sheridan. New York：W. W. Nortan & Company, 1981.

[11] Leo, Ou-fan Lee, *The Romantic Generation Of Modern Chinese Writers.* Cambridge：Harvard University Press, 1973.

[12] Mikhail M. Bakhtin, *Problems of Dostoevsky's Poetics*, ed. And trans. Caryl Emerson. Minneapolis：University of Minnesota Press, 1984.

[13] Michael Holquist, ed. ,*The Dialogic Imagination：Four Essay*, trans. Caryl Emerson & Michael Holquist. Austin：University of Texas Press, 1981.

[14] Michael Holquist,*Dialogism：Bakhtin and his World.* London：Routledge, 1990.

[15] Salecl, Renata. *The Spoils of Freedom. New York*：Routledge, 1994.

[16] Tzvetan Todorov, *Mikhail Bakhtin：The Dialogical Principle*, trans. *Wlad Godzich.* Minneapolis：University of Minnesota Press, 1984.

[17] Wang Ban：*The Sublime Subject of History：aesthetics & Poetics in twentieth-Century China.* UCLA：UMID Dissertation Services, 1994.

后记：教学实践与学术研究

这是一部学术专著，同时也是一部从实践教学中而来的教材。在过去三年中，我分别教授"现代中国小说研究"和"小说创作"两门课，每次约有150位本科生选课，为时六个学期，近千位学生跟我在二十世纪的小说与历史及艺术中，或跋涉，或愤慨，或赞叹，或欢笑，而一一终归于理性的学术省思。

批改期末功课之繁重，对于近视较深的我多有不便，然而我乐见学有所成的功课，甚至往往会重新调整早期批改过的作业的分数，以期公平。"现代中国小说研究"这门课主要是学术的讨论，侧重的是学识洞见与逻辑思维，而另一门课"小说创作"的特别之处是期末功课是小说创作，我限定作品在5000字以内，而很多学生却天马行空，纵笔一写就过万字。我的原意是以字数作限制，令他们的处女作更为简约。精彩时刻是我在最后两节课，逐一点评全班学生的作品。在点评之前，无论作品生动与否，我一定逐一仔细阅读，并写下评语。在课堂上，我会一篇接一篇地点评，从题目、内容以至于文字，逐一分析，时间有限，记忆之跳跃，说话之迅速，两节课下来，身心俱疲。然而，一丁点儿的成就感也会悄然涌现，这就是教师生涯中最珍贵的刹那。

根据这两门课所选取的大约80部小说，逐步写成论文，并以启蒙为主题，贯穿全书，这与我的金庸武侠小说研究正好互相呼应。启蒙是清末知识分子关心之所在，也是我研究计划中的现当代学术领域的主题。启蒙，不止于二十世纪，未来的路，依然遥远而艰辛。

此书出版，先要谢谢我的学生与我共同走过的求学时光。在每次课堂上，都有新的思想激荡，令原稿更为丰富。更必须感谢的是清华大学出版社马庆洲老师的严谨，没有他细心的检阅，拙作是难以面世的。如有疏漏，责任在我。

薛天纬先生一直对我厚爱有加，经常惠赐其大作，令我获益良多。此次拙著出版，斗胆请求他在百忙中题写书名，他爽快应允，令小书增光溢彩。在此除了表达万分谢意之外，我定将继续努力，绝不辜负薛老师的期望。

陈岸峰

2021 年 6 月 8 日